DREAMBOOKS

두 번 사는 랭커

사도연 판타지 장편소설

ORIGINAL FANTASY STORY & ADVENTURE

dream
books
드림북스

두 번 사는 랭커 25 무왕(武王)

초판 1쇄 인쇄 2020년 7월 8일
초판 1쇄 발행 2020년 7월 22일

지은이 사도연
발행인 오영배
편집 편집부
일러스트 우문
표지·본문 디자인 오정인
제작 조하늬

펴낸 곳 (주)삼양출판사 · 드림북스
주소 서울시 강북구 도봉로 173
대표 전화 02-980-2112 팩스 02-983-0660
편집부 전화 02-987-9393 팩스 02-980-2115
블로그 blog.naver.com/dreambookss
출판등록 1999년 3월 11일 제9-00046호

© 사도연, 2020

ISBN 979-11-283-9910-7 (04810) / 979-11-283-9659-5 (세트)

드림북스는 (주)삼양출판사의 판타지 · 무협 문학 브랜드입니다.

사도연 판타지 장편소설
ORIGINAL FANTASY STORY & ADVENTURE
25
두 번 사는 랭커
| 무왕(武王) |
dream
books
드림북스

목차

Stage 74.

천마증(天魔症)

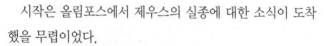

　시작은 올림포스에서 제우스의 실종에 대한 소식이 도착했을 무렵이었다.

　원래는 외부에 알려져서 좋을 게 전혀 없다고 판단해 같은 동맹군에도 말하지 않으려 했지만.

　자칫 다른 사회에서 우연히 제우스를 발견했다간 그때 퍼질 파장이 작지 않을 테니, 미리 협조를 요청하는 게 좋지 않겠냐는 헤르메스의 의견을 받아 니플헤임과 천교, 동마왕군에게도 이야기를 했던 것이다.

　이들은 천계에서도 손꼽히는 거대 사회이니, 그들이 갖추고 있는 정보망을 이용한다면 최대한 빠르게 제우스를 찾을 수 있으리라 여긴 것이다.

물론, 그 과정에서 그들에게 '빛'이 생기는 셈이었지만.

제우스의 신병을 다른 사회에 빼앗겨 무슨 일이 벌어질지 모르는 것보다 그게 훨씬 나을 테니.

하지만 제우스의 실종에 대해 동맹군에게 이야기했을 때.

동맹군의 얼굴은 예상과 전혀 달랐다.

정확하게는 천교의 분위기가 좋질 않았다.

"잠시만 자리를 비우겠소."

이랑진군이 인상을 딱딱하게 굳히더니 양해를 구하면서 회의장을 벗어났던 것이다.

그리고 그가 다시 돌아왔을 때, 던진 말은 충격적이었다.

"방금 전 삼신산에서도…… 비슷한 연락을 받았소. 상제께서도 갑자기 실종되었다고 하시오."

"……."

"……."

제우스뿐만 아니라 옥황상제도 사라져?

무언가 심상치 않은 일이 벌어지려는 것 같다. 그런 불안감이 동맹군의 머릿속을 동시에 스쳐 지나갔다.

　　　　*　　　　*　　　　*

　[신의 사회, '말라흐'가 동맹군에게서 받은 요청을 확인하기 위해 여러 데이터를 정밀 탐색합니다.]

　동맹군이 가장 먼저 취한 행동은 말라흐에 따로 협조 요청을 하는 것이었다.

　자칫 이쪽의 약점을 보이는 행위가 될 수도 있지만.

　말라흐는 르 인페르날과 함께 천계 내에서도 특별하게 분류되는 곳이었기 때문이었다.

　말라흐는 항상 절대선을 표방하고 있다 보니, 평상시에는 '협박도 협상도 통하지 않는 융통성 없는 곳'이라는 인식이 강하다.

　하지만 이는 반대로 '절대 신의를 저버리지 않는 신뢰할 수 있는 곳'이라는 인식을 가져다주기도 했으니.

　절대 다른 사회와 동맹을 하는 행보를 보이지 않고, 항상 독자적인 노선을 취하면서도 여러 사회들의 질서를 유지시키기 위해 백방으로 뛰어다니다 보니 중재가 필요할 때에는 항상 그들에게 의지를 하곤 했던 것이다.

　말라흐가 내세우는 표어도 평화(平和)와 안정(安定), 그리고 자애(慈愛)다 보니, 이런 일에는 적극적으로 나서는 편이었다.

그리고 다행히 말라흐는 이번 사안에 대해 심각성을 느꼈던지 절대 소홀히 다루지 않았다.

다만, 사안이 사안이다 보니 조사를 마치는 데 제법 시간이 소요되는 모양이었다.

[신의 사회, '말라흐'가 유사한 징후가 다수 발견되었음을 확인하였습니다. 현재 징후가 확인된 사회는 '딜문', '멤파스', '보그' 등이 있습니다.]
[다른 유사 사례도 속속들이 발견되고 있습니다.]
[신의 사회, '말라흐'가 심상치 않은 기류를 포착, 상세한 조사가 필요하다고 판단하였습니다. 현재 조사를 위해 다른 사회들에 협조 공문을 전송하였습니다.]

그렇게 해서 나온 결과는 실로 충격적이었다.

[신의 사회, '말라흐'가 비밀리에 동맹군에 접촉하고자 합니다. 승낙하시겠습니까?]
[승낙하였습니다.]

['말라흐'의 사절, 미카엘이 강림합니다!]

연우의 허락을 받으며 강림을 시도한 사절을 보고, 동맹군은 모두 하나같이 놀라고 말았다.

"미카엘이, 직접?"

"대체 무슨 일이 벌어진 것이기에……?"

"그보다 가브리엘의 일 때문에 화가 잔뜩 나 있을 텐데. 괜한 신경전이나 벌이지 않으면 좋으련만."

왕!

『강아지, 네 말이 맞다. 아주 일이 재미나게 돌아가고 있구나.』

아가레스는 펜리르와 이야기를 나누면서 크게 파안대소를 터뜨렸다.

미카엘은 말라흐 내에서도 서기장 메타트론의 다음가는 서열을 자랑하는 대천사. 아니, 단순히 그런 정도를 넘어서, 말라흐 내에서 여러 천사들로부터 전폭적인 지지를 받으며 독보적인 영향력까지 끼치는 존재였다.

무력만 따진다면, 어쩌면 메타트론보다도 우위일지도 모른다고 평가받는 자.

악과 죄를 미워하고, 강경파로 분류되기 때문에 웬만해서는 밖으로 나오지 않으려 하는 편이었는데…… 그가 직접 사절로 나선다고?

미카엘의 성격에 대해서 익히 잘 알고 있던 이들로서는 우려를 표시할 수밖에 없었다.

자신이 모시는 존재가 아니면 그 누구도 '신'으로 인정하지 않고, '좋은 악마는 죽은 악마다'라는 말을 서슴지 않고 내뱉는 녀석이 여기서 무엇을 할지 불을 보듯 뻔했으니까.

하물며 가브리엘을 선악과로 만들어 버린 전적이 있는 연우에 대한 증오는 어떠할까!

그리고.

콰르릉!

지면에 작렬한 새하얀 벼락 속에서, 수많은 날개를 뒤로 젖히며 앵두 같은 붉은 입술을 자랑하는 하얀 얼굴의 미남자가 나타났을 때.

[동맹군, '천교'의 모든 시선이 타르타로스에 고정됩니다.]
[동맹군, '니플헤임'의 모든 시선이 타르타로스에 고정됩니다.]
[동맹군, '동마왕군'의 모든 시선이 타르타로스에 고정됩니다.]

[악마의 사회, '르 인페르날'이 신의 사회, '말라흐'의 움직임을 감시합니다.]

[바알의 시선이 타르타로스에 고정됩니다.]

동맹군을 비롯해 르 인페르날의 시선도 단단히 고정되었다.

워낙에 위명이 자자한 미카엘의 일거수일투족을 확인하기 위해서였다.

『이렇게나 많은 인사들이 내가 하는 일에 열렬한 관심을 기울여 줄 줄은 생각도 못 했는데?』

창백하게 보일 정도로 하얀 얼굴이 인상적인 미남자, 미카엘은 입가에 차가운 미소를 띠면서 하늘을 올려다보았다.

아가레스처럼 육성이 아닌 진언을 내뱉다 보니, 말 한 마디 한 마디에 강대한 신력이 섞여 타르타로스가 위아래로 잘게 떨릴 정도였다.

『그렇다면 그런 기대를.』

미카엘은 마치 무대 위에서 무수히 쏟아지는 앵콜 요청을 받는 가수처럼 양팔을 뻗으면서 크게 소리쳤다.

『저버려서는 안 되겠지?』

그 순간.

팟!

미카엘의 신형이 아래로 움푹 꺼졌다.

"###……!"

"이놈이!"

여태 연우 옆에서 대기하고 있던 아레스와 헤라클레스가 본능적으로 앞으로 나섰다. 미카엘이 어디로 향하는지 뻔했던 것이다.

차아앙!

채챙!

아레스가 앞으로 내뻗은 검격과 헤라클레스가 내세운 도끼날이 교차하다 말고 도중에 멈췄다.

어느새 그들 앞에는 미카엘이 차갑게 웃으면서 서 있었다. 푸른 불꽃을 잔뜩 두른 창으로 두 무기를 밀어내면서.

『호오! 제우스의 가장 용맹하다는 두 아들이 사도로 들어갔다는 말은 들었지만, 신기하군?』

미카엘은 표정이 잔뜩 굳어 있는 아레스, 헤라클레스와 다르게 한쪽 입꼬리를 크게 말아 올리고 있었다.

『하지만 시건방져.』

미카엘이 전진하면서 창을 위로 쳐올리기 시작했다. 올림포스에서도 손꼽히는 전사라는 두 사람의 합공을 오로지 힘만으로 밀어내고 있는 것이다.

특히 타고난 완력만 따진다면 천계 내에서도 적수가 없을 거라고 내심 자부하고 있던 헤라클레스로서는 큰 충격을 받은 듯한 얼굴이 되고 말았다.

하지만 그러거나 말거나.

미카엘은 차갑게 웃는 얼굴 그대로 아레스와 헤라클레스를 힘차게 밀어냈다.

가가가각!

창끝이 위로 솟구치면서 강렬한 마찰음과 함께 불꽃이 수도 없이 튀어 오르다, 그 사이로 창날이 빠르게 회전했다.

퍼퍼펑!

불길로 이뤄진 창격(槍擊)은 마치 대포처럼 어마어마한 굉음을 동반하면서 단번에 아레스와 헤라클레스를 몰아붙였다. 창날이 휘둘러질 때마다 마치 천둥이 바로 옆에서 터지는 듯한 굉음이 울렸다.

아레스와 헤라클레스는 겨우겨우 공격을 막아 냈다. 하지만 신체에 가해지는 충격까지 전부 흘려낼 수는 없어 몸뚱이가 뒤로 주르륵 밀려나고 말았다. 머리가 온통 산발이 되고, 입고 있던 상의가 찢겨 단숨에 피투성이가 되고 말았다.

그야말로 압도적인 전력 차.

미카엘은 거머리 같던 둘을 치워 냄과 동시에, 곧장 연우의 뒤쪽에서 공간을 열고 나타나 하체를 쓸어 왔다.

쿠릉, 쿠르릉!

하지만 하늘에서부터 떨어진 검고 붉은 벼락이 미카엘의 창격을 튕겨 냈다.

그리고 연우는 어느새 비그리드를 손에 쥐고서 거칠게 횡으로 휘둘렀다. 검붉은 벼락이 도중에 잘리면서 미카엘의 목을 금방이라도 칠 듯이 움직였다.

차아앙!

하지만 비그리드가 미카엘의 목에 닿기 직전, 창대가 불쑥 올라오면서 도중에 가로막혔다.

순간, 연우의 눈이 살짝 커졌다. 비그리드를 타고 전해지는 느낌이 제법 묵직했던 것이다.

미카엘이 이렇게 강했었나? 어쩌면 말라흐가 보유한 전력은 자신이 예상하고 있는 것보다 훨씬 클지 모르겠다는 생각도 들었다.

더불어 마음 한편에서부터 새로운 감정도 솟구쳤다.

호승심.

녀석과 한바탕 제대로 승부를 벌여 보고 싶다는 욕망이 대가리를 든 것이다.

한동안 연우가 상대했던 적들은 숙적이라기보다는 원수

에 가까웠던 자들.

승부를 즐기기보다는 그들의 목을 치는 데 집중해야만 했으니, 간만에 무인으로서의 충동이 불쑥 치솟은 모양이었다.

연우는 내심 그동안 인연만 맺어 왔지, 이렇다 할 큰 접점이 없었던 말라흐의 전력을 확인해 볼 겸 해서 빠르게 녀석을 몰아붙였다.

검뢰팔극이 연달아 터졌다.

쿠릉, 쿠릉, 쿠르릉!

비그리드가 휘둘러질 때마다 검붉은 벼락과 불길이 단번에 미카엘을 집어삼킬 듯 흉포하게 이글거렸다.

웬만한 신격들은 전부 회피하려 들거나, 큰 부상을 면치 못했던 위력들이었지만.

미카엘은 여유롭게 공세를 쳐 내는 것은 물론, 간간이 반격까지 선보일 정도였다.

때문에 도리어 날벼락을 맞게 된 건 다른 신과 악마들이었다.

사방으로 튀어 오른 파편들을 피해서 물러나야만 했던 것이다. 주변이 온통 폐허가 되기 시작했다.

그러다 검뢰가 오극에 다다랐을 때 즈음, 미카엘의 창격이 불길을 뚫고 연우의 목젖에 다다랐다. 그에 비그리드가 내려와 날과 날이 맞물리며 힘겨루기에 들어갔다.

비그리드와 창이 서로를 부러뜨리기 위해 으르렁거렸다. 서로 간에 한 치도 밀리지 않는 팽팽한 대치였다.

'합일이라도 해야 하나?'

연우는 크로노스와의 합일을 아주 잠깐 고민했다. 한번 보기 시작한 승부에 완전히 종지부를 찍어 버릴까 하는 생각이 들었던 것이다. 다만, 걸리는 점이 있다면 미카엘도 뭔가 숨겨 둔 패가 있을 것 같다는 점이었다.

그러던 그때.

지이이잉!

갑자기 심장 한편이 격하게 떨렸다.

현자의 돌이 울리고 있었다.

왜 이러나 싶어 눈살을 좁히는데.

『내 못난 형의 조각을 가장 많이 갖고 있다 들었는데…… 확실히 그럴 만하군?』

미카엘이 힘겨루기를 하다 말고, 뭔가를 느꼈는지 연우의 가슴 쪽을 보면서 피식 웃었다.

연우의 미간이 좁혀졌다.

"형?"

『아, 너는 필멸자라서 모르고 있겠군?』

미카엘이 시선을 다시 연우에게로 맞추면서 송곳니가 훤

히 드러나라 웃었다.

『루시엘 말이야. 네놈이 심장 옆에다 처박은 거. 그거 나와 같은 쌍둥이가 남긴 거거든.』

"……!"

전혀 생각지도 못했던 말.

한때 천계를 공포로 몰아넣었던 등대지기 루시엘…… 아니, 루시퍼가 미카엘과 쌍둥이 형제라고?

하지만 한편으로는 그렇기에 이해가 되었다.

개념신이나 창조신과 같은 특별한 격을 지닌 게 아닌데도 불구하고, 미카엘이 왜 이리도 비정상적으로 강한지.

『이제 그만하는 게 좋을 것 같은데, 불청객?』

그때, 연우와 미카엘 사이로 마기를 단단히 압축시킨 화살이 떨어졌다.

그냥 내버려 뒀다가는 부상을 면치 못할 위력이라, 연우와 미카엘은 마치 약속한 것처럼 서로를 밀치면서 자리에서 벗어났다.

그들이 있던 자리로, 어느새 본체로의 현신을 마친 아가레스가 서 있었다. 수십 쌍에 달하는 검은 날개를 아름답게 펼치면서.

『늘 말했을 텐데? 이것은 내 것이다. 맛을 보는 것은 나만이 할 수 있음이야.』

아가레스는 검은 마기로 물든 손을 혀로 살짝 핥으면서 차갑게 웃었다. 하지만 두 눈만큼은 눈빛만으로 미카엘을 난도질할 것처럼 예리하게 그를 주시하고 있었다.

『귀찮……!』

미카엘은 아가레스에게 귀찮게 굴지 말고 꺼지라고 말하려다, 어느새 이랑진군과 펜리르를 비롯한 이들이 자신을 에워싸고 있다는 것을 깨달을 수 있었다.

각 사회에서 내로라하는 이들만이 아니라, 연우의 권속들까지 어느새 나타나 그를 굽어보고 있었다.

특히 하늘에 맺힌 부—파우스트의 커다란 눈동자는 당장이라도 미카엘을 찢어발길 듯이 활활 불타오르는 중이었다.

[모든 동맹군이 미카엘을 예의 주시합니다.]
[신의 사회, '말라흐'에서도 그만할 것을 미카엘에게 종용합니다.]

제아무리 미카엘이라고 해도 이들을 한꺼번에 상대해서야 재미를 보기는 힘들다.

결국.

『재미없는 것들. 간만에 찾은 흥을 이리 식게 만들다니.』

미카엘은 김이 샜다는 듯이 콧방귀를 뀌면서 기수식을 풀고, 창을 그대로 땅에다 깊숙하게 박았다. 활활 타오르던 푸른 불꽃이 팍 식었다.

그러고는 여태 아무 일도 없었다는 듯, 뻔뻔한 낯으로 손을 가볍게 비비면서 차갑게 웃었다.

『그럼 어디 한번 제대로 이야기나 나눠 볼까?』

녀석을 보고 있던 신과 악마들은 하나같이 기가 차다는 표정이 되었다.

아무리 자신들이 압박을 넣었다고 해도, 어찌 저렇게 아무 일도 없었다는 듯 뻔뻔하게 나설 수 있는 건지.

스스로의 실력에 대해 자신이 있는 걸까, 아니면 그만큼 뒷배로 두고 있는 말라흐에 대한 자부심이 대단한 걸까?

이유는 알 수 없지만.

문제는 그들로서도 여기에 대해서 더 이상 따지고 들기가 어렵다는 점이었다.

미카엘의 성격에 대해서는 천계 내에서도 명성이 자자했으니. 더 이상 따지고 들어 봤자 머리만 아파질 뿐이라고 생각했던 것이다.

하지만.

그들이 한 가지 놓친 점이 있었다.

아무리 미카엘이 천계에서 내로라하는 막 나가는 성격이라고 해도, 그들에게는 그보다 더한 작자가 있다는 사실을.

미카엘과 함께 일행들이 고개를 돌리는 순간.

콰르릉—

어디선가 그 어느 때보다도 강렬하게 천둥이 울리는 소리가 나는 듯하더니.

촤아악!

미카엘이 아차 싶어 몸을 옆으로 틀었지만, 이미 검뢰는 미카엘의 오른쪽 날개를 한 움큼 자르고 지나고 있었다.

잘린 날갯죽지가 위로 튀어 올랐다. 하지만 이어진 빛에 휩쓸리면서 그대로 사라지고, 미카엘은 딱딱하게 굳은 얼굴로 저만치 물러나야만 했다.

파스스—

연우는 새하얀 김이 모락모락 피어오르는 비그리드를 바닥에다 내리꽂으면서 차갑게 웃었다.

"네가 이야기나 나누자고 하면 그냥 순순히 넘어갈 줄 알았나? 나를 너무 물로 보는군."

다른 신과 악마들은 연우를 보고 살짝 눈을 크게 뜨다가, 이내 그럴 줄 알았다는 듯이 고개를 절레절레 흔들었다. 여태껏 연우와 계속 있다 보니 그가 어떤 성정을 자랑하는지 잘 알았던 탓이었다.

사도들은 그제야 흡족한 표정이 되었고.

아가레스와 펜리르만이 크게 웃음을 터뜨릴 뿐이었다.

『그래. 이 탑 안에서 나보다 더 미친놈을 꼽으라고 한다면, 그건 바로 너겠지! 아무렴. 그렇고말고! 하하하!』

왕! 왕왕!

미카엘은 시끄럽게 떠들어 대는 아가레스와 펜리르가 영귀에 거슬렸지만, 무시하면서 연우를 가만히 노려보았다. 그러다 재미있다는 듯이 한쪽 입술 끝을 말아 올리더니, 히죽거리면서 붉은 혀로 입술을 가볍게 축였다.

『지금 당신이 저지른 이 짓, 말라흐를 무시하는 처사로 봐도 되나?』

"말라흐가 나를 무시하는 것이겠지."

『음?』

"나와 독대를 하고 싶다면 메타트론이 직접 찾아와도 급이 맞을까 말까인데, 사절이란 놈이 시비를 건다면…… 이를 두고 어떻게 생각해야 할까? 올림포스는 물론, 거인족이며 용종, 그리고 같은 동맹군까지 싸잡아서 무시하는 처사라고 보면 되나?"

미카엘은 그제야 연우의 말뜻을 알아들을 수 있었다.

현재 연우는 단순한 신분이 아니었다.

크로노스의 적자(嫡子).

새롭게 신왕좌에 앉은 올림포스의 주신.

사라진 거인족을 휘하 권속으로 둔 왕.

용종의 새로운 혈주(血主).

칠흑왕의 계승자.

죽음을 다스리고, 투쟁을 좇는 신…….

수많은 수식어를 주렁주렁 달고 있는 몸이었다.

천계 내에서도 이와 비견할 수 있는 존재는 많지 않은 바.

아직 탈각과 초월을 이루지 않았다지만, 그쯤은 지금이라도 얼마든지 시도할 수 있으니 문제 될 것이 전혀 없다.

사실 연우가 한 말마따나, 이제 연우는 천계 내에서도 차지하는 비중이며 끼칠 수 있는 영향력이 절대 작지 않았다.

그런 이를 만나러 왔으면서도, 이따위로 무례하게 군다는 것은 연우를 모욕하는 행위나 다름없는 것이다.

하물며 그런 연우를 인정하고, 함께하게 된 동맹군도 같이 모욕하는 것이나 다름없는 짓.

연우를 비롯해 동맹군 전체가 이를 꼬투리 삼아 말라흐를 압박한다고 해도 전혀 문제가 될 것이 없었다.

제우스의 행방에 대한 힌트를 말라흐가 쥐고 있다지

만…… 아닌 말로 연우가 그냥 제우스의 자리를 내친다고 선언해 버리고 그에 대한 관심을 꺼 버린다면, 말라흐로서도 낙동강 오리알 신세가 될 수밖에 없었다.

"그것이 말라흐의 뜻인가?"

그러니 연우는 여기에 대해 따지고 들었고.

미카엘은 잠시간 말이 없더니, 이내 앞으로 나서서 고개를 숙였다.

『그 점에 대해서는 사과를 드리겠소. 간만에 세상에 나오고, 강자를 보게 되니 이 몸이 주제도 모르고 흥이 돋아 눈이 어두워졌던 모양이오. 다만, 이것은 전부 본인의 불찰이며, 본 사회의 뜻은 이 일과 전혀 무관하오.』

순간, 연우의 눈가로 이채가 어렸다.

자신만만하던 미카엘의 태도가 한순간에 바뀌었으니까. 거기다 저 자존심 강한 작자가 직접 고개를 숙이는 건 좀처럼 보기 힘든 모습이기도 했다.

나설 때와 빠질 때를 아주 잘 알고 있단 뜻이기도 했다.

『그러니 왕께서는 부디 노하신 마음이 있거든 넓은 아량으로 본인을 용서해 주시고, 이로는 부족하다고 여기신다면…….』

미카엘의 두 눈이 깊게 가라앉았다.

『이것으로 죗값을 대신해 받기를 요청드리오.』

그는 그렇게 말하더니, 한순간 오른손으로 왼쪽 어깨를 그대로 뽑아 버렸다.

푸화악!

어떻게 말릴 새도 없이 부지불식간에 벌어진 일.

신과 악마들 모두 놀란 얼굴이 되고 말았다. 나중에 어떻게 신력으로 재생시킨다고 해도, 그래도 팔 하나를 뜯는다는 것은 그만큼 신력을 상실한다는 뜻이기도 하다. 컨디션이 원상태로 회복되려면 상당한 시간이 소요될 게 분명했다. 신격에게도 절대 작지 않은 상처인 것이다.

그런데도 미카엘은 눈썹 하나 꿈틀대지 않고 말하고 있었다.

저렇게까지 나서는데 더 이상 따지고 들 수도 없겠지.

[신의 사회, '말라흐'의 메타트론이 사절의 무례를 용서해 주길 바랍니다.]

연우는 결국 메타트론까지 사과의 뜻을 전해 오자 가볍게 혀를 차면서 몸을 반대로 돌렸다.

『제멋대로 까불고 놀다가, 또 제멋대로 팔까지 뽑다니. 혼자 북 치고 장구 치는 걸 보니, 미쳐도 단단히 미친놈이로군.』

일행들은 아가레스의 대답에 쓰게 웃으면서 고개를 끄덕이는 것으로 동의를 표시해야만 했다.

＊　　　＊　　　＊

『난놈이로군.』

크로노스는 이랑진군으로부터 담담하게 치료를 받는 미카엘을 보면서 헛웃음을 흘렸다.

'자신의 팔 하나를 내놓는 것으로 제 전력을 측정하고, 동맹군의 관계 정도를 면밀히 파악했으니 절대 부족한 장사는 아닐 테지요.'

『그렇지.』

크로노스는 연우의 말에 동의의 뜻을 표시했다.

그는 미카엘이 겉보기엔 호승심이 강하고 폭력적인 성격으로 보일지 몰라도, 실상은 강한 것만큼이나 아주 냉정한 이성을 갖고 있다는 것을 눈치챌 수 있었다.

『서기장 녀석의 지시도 어느 정도 있겠지. 말라흐의 보좌역은 예부터 속에 능구렁이를 몇 마리나 키우고 있는 것으로 유명했으니. 나도 한창때엔 그놈의 대가리 속을 몇 번씩이나 열어 보고 싶었는지 모른다.』

물론, 메타트론의 지시가 있었다고 해서 미카엘이 단순

한 꼭두각시인 것은 아니다.

오히려 그런 명령을 이만큼이나 제대로 수행하고, 팔까지 내놓는 강수를 놓은 걸 봐서는 메타트론에 못지않은 능구렁이를 품고 있다고 봐야겠지.

『그런데 그만한 머리를 타고난 놈이, 가진 솜씨도 저만큼 대단하다는 건…… 좀처럼 쉽게 볼 수 없겠는데? 우리 막내, 신왕이 되려면 고생깨나 하겠어?』

신왕좌를 얻으려면 그만한 자격을 갖춰야 하는 것은 불문지사.

올림포스의 통치자가 될 뿐만 아니라, 여러 사회들로부터도 존경과 경외를 한 번에 받아야만 한다. 당연한 말이지만, 자존심이 강한 신격들의 성격을 생각해 본다면 결코 쉬운 일은 아니었다.

『하여간 조심해라. 저런 놈은 절대 호락호락하지 않으니까.』

연우는 담담하게 고개를 끄덕였다.

『그보다 손에 들고 있는 그 흉측한 건 어쩔 거냐? 계속 들고 다니기도 뭣하잖아? 그냥 돌려줄 거냐?』

"돌려주긴 왜 돌려줍니까?"

연우는 손에 쥐고 있던 미카엘의 왼팔을 보더니 피식 웃었다.

그리고.

[권능, '하데스의 식령검'이 발동됩니다!]

왼손에 맺힌 톱니 이빨을 갖다 대어 미카엘의 왼팔을 고스란히 삼켰다. 확실히 말라흐가 자랑하는 최고 전력의 한쪽 팔이라 그런지, 신력이 한층 부쩍 늘어나는 것을 느낄 수 있었다.

"티끌 모아 태산이죠."

『어휴! 내 밑에서 어쩌다 이런 놈이 나오게 된 건지. 으. 징한 새끼.』

"콩 심은 데 콩이 나지 않을까요?"

『하여간 주둥이하고는……!』

연우는 크로노스와 티격태격하면서 명왕의 신전으로 들어섰다.

*　　*　　*

『기다려 주셔서 감사드리오.』

미카엘은 회의장에 왼팔의 상처만 서둘러 봉한 채로 나타났다.

여기에 있는 동안에는 연우에 대한 예의를 지키겠다는 뜻이었고, 그것을 증명하듯이 줄곧 존대를 하고 있었다. 행동에서도 더 이상 무례를 찾아볼 수 없었다.

『우선 자질구레한 것은 거두절미하고, 다들 궁금하신 부분부터 말씀드리겠소.』

미카엘은 진중한 얼굴로 무뚝뚝하게 말했다. 아무런 감정도 느껴지지 않는 쌀쌀한 말투. 연우는 저런 모습이 미카엘의 진짜 모습이 아닐까 하고 생각했다. 이전에 보였던 태도는 가면에 가깝겠지.

『올림포스, 그리고 천교와 비슷한 상황을 겪은 곳은······ 본 사회에서 징후를 포착한 바로 모두 47곳입니다. 그리고 당연하지만.』

미카엘의 두 눈이 깊게 가라앉았다.

『그들 모두가 천마증을 앓고 있던 이들이오.』

"음!"

"역시나······."

"허!"

이랑진군과 나타태자의 표정은 딱딱하게 굳었고, 연우의 사도들도 고심에 잠긴 얼굴이 되었다.

반면에 아가레스와 펜리르는 재미있게 되었다는 얼굴이었다.

아무리 같은 동맹군이라고 해도, 진영이 다른 건 어쩔 수 없었던 것이다.

47곳.

절대 적지 않은 숫자였다.

신의 사회 중 태반이, 그것도 제법 이름을 알리는 곳 대부분이 피해를 입었다는 뜻이니까.

"피해를 입은 곳이 어딘지 알 수 있나?"

이랑진군이 침중한 얼굴로 물었지만, 미카엘은 고개를 가로저었다.

『정확하게 어느 사회인지, 어떤 인물인지는 말씀드리기 힘듭니다. 아무래도 저쪽에서도 외부에 드러나는 것을 꺼려 할 수밖에 없는지라. 물론, 이곳에 계신 분들에 대한 이야기도 외부로 새어 나가지 않을 것이오.』

"하면 피해를 입은 곳은 신의 사회 쪽만 그런 건가?"

『그것도 답변 드릴 수 있는 사안이 아니오.』

이번에도 미카엘은 고개를 저었다.

하지만 다들 어느 정도 눈치채고 있었다.

만약 악마의 사회도 피해를 입었다면, 가장 먼저 르 인페르날에서는 바알이, 니플헤임에서는 로키가 실종되었을 테니까.

『다만.』

"……?"

"……?"

『조사 끝에 천마증을 앓던 이들이 동시에 같은 장소로 이동한 듯한 흔적을 발견할 수 있었소.』

"그, 그게 사실인가?"

"어디로 간 거지?"

『정확하지는 않지만, 남은 좌표를 추적해 본다면…… 창공 도서관이나 그쯤인 듯했소.』

"……!"

"……!"

모두가 크게 눈을 뜨고 말았다.

창공 도서관.

전 우주의 모든 지식과 사건들이 낱낱이 기록되는 곳.

모든 신과 악마들, 용종이며 거인족들도 닿고자 노력했지만, 직접적으로 도착할 수 있는 영광을 누린 건 극소수에 불과했다.

그런 신비의 장소로 움직였다고?

천마증을 앓던 모두가?

더군다나 이 자리에 있는 이들은 모두 안다.

그곳에 누가 있는지를.

그렇기에.

모든 이들의 시선이 동시에 연우에게로 쏠렸다. 미카엘도 마찬가지로 연우를 직시했다.

『천계와 하계, 심지어 탑 외의 다른 세계며 우주, 그리고 타계의 신을 포함해서도 가장 최근에 창공 도서관에 다다른 존재는 당신뿐이오, 올림포스의 왕이여.』

연우의 두 눈이 깊게 가라앉았다.

『왕께서 무언가 짐작 가는 바가 있으신지, 서기장께서는 그것을 직접 묻고 오라 말씀하시었소.』

연우는 그제야 왜 말라흐에서 미카엘을 직접 사절로 보냈는지를 알 수 있었다.

단순한 결과 보고였다면, 따로 메시지를 이용했어도 충분했을 것이다.

아니면 사절이 아닌 전령만 강림시키거나.

하지만 막대한 인과율을 소모하면서까지 미카엘을 보냈다는 것은 그만큼 이번 사건에 대해서 촉각을 곤두세우고 있단 뜻이겠지.

무려 천마가 관련된 일이니.

『천마증을 앓던 이들은 전부 창조의 힘을 터득한 지고한 격을 지니고 있고, 천마로부터 큰 피해를 겪었던 피해자들이오. 그런데 그들을 전부 끌어들였다는 건…… 서기장께서는 혹 그동안 잠잠하게 있던 천마가 다시 천계에 손길을 뻗치려는 게 아닐까 하고 우려를 표시하고 있소.」

그러니 아는 바가 있으면 말해 달란 뜻이겠지.

그제야 아가레스와 펜리르도 더 이상 이 상황을 즐길 수만은 없다고 여겼는지, 표정이 딱딱하게 굳었다.

그런 그들을 보면서.

연우는 짤막하게 대답했다.

"아니. 전혀."

『음.』

"다만, 천마가 천계에 손길을 뻗치려 한다거나 하는 건 아니라고 장담할 수 있다."

미카엘의 두 눈이 깊게 가라앉았다.

『왜 그렇게 생각하시는지, 여쭈어도 되겠소?』

[메타트론이 귀를 열어 플레이어 ###의 대답을 기다립니다.]

"고민할 필요도 없지. 애당초 천마가 그럴 요량이라면, 따로 뭔가를 꾸밀 필요도 없이."

연우는 별것 아니라는 듯이 피식 웃었다.

"그냥 손짓만 해도, 천계고 뭐고 아무것도 안 남을 테니까."

"……!"

"……!"

"……!"

모두가 표정이 잔뜩 굳었다.

[메타트론이 플레이어 ###의 대답에 입을 꾹 다 뭅니다.]

"설마 아니라고는 못 할 거야. 신이고 악마고 간에 천계에서 겨우 숨이라도 붙일 수 있는 건, 전부 천마가 봐줬기 때문이라는 거."

"……."

"……."

"……."

깊은 침묵이, 내려앉았다.

연우가 기억하는 천마는 그만큼 대단했다.

탑에다 모든 신과 악마들을 가둬 버리고, 결국 칠흑왕마저 공허에다 처박은 존재.

그런데 그런 자가 뭘 꾸미고 있다고?

설마.

귀찮게 왜 그런 짓을 한다는 건지.

만약 정말 천마가 무슨 일을 획책하고 있는 거라면, 딱 한 가지 이유밖에 떠오르지 않았다.

'심심해서.'

까마득한 세월 동안 창공 도서관에 처박혀 있던 나머지, 놀잇감으로 천계를 선택한 것이라면 가능하겠지.

하지만 천마가 동네 꼬마 아이도 아니고, 설마 그런 짓을 할까?

그럴 가능성은…….

'있…… 군.'

연우는 순간 천마를 떠올리고 눈살을 찌푸리고 말았다.

창공 도서관에서 봤던 천마는 정말 스스로 법칙에 구속된 자가 맞나 싶을 정도로 자유분방한 성격을 자랑했다. 눈에 거슬리는 게 있으면 우선 치우고 보았고, 재미있겠다 싶으면 뒷일을 생각하지 않고 일단 건드리고 보았다.

호기심 많은 원숭이.

아니, 대장 원숭이.

미후왕의 허물에게서 받았던 인상보다 더 강렬했던 것이다.

그런 작자가 심심하다는 이유만으로 천계를 갖고 놀 가능성도, 지금 와서 막상 생각해 보니 아니라고 딱 잘라 일축할 수도 없었던 것이다.

『가능하지, 그 양반이라면. 암. 그렇고말고. 아마 천마증이니 뭐니 하는 후유증을 보고 더 재미있겠다 싶어 했을 수도 있고.』

어린 시절에 천마를 먼발치에서나마 본 적이 있던 크로노스 역시도 고개를 끄덕일 수밖에 없었다.

『그런데 그 양반이 지구 출신이라고? 어떻게 그게 가능해지는 거지? 내 기억으로는 아주 오래전부터 있었는데…… 아주 시공(時空)을 전부 초월해 버린 건가?』

그런 크로노스의 의문을 귓등으로 흘려들으면서.

연우가 아주 잠깐 침묵에 잠기자, 그가 무슨 말을 이어서 할지 기다리고 있던 이들은 서로 눈치를 보기 바빴다.

『하면 왕께서는 이번 사건이 천마와 전혀 무관할 것이라는 의견을 내비치는 것이오?』

미카엘이 던진 질문에 연우는 다시 현실로 돌아와 담담하게 고개를 끄덕였다.

한순간, 천마가 범인이 아닐까 하는 의심을 가지긴 했다지만, 다시 생각을 바로잡은 것이다. 천마가 그렇게 어리숙하거나, 생각이 짧을 것 같지는 않았다.

"어쨌거나 천마가 신과 악마들을 98층에 가둔 것만 해도 상당히 많이 봐준 셈이니까. 그걸 부정하지는 못할 텐데?"

신과 악마들은 섣불리 아무런 답변도 하지 못했다. 여기서 뭐라고 대답한들, 자신들의 자존심을 깎기만 할 뿐이니까.

『그럼 창조신이 창공 도서관으로 향하는 이유가 무엇이라고 보오?』

"그야."

『그야?』

무언가 짐작 가는 바라도 있는 걸까.

미카엘의 눈이 살짝 커지고.

[메타트론이 플레이어 ###의 대답을 재촉합니다.]

다른 신과 악마들도 연우 쪽으로 시선이 쏠렸다.

"나도 모르지."

『…….』

[메타트론이 침묵합니다.]

미카엘은 가만히 미간을 좁혔다.

＊　　　＊　　　＊

『다음에 뵙게 될 날을 기다리겠소.』

결국 미카엘의 방문은 아무런 소득도 없이 끝나고 말았다.

『내 쌍둥이의 일부를 갖고 있으니 그리 오래 걸리지는 않겠지만.』

나타났을 때처럼 사라질 때에도, 미카엘이 던지는 말은 온통 연우의 심기를 잔뜩 박박 긁어 대는 것밖에는 없었다.

그리고.

"아무래도 우리도 도중이지만, 일어나 봐야 할 것 같다."

이랑진군과 나타태자도 굳은 얼굴로 명왕의 신전을 나섰다.

그들의 수장인 옥황상제도 실종된 이상, 마냥 여기에만 있을 수 없었던 것이다.

"되도록 그대가 어디까지는 가는지 직접 옆에서 보고 싶었는데 말이지."

나타태자는 진심으로 아쉬워 보이는 얼굴이었다. 그동안 연우가 보였던 행보가 워낙에 파괴적이었던 탓에 어느새 그에게 완전히 홀린 모양이었다.

"동맹군 체제는 계속 유지되고 있으니까. 영혼석을 필요로 하는 건 나도 마찬가지고."

연우는 천교와의 연대를 여기서 이렇게 끝낼 생각이 없었기에 여지를 남겨 두었다.

이랑진군과 나타태자도 흡족하게 고개를 끄덕였다. 동주 칠마왕과 관련된 사안은 아직 끝난 게 아니다. 옥황상제를 찾고 난다면 언제든지 다시 시작할 수 있었으니까.

그렇게 미카엘을 따라 천교도 다급하게 천계로 이동하고.

"###……."

"너희도 어서 가 봐."

연우의 눈치를 조금씩 보던 아레스와 헤라클레스도 그의 말에 크게 반색하면서 감사하다며 고개를 숙였다.

연우를 왕으로 모시게 되었다지만 그들에게 제우스는 사적으로 친부이기도 하니, 그의 실종을 그냥 내버려 둘 수 없었겠지.

마찬가지로 헤르메스도 감사하다 고개를 숙이면서, 타르타로스를 지키기 위해 남은 최소한의 전력을 제외한 모든 올림포스의 병력들이 천계로 올라갔다.

'주신이 없는 사회라. 그것도 나름 재미있겠어.'

자칫 대지모신 때처럼 위험할 수도 있을 테지만, 연우는 별다른 걱정을 하지 않았다.

이미 동맹군의 체제가 워낙에 견고한 데다가, 창조신들의 실종이 연쇄적으로 일어난 이상 그들도 올림포스에 군침을 흘리기 어려울 테니까.

설사 누군가가 올림포스에 마수를 뻗치려 한다고 한들, 연우가 아테나의 몸을 빌려 강신(降神)을 해 버리면 그만이었다.

『그런데 쟤네들, 사도직 반납 안 하고 갔다?』

그러다 크로노스가 빛의 기둥으로 사라지는 아레스와 헤라클레스를 보면서 작게 중얼거렸지만.

연우는 못 들은 척 실웃음을 흘렸다.

그건 아마도 저들도 마찬가지일 테지.

*   *   *

'이제 타르타로스 쪽의 정리도 끝났고.'

연우는 한순간 텅 비어 버린 명왕의 신전과 타르타로스를 쓱 훑어보았다.

불과 몇 시간 전까지만 해도 그렇게나 복작거렸던 곳인데.

언제 그랬냐는 듯, 조용해도 너무 조용했다.

아마도 이것이 원래 타르타로스가 갖고 있던 모습이겠지.

마치 시간이 멈춘 것처럼 소란스러운 것은 일체 찾아볼 수 없고, 그저 고요하기만 한 망자들의 세계.

사실상 '죽음'이란 정지나 마찬가지이니.

어쩌다 보니 그런 죽음을 다스리게 되었다지만.

사실 정지된 세계만큼 연우와 어울리지 않는 곳도 없을지 몰랐다.

[아가레스가 자신이 여기에 있노라며, 이제 방해 꾼들이 사라졌으니 자신에게 관심을 가지라면서 가 슴팍을 두들깁니다!]

[펜리르가 자신의 머리를 쓰다듬어 달라면서 꼬 리를 마구 흔듭니다!]

물론, 저만치 먼 곳에서 어느새 아이와 강아지의 모습으로 되돌아간 아가레스와 펜리르가 이쪽으로 손을 크게 흔들어 댔지만.

그냥 무시했다.

'이제 남은 건 하나뿐인가?'

연우는 생각의 방향을 다른 곳으로 틀었다.

그가 탑에 들어온 이유는 한 가지였지만, 목적은 여러 가지였던바. 그런 여러 가지 목적들도 지금껏 차례로 하나씩 제거하면서 이제 딱 두 가지만 남은 상태였다.

그중 하나인 '동생의 영혼을 찾는 것'은 칠흑의 비밀을 더 깊게 파헤쳐야 하고, 시의 바다에 대한 조사가 더 철저히 이뤄져야 하니 좀 더 시간이 걸릴 테지만.

다른 하나는 아니었다.

'올포원 처치.'

연우는 눈을 가늘게 좁혔다.

올포원은 항상 자신이 무언가를 시도하려 할 때마다 번번이 앞을 가로막곤 했다.

탈각을 시도할 때에도, 동생의 사념체를 구제하려 할 때에도.

심지어 과거엔 아버지의 앞길마저 막지 않았던가.

만약 당시에 올포원이 아버지의 길을 막지 않았더라면?

아니, 최소한 막더라도 아버지가 하는 말을 듣기만이라도 했다면. 그래서 동생을 무사히 구하고 되돌아갈 수 있게만 해 주었더라면, 오늘날과 같은 일들이 벌어지지도 않았을 것이다.

자신만의 신념에 충실하게 산다는 건 좋은 일일지 모르지만, 그 신념에 갇힌 채로 타인에게도 그것을 똑같이 강요한다는 것은 절대 용납할 수 없는 일이었으니까.

그러니 연우는 어떻게든 올포원을 거꾸러뜨려야만 했다.

그동안 절지천통이라며 천계와 하계를 갈라놓았던 것을 끄집어 내리고, 위층으로 올라갈 수 있는 발판을 마련해야만 했다.

『뜻이 선 게로구나.』

그때, 비그리드의 검체가 부서지면서 크로노스가 나타났다.

연우는 무겁게 고개를 끄덕였다.

"이제 잡아야겠죠."

『하긴. 너도 이제 모은 전력이며 힘이 적지 않으니까.』

크로노스는 흡족하게 고개를 끄덕였다. 그 역시 올포원에게 한번 당한 전적이 있으니 되갚아 줄 생각에 몸이 살짝 달아올랐던 것이다.

"다만, 한 가지 걱정되는 건 있습니다."

『뭔데?』

"올포원을 잡는 것도 문제지만, 잡고 난 뒤에 천마가 어떻게 나올지를 알 수 없다는 겁니다."

『천마? 그건 왜?』

"올포원이 천마의 아들이니까요."

『뭐?』

크로노스의 눈이 살짝 커졌다.

천마에게 자식이 있다는 말은 그로서도 처음 듣는 것이었으니까.

하지만 연우는 천마와 헤어질 당시에 그가 했던 말을 아직도 잊을 수가 없었다.

　—아, 참. 나중에 아들 녀석 다시 만나거든, 미안하다는 말 좀 대신 전해 주라.

당시에는 그가 말한 '아들'이 누군지 살짝 긴가민가했지만.

이제는 확신할 수 있었다.

크로노스의 기억을 되짚을 당시에 보았던 올포원의 모습에서 천마에게서 감지되었던 기질을 확실하게 포착할 수 있었던 것이다.

빛.

올포원은 오로지 빛과 관련된 권능만을 부린다. 문제는 천마도 빛을 상징하는 유일한 존재란 것이니.

그것을 두고, 단순한 우연이라고 할 수 있을까?

하물며 창공 도서관에서 올포원을 내쫓을 때 보였던 천마의 씁쓸한 모습과 울분에 찬 올포원의 모습은 이전 그들

부자와도 사뭇 비슷했다.

연우는 그런 생각들을 크로노스에게 차분하게 늘어놓았고.

크로노스는 헛웃음을 흘리다가, 가볍게 혀를 찼다.

『네가 그렇게 느꼈다면 그런 것이겠지. 딛고 있는 위치가 높을수록, 감도 예리해지기 마련이니까. 아마 네 짐작이 맞을 거다.』

그러면서 눈을 가늘게 좁혔다.

『그래도 천마의 아들이라……. 확실히 그렇다면 천마의 행동까지 변수에 넣어야 하나?』

필요하다면 부딪치더라도, 생포에서 끝내야 할지도 모른다는 뜻이었다.

하지만 과연 올포원이나 되는 존재를 상대하는데, 생포가 가능할까? 그만큼 척살과 생포에는 아주 큰 차이가 따랐다.

『뭐, 이러니저러니 해도, 천마를 걱정하는 건 우선 이기고 나서 해도 늦지 않겠지. 안 그래?』

연우는 고개를 끄덕였다.

사실 크로노스의 말마따나 이건 아무리 고민해 봐도 해결될 문제가 아니었으니까.

그러다, 크로노스가 연우를 확 하고 째려보았다.

『그보다 네 동료들은 언제 이 아비에게 소개시켜 줄 거냐? 줄곧 같이 싸우긴 했다만, 그래도 정식 인사도 없고…… 고얀 것.』

연우는 검지로 볼을 긁적였다. 자신이 생각해 봐도 아버지를 무시한 것이나 다름없는 처사였으니.

하지만 그래도 이대로 권속들을 크로노스에게 소개시키자니 낯간지러웠고, 부끄럽기도 했다.

더군다나.

'그놈이 나타나면 시끄럽……!'

하지만 연우의 생각이 끝나기도 전에.

휙!

갑자기 연우의 그림자가 불쑥 열리는가 싶더니, 거기서 샤논이 위로 툭 하고 튀어 올랐다.

'젠장.'

연우는 불안감에 자기도 모르게 손으로 얼굴을 덮고 말았고.

샤논은 그런 연우의 기대(?)에 부응하듯, 크로노스 앞에서 오체투지의 자세로 머리를 땅에다 박았다.

「데스 로드, 샤논! 큰 주인님께 대가리 오지게 박습니다!」

*　　*　　*

『하하! 그래. 그런 일이 있었단 말이지?』

크로노스가 크게 웃는 소리가 여기까지 들렸다.

여태 마성이나 대지모신 등과 계속 싸워 대느라 정신이 없었고, 그 뒤로도 포세이돈 남매와 재회를 했어도 아직 제대로 화해를 하지 못해 씁쓸해하시던 모습을 생각한다면.

간만에 저런 밝은 웃음을 찾으신 것에 기분이 좋아야 하는데.

그런데.

왜 이렇게 자꾸 귀에 거슬리기만 하는 걸까……?

『거기다 그렇게 뒤통수를 후려치다니! 식탐황제, 그놈도 참 불쌍한 친구였군그래. 자신이 아끼던 수족이 뒤통수 맞은 것도 모르고 선의로 계속 도와주다가, 마지막에 멱까지 따인 것이었으니.』

『웅! 하지만 그렇게 당해도 싼 놈이었는걸!』

『음? 우리 니케가 그렇게 말하는 걸 보니, 정말 나쁜 놈이었나 보구나.』

『응응! 크르릉도 알고 있는걸!』

『……그놈은 예전에…….』

간만에 바깥세상 나들이를 나온 니케와 네메시스는 크로노스와 이런저런 이야기를 나누는 것으로도 아주 재미있어 보였다.

그리고 당연하지만.

대개 대화의 주제는 '연우'였다.

『그때 샤논이 만든 주제가도 있었어!』

『샤논이?』

니케가 던진 말에 크로노스가 눈을 동그랗게 떴다.

그때 옆에 간신처럼 들러붙어서 이것저것을 가져다주던 샤논이 허리를 똑바로 세우면서 우렁차게 대답했다.

「옙! 그랬습죠!」

『뭐길래?』

「부끄럽지만, 이 샤논! 큰 주인님 앞에서 그럼 한 곡조 뽑아 보겠습니다요! 뒤통수, 뒤통수, 신나는 노래~♪」

『오. 박자며 리듬까지, 참 기가 막힌데?』

술과 안주만 가져다준다면, 딱 남정네들끼리의 회식이나 다를 바가 없는 모습.

시간이 갈수록 연우는 더 기가 찰 뿐이었다.

그보다 왜 자꾸 큰 주인이라고 부르면서 굽실대는 거야? 설마 아버지라고 해서? 아니다. 저건 분명히 자신을 놀리려는 의도가 다분했다. 아버지는 그걸 즐기고 있었고.

거기다 한령이며 평상시에는 얼굴을 잘 내비치지도 않던 레베카까지 나와서는 크로노스와 한데 어울리는 모습이, 누가 저들의 주인인지도 헷갈릴 지경이었다.

그때.

"……?"

연우는 어깨에 올라온 손길을 느끼고 뒤쪽으로 고개를 돌리다가, 아무 말 없이 고개를 끄덕이는 부를 볼 수 있었다.

덜그럭, 덜그럭—

"……."

이 녀석 말고 믿을 놈이 없구나. 연우는 땅이 꺼져라 한숨을 내쉬었다.

* * *

『하나같이 참 좋은 아이들이더구나.』

크로노스는 간만에 즐거웠던지 기분 좋게 웃었다.

연우는 빤히 그를 쳐다볼 뿐이었지만.

『음? 이 아비에게 하고 싶은 말이 아주 많은 얼굴이구나?』

"……아닙니다. 됐습니다."

연우는 따지고 들어 봤자 자신만 골치 아파질 거란 걸 누구보다 잘 알고 있었다. 크로노스는 당장에라도 연우가 이래저래 불평불만을 늘어놓기를 기다리고 있었으니까.

『그보다 니케와 네메시스 말이다.』

크로노스는 연우의 속마음을 알고 있다는 듯 가볍게 웃어 보이고, 화제를 다른 방향으로 돌렸다.

『요즘 들어 동면을 취하는 경우가 많지?』

"예."

『본디 환수란 것은 꿈에 살고 꿈에 저무는 존재다. 하지만 꿈이라는 것은 본래 존재가 무의식중에 바라는 이상과 망상을 뒤섞은 것에 가깝고…… 격이 상승할수록 그 경계가 엷어지니, 결국 환수는 주인과 동화(同化)될 가능성도 점차 높아지지.』

연우는 무겁게 고개를 끄덕였다. 그건 그도 그동안 절실히 느끼고 있었던 부분이었으니.

11층의 시련은 자신만의 환수를 깨우는 것. 그렇다는 건, 11층을 통과한 플레이어가 전부 자신만의 환수를 갖고 있단 뜻이기도 했다.

하지만 여태 연우는 무수히 많은 플레이어들을 만났지만, 그들의 환수를 보지 못한 경우가 태반이었다.

대개 원활한 공략을 위해 약한 환수를 빠르게 탄생시켜

전력에 보탬이 되질 않거나, 또는 부족한 마력을 채우기 위한 양분으로 만들어 버리기 때문이었다.

그렇지 않다고 해도, 결국 플레이어의 격이 상승함에 따라 거기에 동화되는 경우가 태반이었으니.

현재 니케와 네메시스가 겪는 상황이 그러했다.

연우가 그들에게 자유 의지를 부여하고, 현자의 돌이라는 거처를 만들어 주어 여전히 자유로운 행동이 가능하다지만.

영혼이 완숙의 경지에 이르고, 탈각을 눈앞에 두고 있는 지금. 그들의 근간이 되는 '꿈'의 세계도 완전히 단절된 상태였다. 애당초 이제 연우는 꿈을 꾸지 않는 것이다.

대신에 니케와 네메시스는 연우의 존재를 이루는 곳곳에 숨어 있었다.

적을 짓이기는 불길 곳곳에 니케가 자리 잡았고, 대지를 뒤덮는 그림자 속에 네메시스가 잠들어 있으니.

이 두 가지 속성은 이미 니케와 네메시스, 그 자체라고 봐도 무방했다.

이렇게 점차 시간이 흐르다 보면, 완전한 동화가 이뤄지고 말겠지.

하지만 연우는 저층에서부터 줄곧 함께해 온 둘을 이대로 잃고 싶지 않았다.

니케는 자신의 분신이나 다름없었고, 네메시스는 여전히 동생을 애타게 찾고 있으니.

크로노스도 그걸 짐작하고 지적한 것이다.

『내가 나중에 따로 '진짜'들과 자리를 연결시켜 줘도 좋을 듯싶더구나.』

진짜.

이름의 원주인인 승리의 신, 니케와 복수의 신, 네메시스를 말하는 것이겠지.

"그렇다는 건……?"

『그 할망구들, 아마 지금쯤 원로 대접이나 받으면서 세월아 네월아 노래나 부르고 있을 게 뻔하니, 새로운 왕한테 선물이나 하라고 그러지 뭐. 말 안 들으면 뻥 뜯으면 되고. 사도직 정도면 되겠지?』

연우는 눈을 동그랗게 뜨다가 곧 피식 웃고 말았다. 역시 아버지답다 싶었으니까.

하지만 그 속에 숨겨진 크로노스의 노림수도 금세 알 수 있을 것 같았다.

원로는 올림포스가 지금의 형체를 이루기 전, 우라노스가 통일 전쟁을 벌이기 전부터 존재하던 여러 대신격들을 가리키는바.

너무 오래되어 개념신에 가까워진 그들은 올림포스의 근

간이라고도 할 수 있는 존재들이었다.

비록 가진바 힘은 적을지 몰라도, 그들의 지지를 끌어낸다면 통치는 훨씬 순조로워질 테니.

크로노스는 직접적으로 연우와 원로들 간에 연결 고리를 형성해 지지를 끌어낼 생각이었던 것이다.

'아무래도 제우스 등을 강제로 끄집어 내리고 내가 앉은 것이나 마찬가지니.'

티탄—기가스를 무찌르고 앉았기에 반발이 덜 심할 뿐, 원래 제우스 삼 형제의 편에 섰던 이들이 언제 이를 드러낼지 모르는 상황.

더구나 연우는 지금 올림포스의 주신이면서도, 그 왕좌에 앉지 못하는 희한한 상황이기도 했다.

아테나를 시켜 대리 통치를 한다고 한들, 한계가 있을 수밖에 없으니 그동안에 있을 부족분을 원로들의 지지로 채우겠다는 심산인 것이다.

연우는 크로노스가 얼마나 자신을 배려하는지를 깊게 깨달을 수 있었다.

『그리고 이제부터 넌 비그리드를 강화시켜야 한다.』

"……?"

그러다 뚱딴지같은 말에 고개를 갸웃거렸다.

크로노스가 피식 웃었다.

『의문이 들겠지?』

"예. 비그리드에 더 손댈 곳이 있습니까?"

비그리드는 죽음의 태엽으로써 작동하기 시작한 뒤부터, 이미 대신물로서의 가치를 보이고 있는 지 오래였다.

아니, 이미 크로노스, 그 자체라고도 할 수 있으니 성물(聖物)의 범주를 넘어선 지 오래였다. 그것만으로도 대신격이라 볼 수 있는 것이다.

그런데 더 강화를 시켜야 한다고?

만약 그래야 한다면 방법은 딱 하나밖에 없다.

'시간의 태엽도 합쳐야겠지.'

아난타에게 맡겨 둔 회중시계를 가져와 합친다면…… 크로노스도 다시 일어설 수 있겠지.

하지만 지금은 거기에 대해서 깊게 생각하지 않고 있었다.

시계의 태엽을 억지로 뽑으려다 자칫 그 속에 있을 동생의 사념체가 망가질 우려도 있었으니까.

크로노스가 그걸 모를 리도 없을 테니, 비그리드를 강화시키자는 말은 그런 뜻이 아닐 것이다.

『비그리드를 만든 건 나이다만, 이건 내가 마지막에 만들어 내고자 하던 최종 형태가 아니다. 오히려 그 중간점에 불과하지.』

"아."

연우는 그제야 크로노스가 무슨 말을 하려는지를 알 것 같았다.

애당초 지구에 떨어졌던 크로노스가 원하던 것은 새로운 초월.

잃어버린 격을 복구해 신왕좌를 되찾는 것에 있었다.

하지만 지구에서 보낸 세월만으로는 그가 그 전에 쌓은 격을 모두 복구하기엔 턱없이 부족했으니.

비그리드는 바로 그런 과정에서 도출된 결과물이다. 즉, '지구에서의' 신화를 모은 집합체에 불과한 것이다.

『따지자면…… 그래. 비그리드에 담긴 건 사실상 신화가 아니다. 전승(傳承) 혹은 전설(傳說)에 가깝지. 몇 단계나 낮은 영웅 설화인 것이다.』

'영웅'이라 불리는 존재들이 격을 쌓아 올리고, 신앙을 끌어모아야만 끝끝내 신이 되는 것이니.

설화는 신화에 비견할 수가 없다.

"비그리드에 있는 설화를, 신화로 바꾸라는 말씀이시군요."

『맞다.』

크로노스는 무겁게 고개를 끄덕였다.

『너는 내 육체를 흡수하였지. 즉, 그 속에 있는 신화가 네 신화와 뒤섞였다는 뜻이기도 하다.』

"아버지의 신화를 골라 이곳에다 부여한다면……!"

『비그리드도 새로운 형태를 띨 수 있겠지. 나도 한층 달라질 수 있을 것이고.』

그것은 크로노스의 완전한 부활을 의미하는 것이기도 했으니.

연우는 저도 모르게 몸을 부르르 떨고 말았다.

그렇게 강화된 비그리드와 합일을 이뤘을 때, 자신의 힘은 어디까지 미칠 수 있을 것인가?

『이제야 알겠느냐? 이 아비의 위대함을?』

크로노스는 자신이 말하려던 바를 연우가 완전히 이해했다는 것을 깨닫고, 입꼬리를 씩 말아 올렸다.

아버지가 저럴 때마다 사사건건 못마땅해하던 연우도, 이번만큼은 고개를 끄덕이면서 인정할 수밖에 없었다.

『비그리드는 진짜 이름이 아니다. 여러 진명을 가리기 위한 위명이었지. 하지만 그 속에도 제대로 된 진명은 하나뿐이니.』

"그게…… 무엇입니까?"

『스퀴테.』

"……스퀴테."

연우는 비그리드에게서 보았던 무수히 많은 이름 중 하나를 떠올렸다.

소싯적 신왕 크로노스가 애용하던 애병이자, 대신물.

대지모신 가이아가 세상에 널리 퍼진 최초의 여러 쇠붙이들을 끌어모아 원한의 샘에다 담았고, 그렇게 탄생한 아다만트에서 비롯되었다던가.

세상에 베어 내지 못하는 것이 없으며, 대상의 시간까지 베어 내어 완전한 정지를 부여함으로써 죽음을 끌어낸다던 무기.

의식 세계에서 크로노스가 마성을 벨 때에 사용하던 대낫이기도 했다.

『듣자 하니 이전에 사용하던 것은 제우스 녀석들이 불길하다면서 부숴서 우주 곳곳에다 뿌렸다지만, 그래도 스퀴테는 내가 이미 한번 만들어 본 적이 있는 것이니 또다시 만들지 못할 리가 없지.』

연우는 크로노스의 눈동자가 강렬하게 빛나는 것을 느낄 수 있었다.

지구에 있을 적에는 그들 쌍둥이를 낳으면서 포기하게 된 숙원 사업이라지만, 여기서는 다시 이뤄 나갈 수 있을 테니.

『그리고 그것이라면 충분히.』

"……올포원을 상대할 수도 있겠군요."

연우는 그동안 막연하게만 보이던 벽에서 빛이 한 점 새어 나오는 기분을 만끽할 수 있었다.

『그러리라 본다. 녀석의 빛을 벨 수 있는 방법은 그것밖에 없어.』

크로노스는 목소리에 강하게 힘을 주며 말했다.

*　　　*　　　*

땅, 땅, 따앙!

따아앙!

헤노바는 무왕의 요구에 따라 커다란 석상을 열심히 조각했다.

외뿔부족의 왕이 특별히 부탁하는 것이니만큼, 그도 절대 소홀히 할 수 없기 때문에 그동안 대장간도 문을 닫은 상태였다.

시간이 얼마나 흘렀는지도 알 수 없었다.

계절이 한 번 혹은 두 번 바뀌었을지도 모르는 시간 내내 조각에만 집중했으니까.

"허! 역시 대단한 양반이야. 드워프란 양반들은 다들 저렇게 외골수들인가?"

"저거 끝나거든, 나도 하나 만들어 달라고 해 볼까? 어때? 이런 포즈는?"

"꼴사납다, 이것아. 그 배부터 집어넣지 그래?"

"개새끼."

"크으. 그나저나 처음에는 우리 족장이 참 꼴사나운 짓을 한다고 생각했는데 말이야. 저렇게 보니까, 그것 참……."

"그것참?"

"더 꼴사납단 말이지!"

"푸하핫! 맞아! 그리고 못생겼지!"

"그래! 못생겼……! 헉!"

"왜 그래, 갑자기? 헉! 조, 족장?"

"누가 못생겼다고?"

"그, 그게……?"

"조, 족장! 우리 말 좀 들……!"

"안 그래도 심심했는데 잘됐다. 너희들을 더 못생기게 만들어 주마. 와라!"

부족원들은 그걸 보면서 저들끼리 잡담을 나누며 웃어 대기도 했지만, 헤노바의 실력에 대해서 의심하는 이는 아무도 없었다.

그렇게.

언제나 그렇듯, 평화로우면서도 시끄러운 나날이 지나던 어느 날.

무왕은 손님을 맞이하고 있었다.

"오랜만에 뵙습니다. 스승님."

깡마른 체구에 붕대를 칭칭 감고 있는 남자, 페이스리스
였다.

그는 칙칙한 목소리를 내뱉다 말고, 갑자기 고장 난 인형
처럼 고개를 비딱하게 꼬더니 히죽 웃으면서 걸쭉한 목소
리로 변했다.

"아니, 형님이라고 불러 드려야 하나?"

창무신, 플랑의 목소리였다.

"끔찍한 혼종이로구만. 쯧!"

페이스리스를 처음 마주한 순간, 무왕이 내뱉은 감평은
아주 간단했다.

혼종(混種).

어떻게 한 개의 육체에 저토록 많은 영혼들을 욱여넣을
수 있는 건지.

어이가 없을 지경이었다.

"상당히 난리를 쳤다기에 대체 그사이에 무슨 수를 썼나
싶었더니."

무왕은 팔짱을 끼면서 가볍게 코웃음을 쳤다.

불청객이 부족의 마을에 침입했다는 소식을 들었던 건
오늘 아침이었다.

어떤 미친놈이 아직 잠도 다 깨지 않은 새벽 댓바람부터 난리를 치나 했지만, 그래도 처음에는 간만에 재미난 놈이 나타났다 싶었다.

외뿔부족은 아주 오랜 세월 동안 탑 내에서 '최강의 종족'으로 군림해 왔고.

무수히 많은 클랜과 랭커들이 그들의 아성을 뛰어넘기 위해 도전을 해 오기도 했다.

물론, 그런 도전들은 하나도 빠짐없이 모조리 좌절을 겪어야만 했지만.

그래도 외뿔부족과 겨뤘다는 것만으로도, 무도를 걷는 이들에게는 아주 크나큰 영광일 수밖에 없었던바. 외뿔부족의 빈객이라도 되면 큰 발전도 꾀할 수 있기 때문에 마을의 초입은 여러 방문객들로 북적이기도 했다.

그러면 부족원 중 누군가가 나서서 그들을 직접 상대하고, 인정할 만한 존재면 식객으로 받아들이되, 어중이떠중이면 내치는 것이 전통이었다.

하지만.

그런 전통은 언제부턴가 유야무야되다가, 단절되기 시작했다.

정확하게는 무왕이 집권하고 난 뒤부터였다.

무왕은 역대 외뿔부족의 왕들 중에서도 손꼽히는 최강자

라 불렸다 보니, 도전자들과의 격차가 커도 너무 컸던 것이
다.

당연히 오만한 성정을 자랑하는 무왕으로서는 그런 놈들
이 눈에 찰 리가 없었고.

—발톱 때만도 못한 것들, 왜 받아들이냐? 칼질
이라도 한 번 할 수 있는 놈 아니면 다 내쳐.

그렇게 내뱉은 서슬 퍼런 한마디는 결국 귀찮은 파리들
을 다 내쫓아 버리는 것에 이르고 말았다.

빈객의 수도 확 줄어들어 정말 인정받을 수 있는 존재들
이 아니면 남지도 않았으니.

그렇다 보니 방문객은 이제 거의 찾아볼 수 없다시피 하
게 된 상황이었다.

한데, 그런 와중에 간만에 방문객이 있다고 하니, 무왕도
이제 심심함을 달랠 수 있겠다 싶어 관심을 보였던 것인데.

설마하니 이런 혼종일 줄이야.

"그래. 뿔을 돌려 달라고?"

무왕은 페이스리스를 완전한 타인처럼 대했다. 그의 눈
에는 옛 제자로도, 아우로도 보이지 않았다.

그저 여러 원념만 잔뜩 뭉친 괴물.

그 이상도, 그 이하도 아니었다.

"제가 충분히 요구할 수 있는 것 아닙니까?"

청화도가 아직 건재할 적. 창무신은 레드 드래곤과 본격적인 전쟁을 치르기에 앞서 외뿔부족을 동맹으로 끌어들이기 위해서 직접 자신의 뿔을 내놓은 적이 있었다.

부족원에게 있어 뿔을 내놓는다는 것은 외뿔부족의 정체성을 모두 포기하겠다는 뜻.

더 이상 부족원으로서 내세울 수 있는 권리도, 의무도, 전부 손에서 놓겠다는 의미이기에 수치로 여겨지기도 했다.

그런데 이제 와서 뻔뻔하게 뿔을 돌려 달라고 한다.

외뿔부족의 입장에서는 헛웃음도 나오지 않는 상황이었다.

"요구해? 네가 어떻게?"

"뿔의 대가를, 부족은 충실히 이행하지 않았습니다. 동맹으로서 참전해 달라고 요구하였고, 형님께서는 그걸 들어주겠다고 약조하셨지만 결국엔 방관으로 끝나고 말았지요."

"결국 이스메니오스를 거꾸러뜨린 건 나였다만?"

"그것과는 별개의 사안이지요. 청화도에서 요구한 것을 이행한 건 아니지 않습니까?"

"그래도 안 된다면?"

"정식으로 장로 및 원로 회의에 의결을 요구하겠습니다."

갈수록 점입가경이로군.

"뒷방 늙은이들이 들어줄 건 같고?"

"최소한 몇몇은 들어주겠지요."

"몇 놈과 벌써 입을 맞췄군."

"형님께 불만이 있는 늙은이들이 제법 계시더군요."

외뿔부족은 겉보기엔 무왕을 중심으로 한 견고한 체재를 유지하는 것으로 보인다. 그리고 개개인이 유쾌하고 무도를 추구하기 때문에 별다른 잡음이 없는 것으로 비치기도 한다.

하지만 사람 사는 곳이 어디나 그렇듯, 부족 내에도 끊임없이 계파 간의 파열음은 빚어지고 있으니.

이는 그들이 사실 50여 개의 씨족과 가문들이, 소호 금천이라는 공통된 시조 아래 뭉쳐 있는 연맹체이기 때문이었다.

특히 최근 몇몇 씨족들의 경우에는 위기의식을 느끼고 있기도 했다.

대장로에서부터 무왕, 그리고 최근 들어 무서운 기세로 일어서고 있는 판트 남매까지. 청람가의 위세가 다른 씨족과 가문을 능가하고 있기 때문이었다.

당연히 이에 대한 반발과 불만이 조금씩 나올 수밖에 없는바.

일단은 무왕이 건재하기에 아무도 언급하지 않을 뿐이지, 언제 터질지 모르는 화약고나 다름없었다.

그런데 그런 곳을 들쑤셨으니. 아마도 엉덩이가 가벼운 뒷방 늙은이 몇몇은 이미 벌써 들썩거리고 있을 것이다.

무왕은 팔짱을 꼈다. 여전히 그의 입가에서는 비웃음이 떠나질 않았다.

"그래. 좋아. 그럼 뿔을 되찾는다면? 그 뒤에는? 여기서 끝이 아닐 텐데?"

"전쟁을 치를 겁니다."

"전쟁? 누구와?"

"당연히 형님이지요."

"……?"

"형님께서 앉아 계신 자리, 제가 가져가야겠습니다."

무왕은 순간 이게 대체 무슨 소린가 싶어 잠깐 눈을 동그랗게 뜨다가, 곧 크게 파안대소를 터뜨리고 말았다.

"뭐? 네가? 이 자리를?"

비웃음이 잔뜩 쏟아졌지만, 페이스리스는 무덤덤했다.

"저 역시 선대 왕의 아들이니 혈통이 부족하지 않고, 뿔도 되찾을 테니 자격도 모자라지 않습니다. 그러니 그땐 부족장의 자리에 도전할 것입니다."

외뿔부족의 왕이 되는 방법은 아주 간단하다.

첫째, 소호 금천의 피를 잇는 가계(家系)에 속할 것.

둘째, 그중에서 가장 강할 것.

제아무리 많은 파벌을 데리고, 지지자들을 끌어모은다고 할지라도. 결국 부족장의 자리를 지키는 것은 순수한 무력이다. 외뿔부족이 무공(武功)을 창시한 무문(武門)이기 때문이었다.

그러니 부족장은 여러 피붙이들 중에 누군가가 정식으로 도전을 해 온다면, 신상에 큰 문제가 있는 게 아닌 이상에야 반드시 도전을 받아들여야만 했다.

그것이 부족을 지탱하는 가장 첫 번째 원칙인 탓이었다.

강자존(强者尊).

강자만이 존귀하고, 모든 것을 독차지할 자격이 있을지니.

"형님께 불만이 있는 영감이 적잖게 있다고 말씀드렸었지요? 저는 제가 왕이 된 다음, 자식을 두지 않을 예정입니다. 둘 수도 없는 처지기도 하고요."

그럼 차기 왕은 다른 가문에서 나오겠지. 이것을 약조한 이상, 페이스리스가 '플랑'이라는 이름으로 부족에 되돌아오는 것은 큰 무리가 아닐 것이다.

붕대 사이로, 페이스리스의 눈빛이 번들거렸다.

"그러니 어쩌시겠습니까, 형님?"

그런 도발적인 질문에.

피식!

무왕은 아주 재미있겠다며 가볍게 웃었다.

"얼마든지."

* * *

페이스리스가 정식으로 장로 및 원로 회의를 요청하고 난 뒤.

무왕에게 곧바로 쏟아진 것은 영매의 전음(傳音)이었다.

그녀의 목소리는 다급했다.

『함정이야!』

"알아."

『당신과 일대일 자리를 만드는 게 저들 목표야! 거기서 암살을 꾀할 거라고!』

"누가 몰라?"

『당신……!』

영매의 어조가 뾰족해졌다.

늘 차분하던 그녀였지만.

최근 들어 같은 점괘가 계속 반복되고, 그 '시간'이 계속 다가올수록 그녀는 점차 조급해했다.

반면에.

무왕은 여전히 담담했다.

마치 남의 일이라도 되듯.

"우리 마누라, 목소리 많이 떨리네? 이런 거 너무 오랜 만이다야. 예전에는 손만 잡아도 그랬었는데. 요즘은 아주 아줌마가 되어서……."

『야!』

무왕은 결국 말을 길게 잇지 못했다.

그러다 피식 웃었다.

"마누라."

『뭐?』

영매는 흥분을 겨우 삭이고 있었는지 숨소리가 많이 거칠었다.

"너무 걱정 마."

물론, 그마저도 오래 가지 않았지만.

『화상아! 지금 걱정 안 하게 생겼……!』

"나 무왕이야. 나유라고."

『…….』

영매는 순간 아무 말도 할 수 없었다.

예나 지금이나, 자신의 남편은 너무 자신만만했다.

저런 면모에 반한 것이기도 하지만.

그렇기엔 때때론 너무 미웠다.

자신의 걱정 따윈 별 대수롭지 않게 여기기 일쑤였으니까.

"내가 죽을 운명이라고 했지?"

무왕은 영매가 지금쯤 어떤 표정을 짓고 있을지 두 눈에 선명하게 보이는 듯했다.

"확답하건대, 그럴 일은 절대 없을 거야."

페이스리스는 떠나는 순간 웃고 있었다.

하지만.

과연 녀석은 알까?

당시에 자신 또한 웃고 있었다는 것을.

그때 그 웃음은 비웃음이 아닌, 진심 어린 웃음이었단 것을.

대적자라.

이 얼마 만에 마주하게 된 도전장인지.

여름여왕이 죽은 뒤, 홀로 따분함을 감내해야만 했던 무왕으로서는 이보다 재미난 사건은 없었다.

그저 제자 녀석이 어디선가 또 깽판을 쳤다는 게 전부였을 뿐.

"그깟 운명도 죄다 부숴 버려야, 무왕이라 할 수 있지 않겠어?"

익살맞게 웃는 무왕의 두 눈은 서슬 퍼렇게 빛나고 있었다.

*　　　*　　　*

연우는 스퀴테를 만들어야 한다는 크로노스의 의견에 따라, 곧장 준비 작업에 착수했다.

"비그리드를 강화시키려면 어떻게 해야 합니까?"

『재료부터 모아야지.』

"재료라 하시면?"

『일단 내용물은 진즉에 갖춰져 있다. 내 신화는 네가 전부 온전히 갖고 있는 상태고, 태엽도 이전보다 훨씬 원활하게 잘 돌아가고 있지.』

"그럼 그릇이 필요한 거군요."

『맞아.』

다른 건 전부 마련되어 있으니, 비그리드를 두들기기 위한 광석이 있어야 한다는 뜻이었다.

"그럼 비그리드…… 아니, 스퀴테의 원재료는 무엇입니까?"

『알면서 뭘 물어? 아다만트지.』

'역시.'

연우는 가볍게 한숨을 내쉬었다.

아다만트.

세상에서 가장 단단하며 마법적인 재질이 뛰어나다는 물질.

이미 퀴네에를 만들기 위해 한 번 구했던 전적이 있기 때문에 그것이 얼마나 귀한 건지 그가 누구보다 잘 알고 있었다.

"혹시 그 필요하다는 아다만트가, 정확하게는 아다만틴 노바입니까?"

『당연하지. 노바가 아니면 얻다 써?』

"……."

마치 아다만틴 노바가 아니면 그게 어디 광석의 범주에나 들 수 있냐는 듯한 말투.

연우는 어쩐지 크로노스가 가진 '상식'의 범위가 자신이 생각하는 것보다 훨씬 높을지도 모르겠다는 생각이 들었다. 역시 까마득한 세월 동안 신왕좌에 앉아 있던 양반다운 씀씀이였던 것이다.

"그럼 필요한 양은 얼마나 되겠습니까? 퀴네에를 기준으로 둔다면요."

『퀴네에라면, 키클롭스 놈들이 하데스에게 만들어 준 그거?』

"예."

『아들아.』

"……?"

『잡다한 것과 같이 뒤섞여서 만들어진 투구랑 통짜로 만든 대낫이랑. 비교하면 어디가 더 많이 들어갈까?』

"……."

『열 배.』

"……!"

『그 정도는 있어야 비그리드의 성질이라도 바꿔 볼 수 있을 거다.』

"……."

연우는 자기도 모르게 얼굴을 손으로 뒤덮고 말았다.

아무래도 자신이 생각한 것보다 훨씬 많은 출혈을 필요로 할 듯싶었다.

그러다.

천천히 얼굴을 쓸어내리면서 자리에서 일어났다.

발밑으로 붉은 포탈이 활짝 열렸다.

『어디 가려고?』

"가만히 있어 봤자 아다만틴 노바가 하늘에서 뚝 떨어지는 것도 아니잖습니까?"

『난 떨어지던데?』

대체 이 양반은 어떤 삶을 살았던 걸까.

"……그거야 아버지 때는 풍족했으니 그랬을지도 모르지만, 지금 저와 올림포스로서는 턱도 없습니다. 애당초 아다만트는 그렇게 쉽게 구할 수 있는 재료가 아니어서요."

『음. 확실히 그렇다고 듣긴 했다만.』

"그러니 아다만틴 노바를 가지고 있거나, 위치를 알고 있을 만한 사람을 만나야 할 것 같습니다."

『누군데?』

아나스타샤.

연우는 지금쯤 또 어디에 있을지 모를 구미호의 이름을 중얼거리면서 포탈에 올랐다.

＊　　　＊　　　＊

─스승님? 정확하진 않지만, 지금쯤 11층을 외유 중이실걸? 환몽(幻夢)과 관련된 뭔가가 필요하다고 저번에 지나가듯이 말씀한 적이 있거든. 그런데 무슨 일로…… 뭐? 또? 저, 저기 미안한데, 이번엔 내가 가르쳐 줬다고 말 안 하면 안 될까……? 나 이러다 정말 죽을지도 몰라……!

간만에 빅토리아에게 연락을 넣으니, 다행히 아나스타샤의 행방은 금방 찾을 수 있었다.

[이곳은 11층, 꿈속 세계의 관입니다.]

빛무리를 가르면서 간만에 찾은 11층은 다른 어떤 층계와 비교할 수 없이 아주 평온했다.

영혼을 어루만지듯이 아주 따스했던 것이다.

이전에 찾았을 때는 절대 느낄 수 없었던 감각.

[신수들이 강한 존재의 파장을 감지하고 털을 곤두세웁니다!]

[마수들이 강한 존재의 파장을 확인하고 근처의 은신처로 도피합니다!]

[모든 환수들이 당신의 존재에 숨을 죽입니다.]

하지만 연우와 다르게, 11층에서 살아가는 환수들은 전혀 그렇지 못했다.

환수는 물질보다 영에 가까운 존재. 그렇기에 감각이 아주 예민한 만큼, 갑자기 나타난 불청객을 감지하고 공포를 느끼기 시작했다.

그들에게는 마치 절대 항거할 수 없을 정도로 거대한 해일이나 지진이 닥치는 것으로 보일 테지.

"어? 왜, 왜 이래……?"

"첸! 정신 차려!"

"아, 알이 깨질 것 같아!"

때문에 11층의 시련에 집중하고 있던 플레이어들은 이상 증세를 보이는 환수들 때문에 곤혹을 면치 못했다.

연우도 자신이 여기에 있는 게 층계에 좋지 않으리란 것을 잘 알기 때문에 볼일만 서둘러 마치고 떠날 생각이었다.

다만, 망막을 채운 여러 메시지 중 유독 눈에 띄는 게 있었다.

'신수? 모두 죽은 게 아니었나?'

4대 신수들은 청화도와 레드 드래곤의 전쟁 때 전부 한 령에게 죽었을 텐데? 혹시 자신이 스테이지를 떠나 있는 동안 새로운 신수라도 생긴 걸까?

그런 여러 생각이 들 무렵, 갑자기 자신이 있는 곳으로 무언가가 다가오는 것이 느껴졌다. 바로 앞쪽에서 공간이 활짝 열렸다.

"대체 어떤 작자가 나타난 건가 싶었는데…… 또 너였나?"

아나스타샤가 짜증이 가득 섞인 얼굴로 연우를 노려보는데.

순간, 비그리드가 크로노스로 변하면서 놀란 눈으로 그녀를 바라봤다.

『응? 너 레아가 기르던 포포 아니냐?』

"……!"

순간, 아나스타샤의 표정이 당황에 젖었다.

여태껏 항상 차갑거나 화를 내는 등, 앙칼진 모습만 보였던 것과는 전혀 다른 태도.

하지만 그걸 모르는 크로노스는 아나스타샤의 주변을 뱅글뱅글 맴돌면서 이모저모를 살폈다.

『아무리 봐도 맞는데?』

순간, 아나스타샤가 슬쩍 고개를 옆으로 돌리더니 크로노스의 시선을 회피했다. 이마에 식은땀이 송골송골 맺혔다.

『맞지, 너?』

"……."

『맞는데?』

"……."

『음?』

크로노스는 어떻게든 아나스타샤와 눈을 마주치기 위해

움직였지만, 그럴 때마다 아나스타샤는 계속 고개를 다른 방향으로 이리저리 돌렸다.

크로노스는 '얘가 왜 이러나?' 하는 표정을 짓다가, 순간 피식 웃으면서 눈웃음을 짓더니.

『손.』

오른손을 앞으로 내밀었다.

척!

그러자 즉각 반응하는 아나스타샤의 손.

『맞네.』

"……!"

크로노스가 자신의 손바닥 위에 올라온 아나스타샤의 손을 보면서 히죽 웃었다.

아나스타샤의 안색이 곧 시퍼렇게 변하더니, 곧 새삼 어색한 미소를 지으면서 뻣뻣하게 크로노스를 돌아봤다. 마치 기름칠을 하지 않은 인형처럼.

"정말 크…… 로노스 님이십니까?"

『그럼 누구로 보이나?』

"그런……!"

여태 크로노스가 죽은 줄로만 알았던 아나스타샤로서는 강한 충격을 받은 얼굴이었다. 그러다 이쪽을 예의주시하고 있는 시선이 있다는 것을 뒤늦게 깨닫고, 딱딱하게 굳은 얼굴로 조심스레 크로노스에게 물었다.

"그럼 저기 있는 작…… 아니, 이는?"

아나스타샤는 '작자' 라고 말할 뻔한 것을 가까스로 삼키면서 물었다.

하지만 그런 그녀의 기대는 금세 산산조각 나고 말았으니.

『내 아들.』

"……!"

그 순간, 아나스타샤는 볼 수 있었다.

크로노스의 뒤편.

연우가 새삼 사악하게 웃으면서 이쪽을 보고 있는 것을.

*　　　*　　　*

[탑 외 지역에 입장했습니다.]

"……누추한 곳이지만, 편히 앉으시지요."

아나스타샤는 탑 외 지역에 위치한 자신의 거처로 연우 부자를 안내했다.

연우는 멀쩡한 지붕이며 바깥 거리를 보면서 물었다.

"그새 환락가 복구가 다 됐나 봅니다, 포포?"

"그때 네놈……! 아니, 그…… 쪽이 그렇게 망가뜨리지만 않았어도, 지금은 보다 더 번화가가 되었…… 을 테지요."

아나스타샤는 당시의 일을 생각하면 아직도 열불이 치솟는 터라 한 소리를 하고 싶은 마음이 굴뚝같았다.

당시 연우가 자신을 찾겠다며 환락가 일대를 쑥대밭으로 만들었을 때 입었던 피해가 오죽했던가.

이곳에는 아나스타샤와 이해관계로 얽힌 곳도 적지 않게 섞여 있기 때문에, 그동안 그것을 복구하느라 상당히 많은 시간과 자본을 들여야만 했다.

특히 난리통에 떠나 버린 환락가의 사람들이며 손님들을 다시 불러들이는 건 좀처럼 쉽지 않은 일이었으니.

더구나 그 뒤에는 말 안 듣는 제자 녀석을 뒤쫓아 이리저리 구르고, 마지막엔 아다만틴 노바까지 뜯기지 않았던가.

지금도 당시만 생각하면 아직도 속이 부글부글 끓을 지경이었다.

아나스타샤. 그녀는 오랫동안 살아온 만큼이나 나태를 아주 사랑했으니까.

그런데 문제는 다시는 죽어도 듣고 싶지 않았던 아명(兒名)을, 하필이면 저놈에게 들켰다는 점이었다.

거기에 대해서 닥치라고 일갈하고 싶어도, 이쪽을 빤히

쳐다보고 있는 크로노스의 시선이 있어 차마 그럴 수도 없었다.

연우의 정체가 그런 것일 줄…… 누가 생각이나 해 봤을까.

이곳으로 오는 동안, 아나스타샤는 크로노스로부터 간략하게나마 지난 일에 대해 들은 뒤였다.

세상에.

크로노스와 레아의 아들이라니.

거기다 올림포스의 주신이 되었다고……?

최근 들어 천기가 크게 바뀌고, 탑의 시스템이 어딘지 모르게 달라졌다는 것을 느끼긴 했었는데. 이런 것이었을 줄이야.

지금은 등을 졌다지만, 아나스타샤 역시 한때 올림포스의 소속이었던 몸.

당연히 두 눈이 저절로 번뜩 뜨일 수밖에 없었다.

한편으로는 '왜 하필……' 이라는 생각이 계속 이어지기도 했지만.

기분이 참 싱숭생숭했다.

보고 싶었던 옛 주인이 돌아왔다는 반가움과 올림포스가 정상을 되찾았다는 기쁜 소식도 있지만, 반대로 어쩐지 이제 코가 단단히 꿰이게 생겼다는 생각도 같이 들었으니까.

"당시의 일은 죄송하게 생각합니다."

그때, 갑작스러운 연우의 사과에 아나스타샤는 크로노스 앞에 다과를 내려놓다 말고, 미간을 가늘게 찌푸렸다.

그녀는 여전히 연우라는 인간에 대한 불신이 너무 컸다.

아니나 다를까.

"그런데 말입니다."

"······?"

"'오빠'라고 부르기로 한 것, 그새 잊으셨나 봅니다, 포포?"

"이이······!"

"아니면 주인님이라고 부르든가. 포포야."

"이 쌍······!"

아나스타샤가 이를 바득 갈았다. 손에 쥐고 있던 쟁반도 같이 '톡' 하고 부러지는데.

『저건 다 뭐냐?』

크로노스가 앞에 놓인 차를 마시려다 말고, 아까 전부터 저쪽 미닫이문 뒤에 숨어서 이쪽을 힐끔힐끔 훔쳐보고 있는 아이들을 보며 물었다.

아이들은 크로노스와 눈이 마주치자, 화들짝 놀라면서 다급하게 뒤쪽으로 몸을 숨겼다.

아나스타샤는 가볍게 한숨을 내쉬면서 말했다.

"······요정(妖精)입니다."

『요정?』

크로노스는 눈을 살짝 동그랗게 뜨더니, 곧 살짝 미소를 지었다.

『어쩐지 너와 비슷한 향이 느껴지더라니. 레아와 비슷한 취미를 보이는구나.』

"······."

아나스타샤가 고개를 살짝 푹 숙였다.

그녀에게서는 잠시간 말이 없었다.

『넌 그동안 어떻게 지냈는지, 물어봐도 될까?』

아나스타샤는 고개를 작게 끄덕이면서 천천히 입을 열었다.

평상시와는 다른, 차분하면서도 침착한 목소리.

그동안 그녀를 보좌하던 아이들은 처음 보는 그녀의 모습에 상당히 놀라면서도, 숙연해지는 분위기에 하나둘씩 눈시울이 붉어졌다.

"처음 레아 님께서 크로노스 님이 어딘가에 계실 것이라면서 떠나실 때까지만 해도, 저와 늑······ 대는 그분을 뜯어말렸습니다."

당시만 하더라도, 아나스타샤는 레아가 제정신이 아니라고 여기고 있었노라며 조심스럽게 말문을 열었다.

크로노스는 이해한다면서 고개를 끄덕였다. 자신이 그들의 입장이었어도 똑같이 생각했을 테니까.

'태엽'을 뽑아 아래 세상으로 내려보내는 시도는 자신외에 아무나 할 수 있는 게 아니었으니까. 전생(轉生)이라는 것은 그만큼 신격들에게도 완전히 이해되지 못한 미지의 영역이었다.

그래서 크로노스의 '죽음'은 같은 올림포스의 신들에게도 똑같이 죽음으로 인식되었다.

오히려 그것을 믿지 않고, 크로노스를 찾으려 나선 레아가 신기한 것이었다.

비록 최대한 돌려서 말했다지만.

아마도 당시 아나스타샤는 레아가 정말 미쳤다고 여겼을지도 몰랐다. 자식들이 남편의 왕위를 찬탈하는 패륜을 바로 옆에서 지켜본 셈이었으니까. 제정신을 붙잡고 있는 게되레 이상할 테지.

"하지만 레아 님은 금방 돌아올 거라며 저희들을 달래시었고, 그렇게 탑에서 떠나셨습니다."

『졸지에 너희들은 그냥 탑, 그러니까 천계에 남아 있게된 거고?』

"……예."

『너저분한 것들에게 많이도 당했겠네.』

"아, 아닙니다."

『아니긴. 무슨.』

크로노스는 콧방귀를 가볍게 뀌었다.

신격이라고 해서 어디 심성까지 올바르던가?

크로노스도 처음에는 그런 줄로만 알았다.

대지모신의 아들로 태어나고, 올림포스의 왕자로 살아왔으며, 신왕에까지 올랐던 그였기에.

그는 신격이란 필멸자와 애당초 비교가 불가능한 존재라고만 여겨 왔었다.

신성하고, 지고한 존재.

자신들만이 존귀하다고 여겨 왔었다.

하지만 그 뒤로 지구에 떨어졌고, 여러 삶을 반복해서 살아본 결과 내린 결론은 '아니었다' 였다.

결국 사는 곳은 어디나 다 똑같았다.

더 많은 것을 가지길 원하고, 더 높은 곳으로 올라가길 바란다.

물론, 정말 존귀한 존재들도 있다. 청렴한 성품을 가지고, 존경을 받을 만한 존재들도 적지 않았다. 하지만 그보다 더 많은 승냥이 떼들은 자신이 더 많은 것을 가지겠노라며 서로 물어뜯기 바빴다. 크로노스는 그런 광경을 너무 신물 나도록 지켜봤다.

그러니 크로노스와 레아라는 든든한 배경이 사라진 아나스타샤가 무슨 일을 겪었을지는 불에 보듯 뻔한 이야기였다.

타천을 선택했겠지.

그리고 방황했을 것이다.

그동안 아나스타샤에 있어 레아는 '주인'이기에 앞서, 인생의 모든 것이었다.

사랑을 주고, 보살펴 주던 고마운 존재. 부드럽게 안아 주는 어머니였던 것이다.

하지만 그런 이가 사라지고, 쓸쓸하고 황량한 세상에 내팽개쳐졌으니 오죽 많은 상처를 받았을까?

결국 지난 추억과 감정들은 도리어 그녀의 마음을 할퀴는 상처가 되었을 것이고.

그것들을 전부 잊기 위해서 다른 자극적인 것들을 찾으려 했겠지.

아마도 마약과 술, 색 등 환락에 취한 것도.

이만큼이나 강한 힘과 높은 격을 지니고 있음에도 불구하고, 나태하게 지내는 것도. 전부 바로 그런 이유 때문이었을 것이다.

크로노스의 눈에는 아나스타샤가 그동안 어떻게 살았을지, 어떤 마음으로 살아왔을지, 빤히 눈앞에 그려지는 것 같았다.

『그럼 페페는?』

"……늑대라면 잘 지내고 있습니다. 저와는 반대로, 레아 님의 말씀을 굳게 믿고 충실히 따르고자 했었습니다."

언젠가는 되돌아오겠다. 크로노스와 함께.

레아는 올림포스를 떠나기 전에 그렇게 말했었다.

『그러냐.』

크로노스는 씁쓸하게 웃으면서 찻잔을 톡 하고 두들겼다. 육체가 있다면 술이라도 마셔서 취하고 싶은 마음이 굴뚝같았다. 이럴 때는 영체가 얼마나 불편한지.

"저, 그런데 크로노스 님……."

『그래. 말해 보려무나, 포포야. 뜻하지 않게 이렇게라도 만난 것도 인연인데. 무슨 부탁이라도 있는 거냐?』

아나스타샤는 섣불리 말을 꺼내기가 부끄러운지 슬쩍 눈치를 보면서 몸을 살짝 꼬았다. 콧잔등이 살짝 붉어져 있었다.

『말해 보래도.』

결국 계속되는 크로노스의 채근에 아나스타샤는 겨우 목소리를 쥐어짰다.

"저, 그……."

『음?』

"포포라는 이름, 말입니다."

『포포? 그게 왜?』

"그 이름은 좀 그만 부르시면……."

크로노스는 눈을 동그랗게 뜨더니 가볍게 실웃음을 흘렸다. 그러고는 짐짓 화가 난 듯한 얼굴로 연우를 홱 하고 돌아보면서 버럭 소리를 질렀다.

『네 이 녀석! 포포라는 이름으로 그만 놀리거라! 포포가 부끄럽다 하지 않느냐, 포포가! 우리 포포가 말이다!』

분명 어조는 꾸짖는 것 같은데, 왜 이렇게 '포포' 라는 단어에 힘이 잔뜩 들어가 있는 건지.

"크, 크로노스 님……!"

아나스타샤의 얼굴이 이제 푹 익을 것처럼 완전히 빨갛게 달아올랐다.

『이제 우리 포포더러 포포라고 그만 부르거라! 포포라는 이름으로 부를 수 있는 건 나밖에 없으니까! 우리 포포가 부끄러워하는 거 빤히 알면서. 이 인성 불어 터진 것! 그렇지 않으냐, 포포야?』

"……!"

『하하하!』

"……."

크로노스의 웃음소리가 크게 울려 퍼지는 가운데.

연우는 고개를 절레절레 흔들었다.

누가 누구더러 인성이 불어 터졌다고 하는 건지, 원.

*　　　*　　　*

크로노스의 웃음소리는 한참이 지난 뒤에야 겨우 그쳤다.

그동안 연우는 차근차근히 생각을 정리할 수 있었다.

빅토리아의 스승이자, 숨겨진 은거기인이라고 여겼던 아나스타샤가 자신과 이런 접점이 있을 줄은 생각도 못 했으니.

한편으로는 이래저래 이해가 가는 점도 많았다.

크로노스가 왜 아다만틴 노바를 두고 구하기 어렵냐고 의문을 표했는지.

'아나스타샤에게 시키기만 하면 됐을 테니.'

어디 그뿐일까.

아나스타샤가 그동안 귀물(鬼物)이며 요병(妖兵) 따위를 모으던 것을 감안한다면, 올림포스에 있을 때에도 크게 다르지 않았겠지.

가만히 앉아 있어도 보물을 알아서 척척 가져다줬을 테니, 이 얼마나 편하고 고마운 존재인지.

더구나.

'아나스타샤가 늑대라고 불렀던 프레지아는……?'

연우의 사고가 꼬리에 꼬리를 물 때 즈음.

『여태껏 장난을 치긴 했다만, 포포는 애완동물, 그런 게 아니다. 보다 더 소중한 존재지.』

크로노스는 연우를 앉혀다 놓고 신신당부를 했다. 아나스타샤를 함부로 대하지 말라고.

연우로서는 어이가 없을 따름이었지만.

하지만 이어진 말에 눈을 크게 뜨고 말았다.

『녀석은 네 엄마의 분신이다.』

"그게 무슨?"

『네 엄마가 직접 자신의 신력을 나누어 만든 것이지.』

전혀 생각지도 못했던 말.

『네 엄마는 이따금 그런 걸 즐겨 하는 편이었어. 무언가를 가꾸고, 기르는 것을 좋아했지. 기억나냐?』

연우는 가만히 고개를 끄덕였다.

확실히 지구에서도, 어머니는 그리 넉넉지 않은 살림살이임에도 화초를 키우길 좋아하셨으니까. 이따금 유기견이나 유기묘를 돌봐 주는 경우도 많았다.

『아마 포포가 이런 요정이나 정령들을 기르는 것도, 11층에서 환수들을 챙기던 것도 네 엄마의 영향을 받아서일

거다. 특히 환락가는 인생의 막장에 내몰린 가련한 것들이 모이는 곳이기도 하니, 크게 다르지도 않을 테고. 듣자 하니 여기서는 대모(大母)라고 불린다지?』

연우는 제자인 빅토리아가 말을 듣지 않는다며 매번 툴툴거리면서도, 그녀를 챙기던 아나스타샤의 모습이 저절로 떠올랐다.

『그리고.』

"······?"

그때, 크로노스가 연우만 들을 수 있도록 심령으로 말을 걸어왔다.

『아까 전부터 무언가 숨기고 있는 것 같기도 하니······ 앞으로 잘 지켜봐.』

연우의 눈이 가늘게 좁혀졌다.

'무엇인 것 같습니까?'

『모르겠다. 다만, 네 엄마와 관련된 일인 건 확실해.』

"······!"

순간, 연우의 낯이 딱딱하게 굳던 그때.

『포포야!』

크로노스가 미닫이문을 향해 크게 소리쳤다.

그러자 바깥에서 대기하고 있던 문이 열리면서 아나스타샤가 나타나 고개를 숙였다.

"예. 크로노스 님."

아나스타샤는 얼굴을 보이지 않으려 했다.

차마 붉어진 눈시울을 보일 수가 없었다.

그녀가 자신이 살아온 삶을 이야기했듯, 크로노스도 레아가 어떻게 되었는지 말해 주었던 터라, 그동안 밖에서 조용히 감정을 다스리고 있었던 것이다.

비록 잘되지는 않았지만.

『부탁하고 싶은 게 있다만. 들어주겠느냐?』

"저의 것은……."

아나스타샤가 작게 숨을 고르면서 공손한 어투로 말했다.

"저의 것은 크로노스 님과, 그리고 작은 주인이신 ###님의 것입니다."

『주인은 무슨. 그게 언제 적 일이라고. 여하튼. 우리는 지금 스퀴테를 복구하려 한다. 난, 네가 도움을 주었으면 해.』

"아다만틴 노바가 필요한 것인지요?"

『그래.』

"얼마나 필요하신지, 감히 여쭈어도 되겠습니까?"

『최대한 많이.』

아나스타샤는 그럴 줄 알았다는 듯 살짝 한숨을 내쉬었다. 그리고 아랫입술을 질끈 깨물면서 말했다.

"이곳은 바깥세상과는 다릅니다. 탑 내 세계의 자원은 한정이 있어, 어떻게든 구하려면 한두 개쯤은 구할 수 있을지 모릅니다만…… 그 질도 장담하기 어렵습니다."

『그럼 다른 방법은, 없는 거냐?』

아나스타샤는 잠시 고민을 하다가, 곧 고개를 끄덕였다.

"늑대가 마침 장사를 하고 있으니, 녀석을 부르겠습니다."

Stage 75.
무왕(武王)

『페페가?』

"예."

『그 아이가 수완이 좋은 건 알고 있었지만, 장사를 하고 있다고?』

크로노스가 눈을 크게 떴다.

"레아 님께서 남겨 주신 유산을 바탕으로, 제 것을 더해 꽤나 크게 굴리고 있는 중입니다."

그들의 대화를 듣고 있던 연우의 눈이 반짝였다.

'그럼 정말 바이 더 테이블의 정체가……?'

늑대란 아마도 총수 프레지아를 가리키는 것일 테지.

연우는 자기도 모르게 헛웃음을 흘리고 말았다.

'탑의 세계뿐만 아니라, 여러 우주와 차원에 걸쳐서 넓은 네트워크를 형성하고 있다는 바이 더 테이블이 그런 기원을 가지고 있을 거라고 누가 짐작이나 했을까.'

연우는 새삼 아버지와 어머니가 생전에 얼마나 많은 영향력을 끼쳤는지를 실감할 수 있었다.

지구에 있을 시절만 하더라도, 분명히 자신들은 그저 평범한 가정에 지나지 않는다고 생각했었는데.

물론 어머니와 프레지아 간에 인연이 있다고 한들, 지금에 와 프레지아에게 이를 강요할 수는 없을 것이다.

하지만 인정에 호소할 수는 있겠지.

바이 더 테이블을 이용한다면, 탑의 바깥에서도 아다만틴 노바를 구해 올 수 있을 것이다.

『그럼 부탁하마.』

크로노스의 부탁에 아나스타샤는 고개를 끄덕이면서 천천히 자리에서 일어났다.

프레지아와는 그동안 앙숙처럼 지냈다지만.

그래도 이 소식을 녀석이 듣는다면 충분히 기뻐할 것이라고, 믿어 의심치 않았다.

*　　　*　　　*

"그놈 참 자아알 생겼다!"

무왕은 막 완성된 자신의 동상을 보면서 히죽 웃었다.

늠름하게 자세를 잡고 있는 모습이 마치 일족을 영광으로 이끈 위대한 군주를 상징하는 것 같아 새삼 어깨에 힘이 들어갈 정도였다.

"어깨가 실제보다 너무 넓어. 턱도 갸름하고, 콧대도 높아졌어. 저걸 두고 누가 부족장이라 하겠나? 그리고 크기는 또 왜 이렇게 큰지, 쓸데없이 공간만 낭비하고 있지 않나."

하지만 뿌듯해하는 무왕과 다르게, 옆에 있던 대장로는 못마땅하다는 투로 안경을 고쳐 썼다. 그러다 마침 석상에서 내려오던 헤노바에게 물었다.

"아무리 그래도 그렇지 보정이 너무 심한 것 아니오, 헤노바? 생각보다 예산도 많이 쓰였던데."

"영감! 그게 무슨 소리야! 보정이라니! 누가 봐도 딱 난데!"

무왕이 도중에 딴죽을 걸었지만, 대장로는 듣는 척도 하지 않았다.

헤노바는 별다른 변명 대신에 곰방대를 입에 문 채로 어깨를 으쓱거렸다.

"본인은 어디까지나 의뢰를 받은 대로 할 뿐이라서. 돈을 아낌없이 준 이는 그쪽 옆에 있으니 그쪽에다 물어보시오."

대장로는 눈을 가늘게 좁히면서 무왕을 확 하고 노려봤다.

"……이 망할 족장 새끼가! 저번에 추경이니 뭐니 하면서 되도 않는 구실로 타 갔던 걸로 한 짓거리가 고작!"

"어허! 고작이라니! 영감, 말조심해야지! 이 몸만큼, 응? 우리 일족을, 응? 번영을 누리게 한 위대한 왕이 어디 있다고, 안 그래? 그럼 이 정도는 해도 되잖아?"

"소호 금천께서도 하지 않으셨던 짓을 네놈이 하고 있다는 건 알고나 있는 거냐?"

"금천이 안 하셨으니까 이 몸이 하는 거지."

무왕은 '엣헴!' 배를 쭉 내밀었다.

대장로는 오늘도 저놈의 주둥이를 확 찢어 버리고 싶은 마음을 억눌러야만 했다.

하지만 어쩌겠나.

아무리 미워도 일족의 왕인 것을.

하는 짓거리들은 전혀 그렇지 않은 것 같지만.

오늘 완성된 동상만 해도 그렇다.

외뿔부족이 탑 내에 정착한 지도 까마득한 세월이 흘렀고, 그만큼 무수히 많은 왕들을 배출해 냈다지만.

그들 중 어느 누구도 감히 동상을 세울 생각을 하지 못했다.

자신들이 아무리 강하고 위대하다고 한들, 시조인 소호금천의 업적을 따라잡을 수는 없기 때문이었다.

하지만 무왕은 그런 지난 선례들을 너무 간단하게 깨 버리고 말았다.

저게 무슨 뜻이겠는가?

자신이 시조보다도 낫다고 자랑하는 꼴밖에 더 되는가 말이다!

물론, 부족원들의 반응은 '못생기고 재미난 구경거리가 생겼다'는 정도밖에 되지 않았지만.

그래도 모든 일에는 여론과 절차라는 것이 있기 마련인데, 그것을 제멋대로 추진하고 말았으니.

'저런 놈을 두고 폭군이라 하지 않으면 누굴 가리켜서 할 수 있을까.'

더군다나 부족 내 여론이 모두 호의적인 것만은 아니었다.

평상시 무왕과 대장로를 배출한 청람가에 대해 적개심을 가지고 있던 백선가를 위시한 여러 가문들이 불만을 표시한 것이다.

다만, 무왕이 부족과 탑 내에 차지하는 비중이 워낙에 막대하다 보니 크게 반발하지 못하는 것일 뿐.

이미 저들은 언제 터져도 이상하지 않은 화약고나 다름 없었다. 심지에다 불만 당겨도 위험해질 게 분명했다.

'이 아이 역시 그걸 절대 모를 리가 없을 텐데도······.'

대장로는 여전히 속을 짐작할 수 없을 무왕을 보면서 미간을 가늘게 찌푸리다, 더 이상 휘둘려서는 안 될 것 같다는 생각에 곧장 본론으로 들어갔다.

"페이스리스······ 플랑의 신분이 오늘 아침 자에 장로 회의를 통해 복귀되었다는 것, 들었겠지?"

"아, 그거?"

"그거? 지금 그거라고 했나?"

대장로의 미간 사이에 팬 골이 더 깊어졌다.

평상시에는 '현자'라는 별칭처럼 차분한 성격으로 알려진 그였지만, 유독 무왕과 관련된 일에서는 그러기가 힘들었다.

"그걸 두고 고작 그렇게만 말할 수 있는가? 아예 대놓고 자네의 자리를 차지하겠다면서 여기저기다 호언장담을 하고 다니는데?"

무왕이 피식 웃었다.

"영감."

"뭘 그렇게 웃어?"

"영감이 보기엔 그게 가능할 거라고 보여?"

"당연히 안 되지! 어딜 플랑 따위가!"

"그럼 내 대답도 된 거 아냐?"

"그렇게 쉽게 볼 문제가 아니니 그러는 것 아닌가!"

대장로는 함정이 있을 거라고 말하고자 했다. 영매가 했던 것과 똑같은 말이었다.

누가 봐도 결과가 뻔한 싸움을 굳이 강행하는 이유가 무엇인가?

무언가 숨겨진 패가 있다고밖에 여길 수가 없었다.

물론, 평상시라면 그런 패조차도 그냥 무시해 버렸을 것이다. 대장로는 무왕이 얼마나 '괴물'인지 알고 있었으니까. 그리고 실제로 무왕은 그동안 어떤 일이든 압도적인 힘으로 부수고, 돌파해 왔다.

하지만 당금의 문제는 영매의 예언이었다.

그것이 가지는 무게가 얼마나 대단한지를 잘 아니, 도무지 쉽게 넘길 수가 없었다.

결국 대장로는 화가 잔뜩 난 상태로 한참 동안 무왕에게 잔소리를 퍼부어 댔고.

무왕은 언제나 그렇듯이 양손을 귀로 막으면서 동상을 구경하기에 바빴다.

그러다 대장로의 숨소리가 약간 거칠어졌을 때 즈음.

"이제 잔소리 좀 끝났어?"

"고얀 놈!"

대장로는 여전히 히죽 웃어 대는 무왕의 면상을 한 대 후려칠까 말까 진지하게 고민했다.

하지만 그런 상황에서도.

무왕은 자신을 똑 닮은—적어도 본인은 그렇게 생각하는— 동상에서 시선을 떼질 못했다.

*   *   *

페이스리스는 부족원으로서의 신분을 되찾은 순간, 공언했던 대로 곧장 왕좌에 도전장을 던졌다.

왕좌 결투.

부족장의 자리를 두고 다투는 외뿔부족의 전통적인 행사로, 여기서 승리를 거둔 자에게만 왕좌에 앉을 자격이 주어졌다.

그동안은 무왕의 실력이 너무나 압도적이라 아무도 도전하질 못했지만.

간만에 큰 행사가 벌어졌으니 부족원들은 벌써부터 잔뜩 흥분한 기색이 역력했다.

사실 왕좌 결투는 이름과 다르게 딱히 엄숙한 분위기에서 이뤄지는 것이 아니었다.

도리어 축제에 가까웠다.

만약 새로운 왕이 태어난다면, 그만큼 강한 지도자가 출현하는 것이니 기쁜 일이었고.

왕이 왕좌를 지킨다면, 자신의 자격을 자랑스럽게 증명한 셈이니 이 역시 기쁜 일이다.

그리고 소호 금천의 가호 아래에서 왕과 도전자, 둘 모두 신성한 결투에 임한 것이니, 이 역시 그 자체로 기쁜 일이라 할 수 있으니.

부족원들에게는 이보다 더 큰 축제는 없다고 할 수 있었다.

물론, 모든 부족원들이 다 기뻐하는 것만은 아니었지만.

"……오빠, 어쩌다 이렇게 된 걸까?"

에도라는 딱딱하게 굳은 얼굴을 하면서 신마도를 꽉 끌어안았다.

연우의 명령에 따라, 아르티야에 충실히 복무를 하면서 층계 공략을 하던 중 부족으로부터 받게 된 비보(悲報)는 줄곧 그녀의 마음을 울적하게 만들었다.

무왕과 페이스리스의 결투.

이는 사사로이 보자면 그녀에게 있어 아버지와 숙부의 상잔이라 할 수도 있었으니.

어린 시절, 플랑에 대한 좋은 추억밖에 없던 그녀로서는 이렇게밖에 돌아갈 수 없는 현실이 서글프기만 했다.

그저 상잔이 유혈극으로 빚어지지 않기만을 간절히 바랄 뿐.

그리고 그건 판트도 마찬가지였다. 그도 마을에 들어온 후부터 줄곧 말이 거의 없었다.

"몰라. 솔직히 똑똑한 건 너지, 나는 아니잖아?"

판트의 목소리는 아주 무거웠다.

"하지만 그렇게 둔한 나도, 한 가지만은 안다. 숙부님은 이제 적이라는 것."

천천히, 또박또박하게, 말을 이어 나갔다.

"만약 숙부님이 그저 왕좌에만 욕심이 있으신 거였다면, 나는 응원했을 것이다. 만약 숙부님이 무(武)로써 아버지를 꺾고 싶으신 거였다면, 나는 성원했을 것이다. 나 역시 숙부님의 마음을 누구보다 잘 이해하고 있으니까."

판트는 여전히 차기 부족장의 자리에 욕심을 거두지 않고 있었다. 아니, 그건 정확하게는 언젠가 아버지를 뛰어넘고 싶다는 열의에 가까웠다.

"그러나 숙부님은 그게 아니야. 삿된 것에 손을 대었고, 그동안 부족에 해가 될 만한 일들을 해 오셨다. 무인으로서의 자긍심을 손에서 놓으신 것이지. 그리고…… 뒤에서 암약을 벌여 왔다. 나는 그것을 도저히 용서할 수가 없다."

판트는 이곳으로 오기 전에 도일이 그를 붙잡으며 했던 말을 아직도 잊지 않고 있었다.

─페이스리스가 손을 잡은 대상은 흑태자만이 아니야. 꽤나 많아. 개중에는⋯⋯. 여하튼 조심해, 판트 형. 뭔가 돌아가는 상황이 심상치 않아. 이쪽에서도 계속 예의 주시하고 있을게. 필요하다면 언제든 개입할 수 있도록.

하지만 당시 판트는 도일의 제안을 단칼에 거절했다.
부족의 일은 부족 내에서 처리하는 것이 원칙.
절대 외부의 손을 빌릴 수 없다는 이유에서였다.
그러나 도일의 신신당부까지 무시한 건 절대 아니었다.
오히려 저들이 딴짓을 할 수 없도록 신경을 단단히 세우고 있었다.
이미 청람가의 가솔들에게도 만약을 대비해 외곽을 경계하라고 따로 일러둔 상태.
만약 예상대로 저들이 무슨 꼼수를 부리려 든다면, 곧장 개입해서 제압할 생각이었다.
무엇보다.
판트는 이제 충분히 자신에게 그럴 만한 힘이 있노라고

자부하고 있었다.

"맞는 말이야."

에도라는 판트의 말에 고개를 끄덕이면서도, 그가 언제 이렇게 생각이 깊어졌을까 싶어 묘한 눈으로 바라봤다.

이래저래 밖에서 고생을 하다 보니, 이제 철없던 모습은 사라지고 일가를 이룰 수 있을 만큼 성숙해진 모양이었다.

그렇게.

두 남매가 침묵에 잠긴 채, 마을 초입을 뚫어져라 주시하고만 있던 그때.

"……온다."

판트가 내뱉은 말에 에도라의 시선이 그쪽으로 쏠렸다.

그러자 부족원들이 만들어 낸 길을 따라, 이쪽으로 천천히 걸어오는 페이스리스가 보였다.

깡마른 체구에 전신을 붕대로 칭칭 감은 모습. 거기다 걸음을 옮길 때마다 풍기는 귀기(鬼氣)와 사기(邪氣)는 끔찍할 정도로 음산했다.

어느 누구도 지금의 그의 모습에서 지난날 호방하고 자신만만하던 플랑을 떠올릴 수 없으리라.

거기다 페이스리스의 뒤편을 따라오는 자들은 판트 남매에게도 익숙한 얼굴들이었다.

"역시…… 장 오빠와 백선가는 저쪽에 붙은 모양이네."

그들뿐만이 아니었다.

창규가(彰奎家), 제검가(祭劍家), 신호가(神虎家) 등도 있었다. 청람가에 눌려 있다 뿐이지, 그래도 하나같이 부족 내에서 제법 세가 큰 곳들.

그동안 보이지 않는다 싶더니 어느새 저쪽에 완전히 붙은 모양이었다.

다만, 에도라는 저들의 선택을 도저히 이해할 수가 없었다. 페이스리스를 지원하는 이유는 짐작이 간다지만, 그래도 무왕을 상대로 승산이 없을 거란 걸 모를 리도 없을 텐데, 벌써부터 저렇게 대놓고 대립각을 세워도 되는 걸까? 승부가 전부 끝난 다음에 어떤 탄압을 당할지도 모르는데?

아니, 그보다.

'어머니의 시선을 피할 수 없었을 텐데? 무슨 수를 쓴 거지?'

영접(靈接)이 이제 막 신접(神接)으로 들어서기 시작한 에도라로서는 모든 것이 의문일 수밖에 없었다.

그사이. 페이스리스는 어느새 무왕의 앞에 도착해 있었다.

두 사람 사이로 팽팽한 기류가 흘렀다.

다만, 기질은 전혀 달랐다.

페이스리스는 잘 벼린 칼처럼 날카로운 데 반해, 무왕은 한없이 여유로웠다.

"그동안 별래무양하셨습니까, 형님?"

페이스리스가 뚝뚝 끊어지는 목소리로 질문을 던졌다. 듣는 것만으로도 등골이 오싹해질 정도였지만.

무왕은 그저 페이스리스와 뒤따른 여러 가문의 장로들을 쓱 훑어보면서 실소를 흘릴 뿐이었다.

"뭐, 간밤에 깊게 자서. 그나저나 뒤에 주렁주렁 매단 것들은 뭐냐? 거추장스럽게."

"감사하게도, 절 응원해 주는 분들이 아주 많아서 말입니다."

"무슨 동네 골목대장 놀이 하는 것도 아니고, 하는 짓이 참 우습구나."

바보가 아니고서야 그 말투가 누구에게로 향하는 것인지 모를까.

당연히 장로들의 얼굴이 부끄러움으로 뻘겋게 달아올랐다. 몇몇은 그게 무슨 망발이냐며 따지려 했지만.

"됐고."

무왕은 귀찮다는 듯이 그들의 반발을 싹 무시하고, 페이스리스에게 손을 까닥거렸다.

"덤벼. 빨리 끝내고 들어가서 쉬련다."

누가 보더라도 상대를 안중에 두지도 않는 모습.

순간, 붕대 사이로, 페이스리스의 눈동자가 차갑게 번들거렸다. 그러다 입술 끝이 크게 비틀렸다.

"저도 역시 그게 편하니 그렇게 하시지요."

그 순간, 백선가의 장로들이 돌아서서 크게 외쳤다.

"왕좌 결투를 시작한다! 모두 물러나라!"

둥, 둥, 둥―!

기다렸다는 듯이 전고(戰鼓)가 울리고.

부족원들은 결투가 제대로 이뤄질 수 있도록, 공간을 확보하기 위해 일제히 뒤로 물러나기 시작했다.

"그거 아십니까, 형님?"

"뭘?"

모든 구경꾼들이 물러난 공터.

페이스리스는 본격적으로 부딪치기에 앞서 몸을 가볍게 풀면서 미소를 지었다.

무왕은 여기 있는 것 자체가 귀찮아 죽겠다는 듯, 여전히 뚱한 표정을 하며 그를 바라보고 있었지만.

페이스리스는 전혀 아랑곳하지 않고 차갑게 웃는 낯 그대로 담담하게 말을 이어 나갔다.

"저는 한평생 제가 이 자리에 설 수 있을 거라고는 전혀 생각도 못 했다는 것 말입니다."

"……?"

"그만큼 형님은 제게 있어 하늘이나 다름없었다는 것이지요. 저 역시 가문 내에서 제법 괜찮은 재능을 타고났다는 평가를 받았었고, 그만큼 어른들께 기대도 받았습니다만…… 그러니 충분히 다른 형제들처럼 저 역시 형님을 제 라이벌로 여길 수도 있었겠지만, 전혀 그러지 않았습니다. 애당초 너무 눈부신 태양이 있는데, 그 옆에만 서도 충분하기 때문이었지요. 그리고 그건."

붕대 안쪽으로 눈이 가늘게 호선을 그렸다.

"선아 녀석도 마찬가지였습니다."

선.

창무신 플랑이 검무신을 가리킬 때 부르던 애칭.

무왕이 음검을 깨워 보겠다면서 처음으로 받아들였던 제자.

아니, 파문 제자.

"이놈은 형님의 눈부신 모습에 완전히 도취되었고, 그렇게 되고 싶다고 늘 갈망하였습니다. 녀석에게 무공을 익히라며 권고했던 건 저였으되, 결국 녀석이 좋은 것은 형님의 길이었지요. 결국 형님께 내쳐지고 말았지만요."

호선을 그린 눈동자 사이로 눈빛이 형형하게 빛났다.

귀기가 뒤섞인 귀광(鬼光).

"저와 선아만이 아닙니다. 청화도에서 무를 쫓았던 녀석들이 대개 다 그러하였고, 그 외에도 형님을 우러러보며 경외하던 이들도, 좌절을 겪었던 이들도 있었지요. 형님은, 형님이 생각하시는 것보다 훨씬 많은 이들의 가슴 속에 아주 강한 족적을 남기신 겁니다."

무왕은 가만히 인상을 찡그렸다. 친동생이 유언으로 남기는 말이나 다름없으니 차분히 들어주기나 하자고 여기고 있었는데. 자꾸 쓸데없는 말만 이어지니 짜증이 났던 것이다.

그래서 그는 짝다리를 짚은 자세 그대로 고개를 외로 꼬았다.

"그래서? 그래서 뭐 어쩌라는 거냐?"

"역시. 형님은 늘 한결같으십니다."

순간, 페이스리스의 귀광이 짙은 암녹색으로 번들거렸다.

"제 말의 요지는 간단합니다. 형님을 뵙고 싶어 하는 팬덤이 아주 어마어마하다는 거지요."

바로 그때.

『남편, 물러서!』

영매가 무언가를 발견한 듯, 다급하게 어기전성으로 외쳤지만.

그보다 먼저 페이스리스가 거세게 박수를 치고 있었다.

무왕은 순간 녀석의 전신을 감고 있던 붕대가 전부 풀린 듯한 느낌을 받았다.

파앗!

무왕을 둘러싼 세계가 한순간 반전되었다.

그러다 다시 제자리를 찾았을 때, 그는 더 이상 외뿔부족의 대련장에 있지 않았다.

모든 것이 잿빛으로 가득 찬 세계.

오로지 보이는 것이라고는 끝도 없이 넓게 펼쳐진 지평선을 따라 촘촘하게 서 있는 언덕들뿐인 지형이었다.

그리고.

페이스리스가 있던 자리에는 플랑이 서 있었다.

조금 전과는 전혀 다른 모습을 한 채로.

판트와 비교해도 절대 뒤지지 않을 것 같은 큰 덩치와 구릿빛으로 빛나는 근육을 자랑하는 사내. 오른손에는 족히 3미터는 될 것 같은 흑색 장창을, 왼손에는 그보다 짧은 1미터 50센티 정도의 단창을 들고 있었다.

창무신(槍武神)이라 불리던 시절. 부족 내에서도 무왕과 대장로를 제외하면 적수를 찾기가 힘들며, 청화도를 최고의 클랜으로 이끌었던 전성기 때의 모습으로 되돌아온 것이다.

여태 심드렁하기만 하던 무왕의 눈빛이 처음으로 침착하게 가라앉았다.

'전혀 눈치채지 못했다.'

이것이 그에게 의미하는 바는 절대 작은 것이 아니었다.

무왕은 여태 이번 왕좌 결투를 별것 아닌 것처럼 여기는 듯한 태도를 보였지만, 사실은 모든 감각과 의식을 페이스리스에 집중하고 있었다.

영매도 마찬가지.

영소(靈沼)에서 마을의 결계를 유지하고 있던 그녀는 지난 시간 동안 틈틈이 마을과 부족원들은 물론, 심지어 무왕에게 원한을 품고 있을 여러 세력들에 대한 동향도 면밀히 살피고 있었다.

그녀의 '눈'은 절대 쉽게 피할 수 있는 것이 아니었으니까.

비록 올포원이 가졌다는 〈천리안〉에는 미치지 못할지도 모르나, 그래도 탑 내에 벌어지는 상황들에 대해 모르는 바가 거의 없다고 자부할 수 있었다.

실제로 영매는 페이스리스가 암중으로 백선가를 비롯한 여러 장로들과 접선하는 것을 목격하기도 했으니까.

다만, 그것이 '반란'의 증거는 아니었기에 내버려 두었던 것인데.

그리고 이번 왕좌 결투가 벌어질 때까지만 해도 철저하게 감시를 했고, 그만큼 위험한 물건을 소지하고 있는 건 아닌지 검문까지 마쳤었건만.

그런데도 불구하고, 페이스리스는 순식간에 무왕을 전혀 다른 곳으로 끌고 와 버렸다.

마법은 분명히 아니었다.

마을의 결계는 그들에게 해가 갈 만한 것들을 전부 강제로 해제시켜 버리니까.

즉, 이것은 페이스리스가 터득한 기예, 권능인 게 분명했다.

여하튼.

무슨 수를 썼는지는 알 수 없어도, 한 가지만큼은 확실했다.

이것이 아마도 그녀에게 '필멸'이라는 점괘를 내놓게 만든 저들의 함정이라는 것을.

"심상 결계냐?"

무왕은 자신을 에워싼 잿빛 세계를 쓱 훑어보면서 물었다. 그의 모습, 어디서도 당황하는 기색은 전혀 보이지 않았다.

영매의 '눈'을 피해 이런 일을 해낸 것이 대단하긴 하다지만.

무왕이 여태 살아오면서 겪은 함정이 어디 이것 하나뿐

이었을까.

페이스리스, 아니, 창무신은 자신만만하게 웃으면서 고개를 끄덕였다.

"비슷합니다. 혹여 타계의 신이라고 아십니까?"

"대강은."

"흑태자, 그 친구가 우연찮게 그들의 힘을 일부 빌릴 수가 있었다더군요."

"흑태자?"

그 순간, 창무신 옆으로 검은 안개가 피어오르더니 사람의 형상을 갖췄다.

"오랜만이오, 무왕."

아홉 왕 중 한 명이자, 다우드 형제단의 수장이 반갑다는 듯이 웃었다. 하지만 두 눈동자만큼은 당장이라도 그를 집어삼킬 것처럼 흉흉하게 빛나고 있었다.

무왕으로서는 콧방귀만 나올 모습이었지만.

"코뼈는 무사하냐?"

"보다시피. 사실 그렇지 않아도 내가 유일하게 가진 콤플렉스가 낮은 콧대였는데, 무왕 덕에 올려 세울 명분을 얻었지 뭐요? 내 언젠간 무왕께 참으로 감사하단 말을 전해주고 싶었다오. 이렇게 기회가 올 거라고는 생각도 못 했지만. 하하!"

흑태자는 이 순간이 너무 즐거워 죽겠다는 듯, 파안대소를 터뜨렸다.

어찌 그러지 않을 수 있을까?

지난날, 그로 인해 상처 입었던 자존심을 이제야 겨우 세울 수 있게 되었는데!

야네크의 암굴에 잠입시켰던 첩자들의 임무는 사실 단순히 혈루석을 캐내는 것에만 있는 게 아니었다.

그보다 더 아래, 깊숙한 곳에 위치한 존재들과 접선할 것.

중앙 관리국에서 마해(魔海)라 부르는 곳으로 가, 그곳의 '왕'들을 만나고, 힘을 빌려 오는 것이 진정한 목표였다.

흑태자는 그동안 작금의 플레이어들로는 절대 탑을 장악할 수 없을 거라 여겼고, 올포원은 물론 천계의 초월자들도 상대할 수 없으리라 판단하고 있었다.

그들을 무찌르기 위해서는 다른 힘을 빌려야 한다.

그것이 그동안 그가 내렸던 판단이었던 것이다.

그리고 그런 판단은 적확했다.

덕분에 마해의 왕 중 한 명인 '토끼'를 만나 자신이 바라던 힘을 손에 넣을 수 있었으니까.

이곳 심상 결계가 바로 그런 힘 중 하나였다.

마해에서 직접 퍼 올린 혈청을 진축으로 삼아, 주변 일대에 걸쳐 심상 세계를 체현할 수 있는 결계를 강제로 구축한다. 물리 세계에 강제로 자신만의 '성역'을 만들어 내는 것이다!

"그리고 그건."

또한, 현재 진축은 페이스리스가 맡았으니.

그 말인즉.

지금 이 세계는 페이스리스의 성역이라고도 할 수 있는바.

흑태자는 자신이 얻어 낸 힘이었지만, 그가 직접 사용하지 않았다. 페이스리스가 사용하는 것이 더 효율적이라고 판단한 까닭이었다.

그 이유는 간단했다.

"나와 함께 하는 동료들도 같은 생각이라오."

츠츠츠—

무왕을 중심으로, 흑태자가 나타났을 때와 동일한 검은 안개가 마구잡이로 피어났다.

그리고 천천히 사람의 형상을 갖추면서, 하나같이 무기를 뽑아 무왕을 겨누었다.

그들 하나하나가 전부 강한 살의를 풍겨 대고 있었다.

몇몇은 창무신이나 흑태자와 비교해도 뒤지지 않거나, 어쩌면 비등할지 모르는 이들이기도 했다.

그런 숫자가 모두 99명.

그리고 100번째 검은 안개가 창무신과 흑태자 사이로 피어났다.

그것은 검무신이 되었다.

그는 소싯적에 자신을 상징하던 사선검을 둥둥 띄워 놓은 채, 부리부리하게 눈을 떴다.

『저희가 만든 스테이지가 어떠십니까, 스승님?』

벙어리였던 시절로 돌아가, 어기전성도 같이 흘려 내면서.

"허, 참!"

무왕은 검무신과 창무신, 흑태자 등 100명에 달하는 이들의 면면을 살피면서 헛웃음을 흘리고 말았다.

그로서는 익숙한 얼굴들뿐이었으니까.

한때 그와 대적하거나 패배하고 말았던 이들.

하나같이 무왕에게 깊은 원한을 품고 있는 작자들이었다.

"대체 이딴 허섭스레기들을 어떻게 모은 거냐? 참 재주도 용하다, 야."

『그다지 어렵지는 않았습니다. 스승님께 대적할 것이라 말하니, 다들 알아서 돕겠다고 나서더군요. 심지어 자신의 가슴을 열어 직접 심장을 뽑아 주는 이도 있었습니다.』

이곳 심상 세계에 출현한 존재들은 모두 그가 그동안 〈카

니발〉로 흡수한 존재들 중 가장 강한 이들만 골라 뽑은 것
이었으니.

『그러니 그만큼 스승님께도 충분히 즐거운 유희가 될 수
있을 거라 자부합니다.』

"그거 아냐?"

『무엇을 말입니까?』

"먼지를 아무리 모아 봤자, 한 번 후 하고 불면 전부 덧
없이 사라진다는 거?"

오만한 발언에 망자들은 일제히 인상을 팍 찡그렸지만.

검무신은 유독 담담했다.

『압니다.』

"알아? 그런데도 이런 짓을 저질러?"

『당연히 여기서 끝낼 게 아닌 게 분명하지 않습니까?』

검무신이 천천히 오른팔을 위로 들었다.

그 순간, 그의 손목에 감겨 있던 팔찌가 스르르 풀리면서
창과 비슷한 형태를 갖췄다.

한때 그가 '칼'이라고 부르던 신물, 궁니르.

검무신은 그걸 잡아 그대로 지면에다 찔렀다.

['궁니르'가 작동하였습니다!]

궁니르는 신의 사회, 아스가르드의 주신인 오딘이 사용했다고 알려진 대신물.

그 특성은 단순히 신벌인 벼락을 부르는 것에만 있는 게 아니었다.

그랬더라면 검무신이 궁니르를 그토록 애지중지하지 않았겠지.

궁니르의 진정한 가치는 하계에 아스가르드의 법칙을 강제로 구현시킨다는 데에 있었다.

[심상 세계에 새로운 성질이 부여되었습니다!]
[인과율이 부여됩니다.]
[인과율이 부여됩니다.]
……
[심상 세계의 격이 강제로 상승합니다!]
[심상 세계의 격이 강제로 상승합니다!]
……

[심상 세계가 천계와의 우회로를 개통, '아스가르드'가 직접 영향력을 행사합니다!]

쿠쿠쿠!

심상 세계가 거칠게 떨리면서 신력으로 충만해지기 시작했다.

　　['아스가르드'의 신, 헤임달이 플레이어, 플랑을
　사도로 지정하였습니다.]
　　[헤임달이 강림합니다!]
　　['아스가르드'의 신, 발두르가 플레이어, 사칸달
　을 사도로 지정하였습니다.]
　　[발두르가 강림합니다!]
　　……

더불어 100명의 망자들이 일제히 사도로 지정되면서, 그들의 영혼을 빌린 강림이 속속들이 이뤄졌다.

수없이 명멸하는 이펙트로 인해 심상 세계가 화려해지는 가운데.

『스승님은.』

검무신은 무왕에게 차갑게 일갈했다.

『절대 여기서 살아 나가실 수 없을 겁니다.』

　　['아스가르드'의 신, 토르가 플레이어, 선을 사도
　로 지정하였습니다.]

[토르가 강림합니다!]

파직, 파지직!

파지지직!

검무신의 육체가 토르의 샛노란 뇌전으로 번뜩였다.

[신의 사회, '아스가르드'의 대성역(大聖域)이 구현되었습니다!]

"그쪽들과는 이렇다 할 접점이 없었던 걸로 기억하는데?"

무왕은 어이없다는 얼굴로 놈들을 바라봤다.

백 명이나 되는 신격들이라니.

어이가 없다 못해 황당할 지경이었다.

하계에 대성역을 설치할 정도라면, 아마 모르긴 몰라도 신의 사회가 여태 갖고 있던 인과율 중 대다수를 소모했을 게 분명했다.

아마 그 정도의 양을 채우기 위해서는 최소 수백 년은 족히 걸릴 테지.

그런데 그러고 나서 시도하려는 게 자신의 암살이라니.

당연히 헛웃음이 나올 수밖에 없었다.

하지만 아스가르드의 신격들은 하나같이 진지했다.

『무왕 나유.』

잠든 오딘을 대신해 오랫동안 아스가르드의 수장 역할을 해 왔던 토르가 검무신의 입을 빌려 말을 꺼냈다.

『본인과 본 사회는 개인적으로는 그대에게 딱히 유감스러운 일이 없다. 그대는 소호 금천의 후손 중 단연 뛰어난 존재이며, 능히 우리가 있는 천계를 넘볼 만한 힘을 지니고도, 필멸자로서의 한계와 그릇을 스스로 자각하여 하계에 머물기를 바랐던 신실한 존재였으니까.』

필멸자?

한계? 그릇?

무왕의 눈이 가늘게 좁혀졌다.

하지만 토르는 그런 무왕의 달라진 시선을 아는지 모르는지, 샛노란 뇌기를 더 크게 튀기면서 외쳤다.

『하지만 그렇다고 해서 그대의 죄가 사라진 것은 아니다. ###! 너희들은 '카인'이라 부르던 불경한 존재를, 죄인을 이 세상에 내놓고 말았으니. 그 죄가 어찌 작다 할 수 있겠는가? 해서 이에 우리 아스가르드는 그대에게 죄를 묻고자 한다.』

무왕은 그제야 전후 사정을 확실하게 파악하고, 헛웃음을 흘리고 말았다.

저들 사이에 무슨 일이 있었는지는 몰라도, 연우에게 뺨 맞고 자신에게 화풀이하러 왔다는 게 아닌가.

아아.

젠장. 정말 폼 많이 죽었다, 나유.

아무리 그동안 쉰 지 오래되었다지만, 그래도 어떻게 이렇게나 존재감이 사라질 수 있는 건지. 이건 완전히 제자 새끼의 발목이나 잡는 삼류 들러리 신세잖아?

아직 스스로 현역이라 자부하고 있는 무왕으로서는 상당히 자존심이 상하는 소리였고.

제자에게 '인질'로 잡힐지도 모른다는 사실이 화를 더 부채질하고 말았다.

그 때문에 무왕의 고개는 더 비딱하게 돌아갔다. 그 와중에도 토르는 근엄한 투로 어려운 용어를 써 가면서 이런저런 명분을 주워섬기고 있었지만, 그에게는 신박한 개소리로밖에 여겨지지 않았다.

"야."

그렇기에 그냥 말허리를 잘라 버렸고.

『무슨······!』

"다 지껄였냐?"

『어디서 망발을 하······!』

"그럼 그 주둥이부터 좀 닫고 시작하자."

쾅!

무왕은 이만하면 많이 참아 줬다는 생각에 지반을 세게 밟았다.

토르는 타고난 전사답게 몸을 뒤로 물리면서 뇌전을 더 크게 튀어 올렸다. 동시에 그에게 육체를 빌려 준 검무신의 의식도 빠르게 움직이면서 허공으로 띄운 사선검이 빛살처럼 쇄도했다.

콰콰쾅!

뇌전을 휘감은 사선검은 이미 하나하나가 막강한 위력을 자랑하고 있어 웬만한 신격들도 맞대응하길 꺼려 할 정도였지만.

퍼버벙—

무왕은 마치 날벌레라도 쫓는 것처럼 가볍게 손을 휘젓는 걸로 사선검을 모조리 분질러 버리더니, 어느새 토르 앞까지 다다라 있었다.

흠칫.

무왕이 이렇게 빨리 움직일 거라고는 생각도 못 한 토르는 놀라면서도 반사적으로 재빨리 주먹을 앞으로 뻗었다. 주먹 끝에서 뇌기가 단단히 응축되었다가 터졌다.

대성역이 거세게 요동칠 정도로 어마어마한 폭발.

하지만.

파바박!

무왕은 아주 여유롭게 폭발 사이로 몸을 밀어 넣더니, 토르의 손목을 단번에 낚아채면서 그대로 안쪽으로 잡아당겼다.

맹수의 하울링처럼 으르렁거리던 뇌기가 무왕을 당장이라도 잡아먹기 위해 그의 몸 위로 올라탔지만, 피부를 따라 흐르는 호신강기(護身罡氣)의 단단한 방벽을 뚫을 정도는 아니었다.

'무슨 힘이!'

토르는 감히 자신에게 힘겨루기를 시도하는 무왕에게 본때를 보여 주려다가, 도리어 자신이 끌려가게 되자 눈을 크게 뜨고 말았다. 천계에서도 손꼽히는 장사(壯士)인 자신을 어떻게……?

하지만 토르의 그런 생각은 길게 이어지지 못했다. 곧 강한 충격이 복부를 후려치고 말았으니까.

『커헉!』

어느새 무왕의 무릎이 명치에 꽂힌 것이다. 영혼이 이대로 부서지는 게 아닐까 싶을 정도로 끔찍한 고통. 토르의 머릿속이 새하얘지는 사이.

"소리 좋고."

휘리릭—

무왕은 비릿하게 웃던 그대로 이번엔 손목을 뒤쪽으로

강제로 꺾으면서 인중, 명치, 단전 등, 약점으로 분류되는 곳을 잇달아 가격했다.

"그럼 장단을 울리자꾸나."

퍼퍼퍼펑!

무왕의 움직임은 군더더기 하나 없이 아주 깔끔했다. 간결한 움직임만으로도 토르는 살집이 터지고, 뼈가 으스러지며, 다리가 날아갔다. 엄청난 신위였다.

토르는 어떻게 반격할 새도 없었다. 두들겨 맞는 내내 도저히 정신이 없었으니까. 지금은 신체를 보호하는 것만으로도 급급했다. 그만큼 무왕과 토르 사이에는 엄청난 실력 차가 존재했던 것이다.

『토르!』

『네놈이, 감히!』

이를 보다 못한 다른 신격들이 줄지어 달려들었지만.

쾅!

무왕은 가볍게 웃던 그대로, 발을 세게 굴렀다. 진각과 함께 땅거죽이 크게 일어나면서 무수히 많은 모래 일갱이가 튀어 올랐다. 막대한 강기가 압축된 알갱이들. 적들에게는 무시무시한 흉기나 다름없는 것들이었다.

결국 덤비던 신격 중 상당수가 거기에 휘말린 채 폭사하고 마는 가운데.

무왕은 어느새 손을 뻗어 토르의 안면을 강제로 틀어쥐었다.

손가락 사이로, 경악에 젖은 토르의 눈동자가 보였지만.

콰직!

무왕은 다른 말은 필요도 없다는 듯이 손아귀에 잔뜩 힘을 주었다. 토르의 머리통이 그대로 박살 나면서 살점이 아래로 후드득 쏟아졌다.

아무리 적으로 만났다 하더라도, 토르가 내려앉은 그릇은 검무신인데도. 자신이 직접 키웠던 제자인데도 불구하고 전혀 주저함이 없었다.

하지만 무왕은 압도적인 무력 차로 토르를 처치했어도, 여전히 싸늘한 눈빛을 하고 있었다.

그가 풍겨 대는 기운이 워낙에 살벌해 남은 신격들은 잔뜩 굳은 채 어떻게 나서지도 못하고 있었다.

그때, 무왕의 시선이 다른 방향으로 향했다.

제법 거리가 떨어져 있는 언덕 위.

휘이이이!

샛노란 뇌기가 뭉친다 싶더니, 토르가 다시 나타났다.

안색은 좀 전보다 조금 창백했지만, 그래도 겉보기엔 비교적 멀쩡해 보였다.

"주둥이는 어떠냐? 아직 무사해?"

「……..」

무왕이 차갑게 웃으면서 던진 질문에, 토르는 입을 꾹 다물었다. 뒤따라 다시 나타난 다른 신격들도 마찬가지.

그들은 도저히 필멸자의 것이라고는 생각도 하기 힘든 그의 실력에 강한 충격을 받은 상태였다.

'괴…… 물!'

토르는 그제야 자신들이 어떤 존재를 건드렸는지를 깨달을 수 있었다.

그저 연우의 스승이라 하기에, 그를 압박할 수단으로 삼으려 했을 뿐이었는데.

하계의 존재라고 무시했던 것이…… 잘못된 판단이라는 것을 깨달은 것이다.

하지만 토르는 이를 악물었다.

이미 물러날 곳이 없는 데다가, 연우와 다르게 무왕은 혼자였으니까.

반면에.

자신들은 머릿수에서 단연 압도적이며, 대성역 내에서는 얼마든지 몇 번이고 부활을 이뤄 낼 수 있었다.

결국 지쳐 쓰러지는 쪽은 저쪽이리라.

'그리고 저런 놈은 반드시 제거해야만 한다. 지금의 상

태로도 이럴진대, 탈각이나 초월까지 이룬다면…… 우리가 설 자리는 더더욱 없어진다.'

결국 생각을 정리한 토르는 대신물, 묠니르를 천천히 꺼내면서 다시 무왕에게로 달려들었다. 최대로 출력한 뇌기가 어느새 하늘에까지 다다르고 있었다.

좀 전에는 방심해서 당했다지만…… 이번에는 그렇지 않을 것이다.

'안 된다면, '그것'이라도 쓴다.'

지금부터 무왕은 그들의 공적이었으니까.

쐐애액!

그렇게 무수히 쏟아지는 백 개의 권능 아래에서.

"비바스바트, 이 개새끼는 왜 안 와? 평상시에는 그렇게 잘난 척을 하더니, 하여간 꼭 필요할 때는 쓸모가 없어요."

무왕은 상황이 이 지경이 되었는데도 불구하고 여전히 코빼기도 내비치지 않는 올포원을 떠올리면서 의문을 던지다가, 곧 생각을 접으면서 주먹을 말아 쥐었다.

"그래. 어디 한번 제대로 해보자. 신살이란 거, 나도 좀 해 보고 싶었거든?"

콰아아앙!

그렇게 대성역이 무너질 듯한 큰 충격이 있은 뒤.

무왕이 트로와 폴니르를 상대하는 동안, 사각지대를 파고든 헤임달―창무신의 창날이 그의 왼쪽 장딴지에 깊숙하게 틀어박혔다.

['히드라의 독'이 급격한 속도로 퍼집니다!]
['가이아의 저주'가 발현됩니다!]

*　　　*　　　*

무왕이 심상 세계에 갇힌 순간, 마을도 소란스러워지고 있었다.

"어, 어? 이게 뭐야?"

"왕좌 결투에다 무슨 짓을 한 거야!"

처음에는 가벼운 마음으로 결투를 감상하려던 부족원들의 얼굴에는 당혹감이 잔뜩 어렸다.

넓은 결투장을 따라, 거대한 높이와 크기를 자랑하는 반구 모양의 결계가 세워졌으니까.

대장로를 비롯한 여러 장로들이 즉시 무공을 있는 힘껏 퍼부어 댔지만, 결계는 부서지기는커녕 오히려 에너지들을 흡수해 버렸다.

안쪽도 전혀 보이질 않아 무슨 일이 벌어지고 있는지 도무지 알 수 없었으니.

더구나 당혹스러운 건 페이스리스를 지지하는 쪽도 마찬가지였던지, 백선가를 비롯한 인사들 모두가 우왕좌왕하는 기색이 역력했다.

"백선가주!"

바로 그때, 대장로가 거칠게 일갈하면서 앞으로 나섰다. 모든 부족원들의 시선이 그와 안색이 창백해진 백선가주에게로 쏠렸다.

"이게 대체 무슨 일인지 제대로 설명해야 할 걸세!"

"나, 난 그저 플랑의 말을 믿었을……!"

백선가주는 다급히 자기변명을 하려 했다.

왕좌 결투는 신성한 전통이다. 그것을 망가뜨린다는 것은 있을 수 없는 일. 제아무리 큰 가문의 수장이라 해도 엄벌을 피할 수 없었다. 하물며 대장로는 무왕에 버금가는 실력자가 아닌가. 그가 대로한 채로 죄를 물으려 한다면 큰 피해를 면할 수 없었다.

하지만 그의 말은 길게 이어지지 못했다.

바로 그 순간.

콰콰쾅!

갑자기 마을 외곽에서부터 거친 폭음이 연달아 울리더

니, 서너 개의 불기둥이 하늘 위로 치솟았던 것이다.

마을을 보호하고 있던 결계며 진법이 모조리 박살 나면서 기의 순환이 꼬이는 것이 느껴졌다.

"오빠!"

"알았으니까 서둘러!"

에도라는 다급히 판트를 부르면서 자리를 이탈하고자 하였다. 별다른 대화를 나누지 않았지만, 두 사람은 이미 서로가 뭘 해야 하는지를 알고 있었다.

판트는 습격자들이 침투를 시작한 외곽 숲 지대로, 에도라는 영매가 있을 영소로.

결계가 저렇게 갑자기 부서졌다는 건, 누군가가 영매의 '눈'을 가렸다는 것과 같은 뜻이었으니까.

'어머니가 위험해!'

에도라는 신마도를 꼭 끌어안으면서 있는 힘껏 경신술을 펼쳤다.

* * *

"이건, 대체⋯⋯?"

프레지아는 아나스타샤가 자신을 다급히 찾을 때까지만 해도, '참 귀찮게 군다'고 생각하고 있었다.

최근 들어 그녀의 업무는 나날이 바빠지고 있었으니까.

주 거래처인 탑의 세계를 비롯해서, 요즘 전 우주와 차원에 걸쳐 다양한 소요와 분쟁이 벌어지고 있는 중이었다.

원인이야 각기 다 다르겠지만, 역시나 가장 큰 원흉은 탑을 중심으로 한 세계의 재편(再編)이었고.

그녀는 그런 재편을 조사하던 중 강제로 이곳에 소환된 차였다.

만약 아나스타샤가 바이 더 테이블의 대주주가 아니었더라면. 아니, 그녀의 절친한 친구가 아니었더라면 이렇게 찾아오지도 않았을 것이다.

무엇보다.

서둘러 오라던 편지의 추신에 적힌 한마디가 그녀를 강제로 끌어오고 말았으니.

─크로노스 님을 찾았어.

프레지아는 정말 그 말이 진실이라는 사실을 깨달을 수 있었다.

『포포 말고도 너 역시 이렇게 잘 지내고 있는 걸 보니 내 마음이 다 편하구나.』

"정말…… 크로노스 님이십니까?"

나무를 조각해 만든 탈 안쪽, 그녀의 눈동자는 크게 흔들리고 있었다.

『내가 아니면 누구란 말이냐?』

"아!"

프레지아는 짧게 감탄을 터뜨리다, 바닥에 주저앉은 채로 눈물을 펑펑 쏟았다.

레아가 크로노스를 찾겠다며 타천을 시도한 이후, 까마득한 세월이 흐른 뒤에야 그가 되돌아온 것이니. 하물며 그들의 아들이 오래전에 자신이 투자했던 대상인 연우라 하지 않는가. 저절로 마음이 미어질 수밖에 없었다.

그렇게.

아나스타샤 때와 마찬가지로 그들 사이에도 짧은 해후의 시간이 지난 뒤.

"……아다만틴 노바, 말씀이십니까?"

『그래. 스퀴테를 만들어야 할 것 같아서. 최대한 많이 필요하단다. 혹 무슨 문제라도 있는 거냐?』

크로노스는 프레지아의 눈가에 언뜻 스치는 당혹감을 놓치지 않았다.

프레지아는 섣불리 대답하지 못하고 주저했다. 평상시 바이 더 테이블을 이끌던 수장일 때와는 전혀 다른 모습.

그녀는 가볍게 한숨을 내쉰 뒤에야 겨우 대답을 할 수 있었다.

"아다만틴 노바의 주재료가 되는 혈루석 등은 현재 이곳 탑만이 아니라, 다른 차원이나 우주에서도 구하기가 아주 힘듭니다."

『음? 이것이 그리 귀했던가?』

"그런 이유도 있겠지만, 정확하게는 최근 들어 혈루석이나 아다만트 등이 시장에 나올 때마다 비싼 값에 전부 사들이는 조직이 있어서 그런 것입니다."

크로노스와 연우의 눈이 저절로 커졌다. 아다만트가 귀한 광석인 건 사실이지만, 그래도 쉽게 다룰 수 없는 물건이었다. 섣불리 손을 댔다간 오히려 큰 피해만 입을 텐데, 대체 어디서……?

『거기가 어디기에?』

크로노스의 질문에 프레지아의 한숨이 더 깊어졌다.

"시의 바다입니다."

"……!"

연우가 자기도 모르게 벌떡 자리에서 일어난 그 순간.

『형! 큰일 났어!』

사도와의 채널링이 갑자기 활짝 열렸다.

도일이었다.

*　　　*　　　*

『……그렇게 큰소리를 쳐 대더니. 페이스리스와 흑태자가 대체 그동안 무슨 짓을 저질렀는지 모르겠습니다그려.』

봄의 여왕, 왈츠는 트로이의 메시지를 들으면서 가만히 저 멀리서 펼쳐지는 광경을 보았다.

외뿔부족의 마을이.

하루에도 몇 번씩, 천벌이 내려지길 그토록 바라던 외뿔부족의 마을이…… 부서지고 있었다.

인외(人外)의 존재가 가져다준 것으로 인해.

『명을 내려 주십시오.』

왈츠에게는 그저 비현실적으로만 다가오는 모습.

―그래서. 무왕이 죽는 꼴, 보고 싶지 않나? 할 거야, 말 거야? 하지 않겠다면…… 그냥 그렇게 살든가. 키키킥!

페이스리스가 했던 말이 아직도 귓가에 왱왱 울리는 것 같았다.

녀석은 말했다.

부족원이 보는 앞에서 무왕을 죽일 것이라고.

그들이 어떻게 손을 쓸 수 없게, 함정인 걸 알면서도 무왕이 직접 제 발로 걸어 들어오게 만들 것이라고 했다.

그곳은 개미지옥이니, 절대 살아서는 나갈 수 없을 거라는 말도 함께.

물론, 왈츠는 그 말을 믿지 않았다.

그녀가 아는 무왕은 그리 호락호락하게 당할 위인이 절대 아니었으니까.

만약 그럴 사람이었더라면 자신이 직접 무왕을 처치했겠지.

　—그래. 정 못 믿겠으면, 그럼 지켜봐. 그리고 눈치껏 뛰어들든가, 말든가. 그렇게 해.

　—어차피 네년에게는 남아 있는 것도 없잖아? 자존심? 그런데 그런 게 네년에게 필요하던가? 어미에게도 버림을 받은 것이나 마찬가지일 텐데?

결국 페이스리스는 한발 물러나, 그녀에게 화이트 드래곤과 함께 상황을 지켜보다가 개입 여부를 선택하라는 설명을 덧붙였다.

자신의 호언장담이 절대 틀리지 않을 거란 걸 보여 주겠다나?

어차피 왈츠로서는 손해 볼 것이 없었기에 그 부탁은 승낙했다.

76층에 묶인 채 하루가 멀다 하고 환상연대와 전쟁을 치르고, 시시각각 층계를 점령하면서 목을 바짝 조여 오는 아르티야 때문에 고립무원의 상태에 놓인 화이트 드래곤이 아닌가.

이런 위기 상황에서는 어떤 도박적인 '한 수'가 필요했다.

그리고 지금.

페이스리스는 호언장담이 절대 거짓말이 아니었음을 증명하였고.

왈츠는 '한 수'를 벌일 타이밍이 마침내 찾아왔음을 깨달았다.

『여왕이시여.』

트로이를 비롯한 여러 권속들의 애타는 시선이 느껴졌다.

결국.

왈츠는 투명화 마법을 천천히 해제하면서 자신을 따라온 결사대에게 명령했다.

"시작한다."

『명을 받듭니다.』

『명을 받듭니다.』

그렇게 화이트 드래곤이 움직였다.

*　　　*　　　*

"응? 뭐지?"

세샤는 크레파스로 도화지에 그림을 그리다 말고, 갑자기 느껴지는 여진에 고개를 갸웃거렸다. 그러다 마을 쪽이 이상한 걸 깨닫고, 창가로 쪼르르 달려갔다.

폭죽놀이라도 벌어지고 있는 걸까? 하늘이 여러 불꽃으로 울긋불긋하게 빛나는 게 보였다.

세샤도 오늘 왕좌 결투가 벌어지고 있다는 사실은 들어서 알고 있었다.

축제도 있을 거라기에 자신도 참여하고 싶었지만, 외지인은 참석이 불가능하다는 말에 집에서 혼자 놀고 있던 중이었다. 뒤풀이에는 와도 괜찮다고 했으니, 이따가 에도라언니와 뭘 입고 갈지 고민하고 있었는데.

문제는 지금 저기 보이는 이펙트들이 아무리 봐도 무공으로 인해 빚어지는 현상이 아닌 것 같다는 점이었다.

세샤 역시 쿼터라지만 용종의 피를 타고났고, 친모는 마나의 축복을 받았던 마녀가 아니던가. 그렇다 보니 마력에 대한 감각이나 재능은 타의 추종을 불허할 정도였다.

그리고 저건…… 분명히 마법이었다.

아니, 그 정도도 넘어선 권능이었다.

신력이 풍기고 있었다.

순간, 세샤의 낯빛이 살짝 하얗게 질렸다. 눈빛이 크게 떨렸다. 뭔가 불길한 예감이 들었다. 피부를 따라 오스스 소름이 돋았다.

지금은 거의 잊다시피 했던 옛 기억들이 아주 조금씩 고개를 치켜드는 것 같았다.

몸이 이상하게 추워졌다.

"브…… 라함."

세샤는 지금 이 자리에 없는 외조부를 애타게 찾았다.

그만 있다면.

브라함만 있다면 무섭지 않을 텐데.

세샤는 행복하게 웃으면서 지내면서도 이따금 트라우마가 발동할 때가 있었고, 그럴 때면 브라함은 말없이 안아주곤 했다. 그럼 자기도 모르게 마음이 편해졌었는데.

문제는 하필 지금 그가 부재중이라는 점이었다.

"무서…… 워."

세샤는 자기도 모르게 주변을 연신 두리번거렸다. 보이지 않는 무언가가 자신을 옥죄어 오는 것 같았다. 언제나 아늑하고 화목하던 집이, 지금은 차갑고 음울하게 느껴졌다. 꼭 자신을 집어삼킬 괴물처럼 보였다.

그리고. 외곽에서부터 시작된 여진은 시시각각 강렬해졌다. 땅바닥이 크게 울리고, 어느샌가 열풍이 숲을 타고 전해졌다. 살의로 가득한 마력장이 곳곳에 있었다.

세샤는 자기도 모르게 제자리에 주저앉았다. 양손으로 귀를 틀어막았다. 눈을 꼭 감았다. 이렇게 하면 보이지 않는 괴물이 자신을 발견하지 못하기라도 할 것처럼. 저 두려운 것이 부디 자신을 피해 가길 간절히 바랐다.

겨우 찾아낸 보금자리였고, 수많은 가족과 친구들이 있는 곳이었다. 이 평화를 어떻게든 붙잡고 싶었다. 하지만 힘없고 가녀린 그녀가 할 수 있는 건 아무것도 없었다.

그저 와들와들 떠는 채로, 숨소리마저 억누르며 있는 것밖에는.

하지만 그렇게 간절한 와중에도, 보이지 않는 괴물은 바로 문 앞까지 어슬렁어슬렁 다가오는 것 같았다.

오래전에 연우 삼촌이 말해 주었던 동화가 떠올랐다. 아기 돼지 삼 형제 이야기. 아기 돼지들을 잡아먹기 위해 늑대가 엄마 돼지로 분장한 채 집에 찾아온다는 내용이었다. 지금 자신이 바로 그 아기 돼지였다. 저 밖에 있는 건 늑대였고.

그때, 아기 돼지들이 늑대가 온 걸 알고 두려움에 젖은 채로 누구를 찾았더라?

우르르, 콰쾅!

'엄…… 마!'

결국 폭발 소리가 근방까지 들리면서, 세샤의 트라우마와 공포가 극에 달하던 그때.

세샤는 순간 누군가가 자신을 따스하게 폭 안는 것을 느낄 수 있었다. 연우의 품보다 더 탄탄하고, 브라함의 품보다 더 따스한 품. 부드럽고 향긋한 품이었다.

아주 익숙하지만.

아주 그립지만, 그동안 느낄 수 없었던 체온.

그리고 항상 괜찮다며 사랑스럽게 어루만져 주던 손길.

"엄…… 마?"

세샤는 눈을 동그랗게 뜨면서 고개를 들었다. 그러자 괜찮다며 자신을 안아 주던 따스한 손길도 체향도 같이 사라졌다. 주변에는 여전히 아무것도 없었다.

그래서 세샤는 아난타가 있을 침상으로 고개를 획 돌렸다. 아까 전의 그 느낌은 분명히 아난타였으니까.

하지만 그런 그녀의 기대와 다르게, 아난타는 여전히 평상시 그 모습 그대로 누워 있었다.

역시 단순한 자신의 착각이었던 걸까? 하지만 세샤는 어쩐지 따스한 바람이 아난타를 중심으로 감도는 듯한 느낌을 받았다.

더구나 아난타의 머리맡에 놔둔 회중시계가 격하게 떨리고 있는 것 같은……!

하지만 세샤의 그런 생각은 오래가지 못했다.

벌컥!

"세샤야!"

"판트 아저씨!"

순간, 세샤를 보호하기 위해 다급하게 뛰어오던 판트의 얼굴이 묘하게 변했다. 몇 번씩이나 줄곧 '오빠' 내지 '삼촌'이라고 부르라고 했었는데 여전히 호칭은 바뀌질 않고 있었다. 에도라에게는 '언니'라고 잘만 부르면서.

물론 지금은 그런 걸 신경 쓸 때가 아니었기에, 머리 뒤편으로 미루면서 인상을 굳힌 채로 말했다.

"우선 이곳을 빠져나가야 할 것 같다."

"무슨 일이에요?"

"자세한 건 나중에 말해 줄 테니, 어서 어머니를 모시……! 젠장!"

판트는 세샤를 설득하려다 말고, 갑자기 손을 와락 잡아당기면서 품 안쪽으로 끌어안았다.

콰아앙!

그 순간, 그들이 있던 모옥이 그대로 터졌다.

판트는 무너진 집 밖으로 튕겨 나, 세샤를 안은 채로 한참 동안이나 바닥을 뒹굴어야만 했다. 마지막에 호신강기를 끌어 올렸다지만, 워낙에 급작스러웠고 충격이 큰 탓에 전신이 고통으로 악다구니를 질러 댔다.

"아저씨, 괜찮아요? 어, 엄마!"

다행히 세샤는 다친 곳 하나 없이 멀쩡할 수 있었다. 그러다 그녀는 뒤늦게 아난타를 떠올리고 고개를 번쩍 들었다.

다행히 아난타와 침상은 그런 혼란 중에도 비교적 멀쩡해 보였다. 브라함이 딸과 손녀를 위해 오랜 시간에 걸쳐 설치해 둔 방호 마법 덕분이었다.

그러나 브라함의 그런 방호 체계는 방금 전 폭발로 다 증발해 버린 상태였고.

아난타의 근처에는 괴한들이 서 있었다.

"이 사람인가?"

"밀정 '하이에나'가 보낸 좌표는 이곳이 확실합니다."

봄의 여왕, 왈츠는 트로이의 대답에 가만히 고개를 끄덕였다.

코드명 하이에나.

외뿔부족 내에서 마을의 구조도와 인력 배치, 각 가문과 씨족들의 정치 상황 등을 상세히 가르쳐 준 첩자를 가리키는 말이었다.

정확한 정체는 알 수 없었지만 부족 내에서 제법 앉은 위치가 높은 것인지, 정보의 양과 질이 상당해서 화이트 드래곤은 아주 순조로운 침투를 마칠 수 있었다.

지금 이 순간에도, 화이트 드래곤의 병력들은 '하이에나'가 가르쳐 준 길목을 따라 전진을 계속하며 마을의 빠른 붕괴를 끌어내고 있을 테니.

왈츠는 이번 전투가 전부 끝나고 나면, 아무리 외뿔부족이라 해도 큰 타격을 면치 못하리라 장담할 수 있었다.

탑이 탄생한 이래, 외뿔부족이 성립한 이래, 최악의 피해가 아닐는지.

다만 왈츠는 개인적으로 '하이에나'를 경멸하고 있었다. 자신의 원한과 욕심 때문에 일족을 팔아치운 매국노가 아닌가.

'아니. 외뿔부족 외에도 이렇게 영왕과 관련된 인사들에 대해서 가르쳐 주었으니, 오히려 예뻐해야 하나? 나중에 일이 순조롭게 풀려 외뿔부족에 영향력을 행사할 수 있게 된다면, 놈을 왕으로 지원해 보는 것도 나쁘지 않겠어.'

왈츠가 차갑게 눈을 번들거리면서 아난타에게로 손을 뻗

었다. 듣자 하니 '하이에나'는 연우에 대한 원한이 아주 크다고 했다. 이번 작전을 실행하는 데 있어 연우와 관련된 것들을 가장 먼저 처리해 달라는 것이 조건이기도 했으니, 그녀로서는 호재인 셈이었다.

콰르르릉!

하지만 왈츠의 손길은 미처 아난타에 닿지 못했다.

그보다 먼저 핏빛 벼락이 그녀에게로 떨어지고 있었으니까.

"흡!"

왈츠는 재빨리 호신강기를 끌어 올리는 한편, 매직 실드를 몇 겹이나 쌓아 둘렀다.

그런데도 불구하고, 핏빛 벼락은 실드는 물론 호신강기까지 모조리 분쇄하면서 지상에 내리꽂혔다. 왈츠의 몸뚱이는 충격파에 한참이나 뒤로 떠밀려야 했다. 그녀가 지나간 자리로 깊은 고랑이 남았다.

"미친년이, 감히 어디다 손을 대려고 하는 거냐?"

원래 왈츠 등이 있던 자리에는 어느새 판트가 서서 잔뜩 인상을 구기고 있었다. 그의 피부를 따라 핏빛 뇌기가 연신 튀어 오르면서 마치 짐승처럼 으르렁거렸다.

그야말로 사위를 압도하는 패기. 심장이 갑갑해질 정도로 숨 막히는 기세 앞에서, 왈츠는 잔뜩 굳은 얼굴로 판트를 노려보았다.

방금 전에 호신강기와 매직 실드를 부순 파괴력도 파괴력이지만, 저 무공이 원래 누구의 것인지 잘 알고 있었으니까.

혈뢰(血雷).

달리 혈뢰파벽(血雷破僻)이라고도 불리는 대장로의 무공이었으니까!

"너…… 대장로와 무슨 관계지?"

"우리 상꼰대는 왜?"

아버지인 무왕은 꼰대. 대장로는 상꼰대.

판트가 평상시 어른들을 부르는 호칭이었다.

"묻지 않느냐!"

"유일 전인. 됐냐?"

"……!"

왈츠의 낯이 단단히 일그러지고.

"너, 화이트 드래곤의 수장이지? 몇 번씩 본 적 있어서 기억해. 그런데 말이야."

판트는 혈뢰를 최대 출력으로 끌어 올리면서 양 주먹을 맞부딪쳤다.

"감히 네까짓 반편이 따위가 우리 마을에 더러운 발을 들인 것으로도 모자라서, 내가 보호하는 사람들에게까지 손을 대려 했단 말이지? 여기서 찢어 죽여 주마."

콰아아앙!

판트가 으스러져라 지면을 박차면서 왈츠에게로 와락 달려들었다.

"여왕님!"

"이놈, 감히!"

그때, 왈츠를 따라왔던 플레이어 두 명이 뛰어들었지만.

"찌끄레기 새끼들은 짜져!"

촤아악—

둘은 판트가 휘두른 손날에 그대로 갈기갈기 찢겨 시체조차 온전히 남기지 못하고 말았다. 그만큼 혈뢰는 강렬했고 파괴적이었다. 닿는 모든 것을 갈아 버리는 흉악한 톱니 이빨을 달고 있었다.

콰쾅!

그렇게 판트의 파산권(破山拳)과 왈츠의 반룡장(攀龍掌)이 맞부딪쳤다.

꽃잎으로 된 강기가 위로 튀어 오르고, 핏빛 뇌기가 지면을 두들기면서 먼지가 피어오르는 가운데.

"날…… 반편이라고 했겠다?"

왈츠는 자신의 콤플렉스를 건드리는 판트의 발언에 거친 안광을 뿜어냈고.

판트는 그런 그녀를 보면서 한껏 비웃음을 던졌다.

"그래. 반편이. 뿔도 제대로 달지 못하고 있는데, 그게 반편이가 아니고 뭐지? 아니면 뭐, 병신이라고 불러 주랴?"

"……!"

왈츠는 내공을 최대한으로 끌어 올렸다. 손 그림자가 단숨에 허공을 가득 물들이면서 판트를 단숨에 잡아채고자 했다.

퍼퍼퍼펑!

*　　　*　　　*

『세샤야. 이곳은 내가 어떻게든 시간을 벌 테니, 너는 어서 어머니와 함께 도망쳐!』

판트의 전음이 세샤의 귓가로 박혔다.

그가 왈츠의 콤플렉스를 건드린 건 단순히 말싸움을 위해서가 아니었다. 어떻게든 녀석들의 이목을 자신에게로 집중시키기 위해서였다.

평상시 같았으면 이런 일이 벌어졌을 때 알람 마법으로 즉각 찾아왔을 브라함은 여전히 오질 않고 있었고, 연우는 어디서 무엇을 하고 있는지 좀처럼 연락이 닿질 않는다.

이런 상황에서 보호자가 없는 세샤와 아난타를 지키기

위해서는 어떻게든 안전한 곳으로 대피를 시켜야만 했다.

다행히 세샤는 이런 비상시를 대비해 미니 텔레포트 스크롤을 상비하고 있었기 때문에 이대로 달아나기만 하면 되었지만.

문제는 세샤의 다리가 잔뜩 얼어붙어 있다는 점이었다.

"네가 바로 영왕의 조카인지 딸인지 하는 그 아이인가 보구나. 이 할아비와 같이 좀 가 줘야겠다."

호크 아이, 트로이가 세샤 앞에 서서 입꼬리를 말아 올렸다. 겉보기엔 옆집 할아버지처럼 푸근해 보이는 미소였지만, 세샤에게는 두렵게만 보일 뿐이었다.

실제로 그는 '심봤다'는 생각을 하고 있었다.

이 아이만 확보할 수 있다면, 지난날 연우와 아르티야로부터 당했던 수모를 전부 앙갚음할 수 있을 테니까.

"오, 오지 마!"

퍼퍼펑!

세샤는 여태껏 익힌 마법 따위를 이리저리 전개해서 퍼부었지만, 전부 트로이에게 닿기도 전에 간단히 바스러지고 말았다.

"허허. 앙탈이 꽤나 심하구나. 귀엽군, 귀여워. 재능도 상당한 듯하니 제자로 길러도 좋을 듯하고. 물론, 머릿속에 든 건 전부 지워야겠지만."

트로이가 흉악하게 웃으면서 세샤에게 마수를 뻗쳐 왔다.

'엄마……!'

세샤는 자기도 모르게 질끈 두 눈을 감고 말았다. 기적이. 새로운 기적이 필요했다. 지난날, 아가레스로부터 연우가 자신을 구해 주었을 때처럼.

바로 그때.

푹!

무언가가 찢어지는 소리와 함께, 세샤에게 닿으려던 트로이의 손길이 거짓말처럼 뚝 멈췄다.

트로이의 흔들리는 시선이 아래쪽으로 향했다. 우측 가슴에서부터 화끈한 고통과 함께 칼 한 자루가 고개를 내밀고 있었다.

그가 천천히 고개를 돌린 곳엔.

"내 딸한테서…… 꺼져!"

아난타가 어느새 눈을 뜬 채로 으르렁거리고 있었다.

* * *

『아난타.』

언제부터였을까.

자신의 이름조차 잊어버린 채, 깊디깊은 잠에 빠져 있던 그녀에게 '목소리'가 들렸던 것은.

『나의 목소리를 들어 줘, 아난타.』

처음에는 착각이라고 생각했다.

『제발, 아난타.』

환청이라고.

그를 향한 너무 깊은 마음이 자신을 또다시 괴롭히기 시작한 것이라고만 생각했다.

그도 그럴 것이, 그는 이제 이 세상 사람이 아니었으니까.

절대로…… 건널 수 없는 강을 건너 버리고만, 미운 사람이었다.

『바보 같으니. 대체 내가 무엇이라고 네가 이런 고생까지 하는 거야?』

그렇기에 처음에는 그냥 무시했다.

그리고 더더욱 깊이 잠들려 했다.

더 이상 날 괴롭히지 말아 줘.

날…….

제발 편하게 있게 만들어 줘.

그렇게.

그렇게 생각했다.

『기억나? 처음 만났을 때.』

하지만 환청은 계속 귓가를 맴돌았고.

『서로 참 죽어라 싸웠던 것 같은데. 그러고 나면 발데비히가 화해하라면서 타 줬던 레모네이드도 맛있다고 먹었고.』

죽은 그와 자신만이 알고 있는 추억을 속삭였다.

『그런데 사실 이제 와서 말하는 거지만, 맛 참 더럽게 없었어. 그렇지?』

만약 손이 있다면, 귀가 있다면, 손으로 귀를 틀어막고 싶은 심정이었다.

『그리고 또 언제였더라.』

하지만.

『공략 같이 올라가다 말고, 내가 소매치기당해서 돈 잃고 얼이 빠져 있던 적도 있었는데. 난 순간 당황해서 어쩔 줄 모르는데, 너는 되게 침착하게 이거저거 해야 한다고 딱딱 순서를 끊어서 말해 줬었잖아.』

하지만 그럴 수가 없었다.

『그때 너 되게 멋졌었다?』

너무 좋았으니까.

『그 외에도 비슷한 일들 참 많았지. 우리 팀이 아니면서도 이상하게 충돌할 때도 많았고, 언제부턴가 우리끼리 같이 다닐 때도 많았으니까.』

너무 좋아서 심장이 다시 두근거릴 것만 같았다.

『솔직히 말해. 그거 그때는 우연인 줄 알았는데, 사실 네가 우연인 척 꾸민 거였지?』

환청은 때로 장난 가득한 목소리로 짓궂게 굴기도 했고.

『하여간 이래서 인기 많은 남자는 힘들다니까. 그래도…… 지금 와서 생각해 보면, 나도 너랑 어울리는 게 참 재미있었던 것 같아. 즐거웠었고.』

따스한 목소리로 얼어붙은 마음을 녹여 주기도 했다.

『넌 항상 나에게 진심을 보여 줬었으니까.』

겨우 머리 한편에다 묻어 뒀던 기억들이 하나하나씩 떠오를 때마다.

『그때로 돌아갈 수 있다면 참 좋을 텐데. 시간이 시계태엽 같은 거였다면, 거꾸로 감아서 되돌아가고 싶다는 생각이 들기도 해.』

추억들이 사진처럼 한 장 두 장씩 나타날 때마다 그립던 감정이 새록새록 샘솟았으니까.

『아마도…… 너도 그래서 잠에서 깨어나지 못하는 것일 테지.』

그러다 환청은 쓸쓸한 목소리로 말했다.

『이해해. 나도 그랬으니까. 언제나 같은 시간에서만 맴돌고자 했어. 당시가 나에겐 가장 힘들면서도…… 가장 행복하고 즐거웠던 나날들이었거든. 그때를 도저히 벗어나고 싶지 않았어.」

그리고 그녀를 위로했다.

그러다.

「하지만 아난타.」

환청은 그녀에게 일깨워 주고자 했다.

「시간은 결코 되돌릴 수 없어.」

우리가 어디에 있는지를.

「이미 흘러가 버린 시간이고, 덧없이 빠져나가 버린 것들이야. 아무리 도망치려 해도, 그곳을 바라봐도 절대 되돌아오지 않아.」

그 말 하나하나가 그녀의 마음을 쑤셨다.

그게 너무나 아파서 비명을 지르고 싶었다.

하지만 비명은 나오지 않았다.

「여태껏 우리가 고생하던 나날들은 그냥 묻어 버리자. 대신에 앞으로 더 행복하고 즐거운 시간들을 만들면 되지 않을까?」

환청은 그런 상처마저 이제 곧 아물 것이라고 어루만져 주었다.

「우리에겐.」

아픔이 거짓말처럼 조금씩 희석되었다.

대신에.

무언가가 보이는 듯했다.

『딸이 있잖아?』

'……!'

그 순간.

와장창창!

그녀―아난타는 자신을 에워싼 세상이 모두 무너지는 듯한 느낌을 받고 말았다.

그리고 고개를 위로 들었을 때, 그가 있었다.

꿈에서나 그리던 얼굴이.

차정우가…… 이쪽을 보면서 웃고 있었다.

『엄마가 되어서, 딸이 애타게 계속 찾는데 언제까지 잠만 잘 거야?』

이곳은 의식 세계.

깊게 잠든 그녀를 깨우기 위해 차정우의 사념체는 그녀의 의식을 쉴 새 없이 두들겨 댔고.

그녀는 이제야 그 목소리에 호응한 것이다.

차정우는 아난타가 깨어났다는 것을 알고, 가장 먼저 그런 말을 던졌다.

장난기가 가득 어린 말투. 그들이 함께 탑을 오르던 시절에 자주 보이던 모습이었다.

당시를 상기한 아난타의 눈꺼풀이 파르르 떨렸다.

눈가가 저절로 촉촉하게 젖는 것 같았지만.

아난타는 손으로 눈가를 훔치기보다는 씩 웃었다.

여기서 눈물을 흘리는 건 자신에게 어울리지 않았다.

오히려 입술을 삐죽 내밀면서 투덜거렸다.

'네가 할 소리는 아니잖아.'

『맞아. 옛날도 아니고, 요즘 세상에 어느 아빠가 육아를 엄마한테만 맡기는 건지. 참 나쁜 아빠야, 그렇지?』

차정우는 아난타에게로 천천히 손을 뻗었다.

『그러니까 지난 시간 동안 내가 모르고 외면했던 것들, 내팽개쳤던 것들…… 수습할 수 있도록, 다시 시작할 수 있도록 도와줄 수 있을까? 이제부터는 내가 정말 잘할게.』

아난타는 차정우의 손을 가만히 바라보았다. 그토록 잡고 싶었지만, 잡을 수 없었던 손이 바로 눈앞에 있었다.

그래서 그녀도 저도 모르게 그것을 붙잡으려다, 한순간 뒤로 확 하고 뺐다.

'싫어.'

『……응?』

순간, 처음으로 차정우의 얼굴에 당혹한 기색이 어렸다.

아난타는 속이 후련해지는 기분이 들었다.

'여태껏 애타게 널 기다렸던 건 나였잖아? 그런데 이제 와서 돌아온다고 하면 내가 만세, 하면서 맞잡을 줄 알았니? 꿈 깨셔.'

『그, 그럼 내가 어떻게 하면 좋을까?』

언제나 상대의 관심과 사랑을 그리워하던 건 아난타였을 텐데.

이제는 달랐다.

아난타가 튕기고, 차정우가 그런 그녀에게 매달리고.

'글쎄.'

『아, 아난타……!』

차정우가 어쩔 줄 몰라 식은땀을 삐질 흘리는 동안, 아난타는 저만치 앞서 걸었다.

차정우는 차마 그녀를 붙잡지도 못하고 주춤거려야만 했다.

그때, 아난타의 걸음이 잠깐 멈췄다. 그녀는 뒤를 슬쩍 보면서 새치름한 모습으로 입술을 삐죽였다.

'생각 좀 해 보고.'

『그, 그럼……!』

차정우가 뭐라고 말하려던 그때였다.

엄마……!

어디선가 그런 목소리가 들린 것 같았고.
아난타와 차정우는 동시에 고개를 위로 들었다.
굳은 얼굴이 되어.

＊　　　＊　　　＊

"내 딸한테서…… 꺼져!"
『내 딸한테서…… 꺼져!』
아난타가 깨어나자마자 내뱉은 말은 아주 차가웠다.

하지만 수년 만에 일어나서 그런 걸까. 온몸이 삐거덕대고 있었다.

항상 넘쳐흐르던 용인의 마력은 개울물처럼 아주 협소해지고, 근력도 많이 망가져 힘이 없어도 너무 없었다. 아마스탯창을 열어 보면 아주 참혹하지 않을까. 아프지 않은 곳이 없었다.

당장 눈앞에 보이는 상황에, 땅바닥에 아무렇게나 떨어져 있던 검을 주워 트로이에게 박아 넣었지만…… 이마저도 너무 무거웠다.

하지만 아난타는 그런 자신의 상태를 전혀 개의치 않았다.

오로지 화가 잔뜩 나 있을 뿐이었다.

내 딸을.

내 딸을…… 해코지하려고 해?

감히?

비록 자신이 배 아파서 낳은 딸은 아니었지만.

마음으로 낳은 딸이었다.

세상 누구보다 사랑했고, 아꼈던 아이를 누군가가 해하려 했다는 사실을 도저히 용납할 수가 없었다.

그리고 아이가 이런 위험한 상황에 내몰릴 때까지 계속 잠들어 있었단 사실이, 자신의 그런 못난 모습이 미울 뿐이었다.

아이의 엄마로서 자격이 없다는 뜻이 아닌가.

그리고 그런 생각은 차정우도 마찬가지였다.

아버지가 되어서도 여태껏 존재조차 모르고 있었던 딸.

이 손으로 한번 안아 주지도 못하고, 머리를 쓰다듬어 주지도 못했던 가여운 아이를 다시 상처 입게 내버려 둘 수가 없었다.

이제부터는 다르리라.

아버지가 되어 딸을 지키지 못한다면.

가족을 지키지 못한다면.

어떻게 '아빠'가 될 수 있을까?

그래서.

두 사람은 하나의 마음과 하나의 입으로, 동시에 그렇게 소리쳤고.

"엄…… 마? 아빠?"

세샤는 언제나 깨어나길 바라던 엄마가 일어나 자신을 구해 주었단 사실에 눈을 크게 뜨면서도, 동시에 그 뒤로 나란히 겹치는 다른 누군가를 볼 수 있었다.

연우 삼촌과 닮았지만 다른, 따스한 눈매를 하고 있는 사람.

빛나는 갑주와 새하얀 날개를 두른 채, 세상 어느 누구보다 든든하고 넓은 그늘을 만들어 주고 있는 사람이었다.

그리고 세샤는 그가 누군지 단번에 알아차릴 수 있었다.

"엄마! 아빠!"

세샤는 눈물이 잔뜩 글썽거리는 얼굴로, 하지만 활짝 웃는 모습으로 두 사람을 불렀다. 여태껏 그녀를 괴롭히던 트라우마는 거짓말처럼 해체되어 사라지고 없었다.

"딸, 조금만 기다리렴. 엄마가 구해 줄게."

『딸, 조금만 기다리렴. 아빠가 구해 줄게.』

아난타와 차정우는 이번에도 똑같은 목소리로 그렇게 말했다. 세샤를 보고 있는 동안에는 한없이 자상한 모습이었지만.

"감히 내 딸을 건드려?"

『감히 내 딸을 건드려?』

다시 고개를 들어 적들을 보았을 때에는. 다른 어느 때보다 매서운 눈빛을 하고 있었다.

"후회하게 해 주지."

『후회하게 해 주지.』

파앗!

둘은 똑같이 움직였다.

차정우는 아난타에 빙의한 채, 갓 일어나 근력과 마력이 쇠퇴한 그녀의 부족분을 채워 주었다.

이질감은 전혀 없었다.

한때, 탑의 세계에서 유이하게 남은 용인이었던 두 사람이었던 만큼 서로에 대해 속속들이 알고 있었기에 한마음 한뜻으로 움직이는 게 가능했다.

"이런! 젠장……!"

가슴이 뻥 뚫리고 만 트로이는 피를 잔뜩 흘리는 채로 몸을 뒤로 내빼고 있었다. 다행히 기습을 당하기 전에 본능적으로 몸을 틀어서 심장이 다치는 것은 피할 수 있었지만, 지금 상태도 충분히 치명상에 가까웠다.

문제는 아난타가 도저히 그를 놓아주지 않으려 한다는 점이었다.

분명히 '하이에나'로부터 의식도 없는 식물인간이라고 들었건만. 사실은 여태 상태를 숨기고 있었던 걸까? 이유가 어떻게 되었건 간에 지금은 이 상황을 타개할 필요가 있었다.

하지만 아난타는 빨라도 너무 빨랐다.

어느새 등가죽을 뚫고 나온 용의 날개가 잔뜩 성이 난 채로 허공을 마구잡이로 때렸고, 들고 있는 검은 다른 어느 때보다 시린 빛을 발하고 있었다.

'마치 하늘 날개와 빛의 파도 같은……!'

트로이가 언젠가 보았던 헤븐윙의 모습을 떠올린 순간, 세상이 반전되었다. 그리고 그는 어느새 시야를 온통 물들인 하얀 섬광에 눈이 먼 채로 의식을 완전히 잃고 말았다.

그것이 한때 호크 아이라 불리면서, 레드 드래곤과 블랙 드래곤, 화이트 드래곤까지 쉴 새 없이 소속을 갈아타면서도 무소불위의 권력을 휘두르던 희대의 간웅이 가졌던 마지막 생각이었다.

콰아아앙!

아난타의 검에서 발출된 빛줄기는 삽시간에 거미줄처럼 사방팔방으로 뻗쳐 나가면서 적들을 단숨에 쓸어버렸다.

휘휘휘!

돌풍이 휘몰아쳤다. 불씨와 검은 재가 휘날리는 가운데,

아난타는 바로 그 중심에서 용마안을 잔뜩 번뜩이면서 남은 적들을 노려보았다.

그 순간, 화이트 드래곤의 플레이어와 랭커들은 잔뜩 굳고 말았다.

왠지 모르게 자신들이 건드려서는 안 될 것을 건드린 것 같다는 생각이, 경고가 머릿속을 맴돌았다.

"이, 이게 무슨……!"

"어, 어, 어떻게……?"

그것은 소싯적 레드 드래곤에 몸을 담으며, 여름여왕의 명령을 받아 왔던 그들에게도 아주 익숙한 기운이었다.

그리고 도저히 떠올리고 싶지 않았던 기운이기도 했다.

드래곤 피어(Dragon Fear).

세상 모든 하위종들의 유전자에 새겨진 공포심을 자극한다는 용종 특유의 기세.

공기가 지글지글 끓고 있었다.

숨이 턱 하고 막혔다. 믿기지 않는다는 얼굴이 되어서도, 도저히 말을 길게 이을 수가 없었다.

세상이 정지하고 있었다.

그리고.

전장을 휘어잡는 아난타의 뒤로, 그들의 시야에는 똑똑히 보였다.

배후령처럼 서 있는 헤븐윙 차정우의 모습이!

"뒈질 각오는."

『뒈질 각오는..』

"되었겠지?"

『되었겠지?』

아난타의 목에 걸린 회중시계의 초침이 힘차게 돌아가고 있었다.

마치 침입자들의 남은 수명을 가리키듯.

째깍.

째깍!

'최대한 빨리 끝내자.'

아난타는 적들을 완전히 압도하고 있으면서도, 냉정을 잃지 않았다.

아주 오랫동안 발푸르기스의 밤에 쫓기면서 살아왔던 터라, 상황을 냉정하게 판단하는 데는 이미 토가 텄던 것이다.

그리고 그녀가 보았을 때, 지금 자신의 상태로 지구전은 절대 불가능했다.

아무리 차정우의 사념체가 하늘 날개를 전개하면서 마력을 증폭시킨다고 하더라도 한계가 있기 마련이기 때문이었다.

어쨌거나 차정우의 사념체도 완전히 복원된 건 아니었으니까. 시간이 길어지면 길어질수록 겨우 복구한 존재가 다시 흐트러질 우려가 있었다.

그렇기에 아난타는 속전속결을 요구하였고.

차정우는 알겠노라고 답변하면서 하늘 날개를 높이 세웠다.

두 명의 용인이 일으킨 드래곤 피어가 곧 프레셔(Pressure)로 강화되면서 막강한 무게를 더하였고.

그들은 이내 잔뜩 얼어붙은 놈들에게로 거세게 몸을 날렸다.

애당초 화이트 드래곤의 기원은 레드 드래곤. 여름여왕의 아래에 있던 녀석들이 아닌가. 당연히 용의 기세에는 많이 허약할 수밖에 없었다.

콰르르릉—

아난타가 검을 휘두를 때마다, 칼날을 타고 빛무리가 잔뜩 폭사되었다.

빛의 파도.

한때, 헤븐윙을 여러 랭커들의 공포로 군림하게 만들며, 끝끝내 8대 클랜들까지 등 돌리게 만들었던 넘버링 스킬이 터질 때마다, 화이트 드래곤의 클랜원들은 한 줌씩 지워졌다.

"제, 젠장……!"

"어째서 헤븐윙의 기술이 저년한테서 발휘되는 거냐고!"

"이, 일단 물러서야 해……!"

클랜원 중 상당수가 뒤로 주춤 물러섰다. 그들은 어디까지나 반격의 기회를 쟁취하기 위해 나선 것이지, 허망하게 포화의 잿더미에 휩쓸리고 싶어서 나선 게 절대 아니었으니까.

"미친 것들아, 뭘 하는 거냐! 어떻게든 막지 않고!"

"여기서 물러서면 우리는 전부 끝이란 말이다! 뚫어! 어떻게든!"

하지만 화이트 드래곤의 수뇌들은 어떻게든 아난타를 막아서고자 했다.

그들은 본능적으로 알고 있었다. 이번 공격 기회를 놓쳐서는 두 번 다시는 재기할 방법이 없다는 것을.

외뿔부족 마을의 상황이 아르티야에 들어가는 것도 시간문제다. 그들이 지원군을 보내서는 모든 게 끝난다는 것을 알기 때문에 어떻게든 아난타를 제거하거나, 그들이 생포해야만 했다.

다행히 스캔 능력이 있는 랭커 몇몇은 아난타가 겉보기와 다르게 품고 있는 마력이 한없이 낮다는 것을 눈치채고, 그녀를 잡기 위해 이를 악물고 달려들었으니.

화이트 드래곤과의 전쟁은 지금부터가 시작이었다.

＊　　　＊　　　＊

"이런……!"

왈츠는 판트와 부딪치다 말고, 주변 상황이 뜻대로 풀리지 않는다는 사실을 깨닫고 눈살을 잔뜩 찌푸렸다.

그녀가 아무리 외뿔부족에 대해 개인적으로 원한을 갖고 있다고 해도, 전황을 판단할 줄 모르는 머저리는 절대 아니었다.

그랬다면 아르티야와 환상연대의 무차별적인 공격에 벌써 기백 번도 더 허물어지고도 남았겠지.

그녀는 어머니 여름여왕으로부터 배운 바대로, 모든 것을 냉철하게 바라보고 빠르게 결론을 내리고자 하는 편이었고.

이미 외뿔부족에 대한 습격은 결국 실패로 끝날 거란 판단을 내린 지 오래였다.

그래도 참여하게 된 것은 이런 혼전 속에서 아난타와 세샤의 신병을 확보하기 위함이었으니.

혈뢰를 사용한 판트를 만나 접전을 벌이고 있었으나 빠른 퇴각을 결정하지 않은 것도, 우선 그의 발만 붙잡고 있는다면 충분히 작전을 성공할 수 있으리라 여겼기 때문이었다.

하지만 아난타가 잠에서 깨어날 줄이야!

거기다 무슨 수를 썼는지는 몰라도, 하늘 날개와 빛의 파도까지 뿌려 대고 있었다.

상태가 그리 좋지는 않은지 안색이 창백하고 기식이 엄엄하다는 것은 느껴졌으나, 어쨌든 저대로는 제압하기가 힘든 판국이니.

문제는 왈츠, 자신이 직접 무력행사에 나서려 해도.

우르르, 콰쾅!

판트가 그녀의 생각을 비웃듯이 혈뢰를 미친 것처럼 퍼붓고 있다는 점이었다.

혈뢰벽세(血雷劈勢). 닿는 것을 모두 쪼개고 부숴 버린다는 혈뢰의 절기가 뺨 위를 할퀴려 했다.

순간, 왈츠의 몸뚱이 주변으로 강기로 이뤄진 꽃잎이 풍성하게 피어오르더니, 연분홍빛 잔상을 수도 없이 그려 냈다.

연대구품(連帶九品). 아홉 걸음을 옮길 때마다 잔상과 분신을 만들어 낸다는 보법이 전개되면서 혈뢰벽세를 피하는 건 어떻게든 해낼 수 있었지만.

혈뢰의 위력은 거기서 끝나는 것이 아니라, 지면에 작렬하고도 사방팔방으로 촤르르 퍼져 나가면서 연쇄 폭발을 일으킨다는 것에 있기 때문에 아홉 개의 분신은 삽시간에 사라지고 말았다.

그리고 매캐한 연개와 검은 재가 흩날리는 가운데, 판트가 마치 뿔난 황소처럼 와락 달려들면서 그녀의 가녀린 몸을 강제로 끌어안았다.

"흡!"

왈츠는 아차 싶은 마음에 헛바람을 들이켜면서 어떻게든 판트를 떨어뜨리고자 했다. 완력 싸움으로 들어가 버리면 자신에게 승산이 없다는 것을 누구보다 잘 알고 있었으니까.

그래서 장심(掌心)에 강기를 강제로 끌어모아 판트의 등을 수도 없이 두들겼지만.

쾅!

"컥!"

판트는 자칫 척추가 부서질 수도 있는 공격에도 전혀 아랑곳하지 않고, 왈츠를 끌어안은 상태 그대로 달려가다 근방에 있던 아름드리나무에 충돌했다.

부족 내에서도 수백 년을 넘게 살아 신목으로 분류되던 나무가 너무나 쉽게 부러지면서 뒤로 넘어갔다.

그 과정에서 왈츠는 순간 호흡이 흐트러져 겨우 모았던 기운이 풀리고 말았다.

판트는 그 틈을 놓치지 않았다. 왈츠의 허리와 갈비뼈를 완전히 묵사발 내고 말겠다는 일념 하나만으로 양팔에 힘을 잔뜩 주었다. 이때만큼은 혈뢰를 운용할 새도 전혀 없었다.

콰직. 콰지직. 왈츠는 체내에서 무언가가 잔뜩 부서지고 박살 나는 섬뜩한 느낌과 고통을 맛봐야만 했다.

더 끔찍한 것은 비명도 전혀 나오지 않는다는 점이었다.

성대가 끊어진 건지, 폐부가 잔뜩 조인 건지는 알 수 없지만. 소리를 지를 수 없다는 건, 생각했던 것보다 훨씬 더한 정신적 고통을 수반하고 말았다.

그러다 의식까지 살짝 흐릿해지려는데.

'안…… 돼!'

왈츠는 이를 악물었다. 그걸로도 안 되자, 혀 뒤쪽을 거세게 깨물었다. 혀가 짓이겨지는 게 아닐까 싶을 정도로 아프고 울컥 솟은 비릿한 피 냄새가 입가를 맴돌았지만, 덕분에 정신은 번쩍 들었다.

'내가…… 내가 여기까지…… 어떻게 왔는데……!'

얼마나 악다물었던지, 어금니까지 깨지는 소리가 났다.

'엄마! 아빠!'

왈츠는 아직도 잊을 수가 없었다.

모두가 더럽다며 다가오지 않던 빈민촌에서 어렵게 자신을 키우셨던 부모님의 모습이 하나하나씩 차례로 떠오르고.

그분들을 제대로 된 무덤도 없이 묻은 뒤, 자신을 뒤쫓는 외뿔부족을 피해 달아나야 했던 나날들이 보였다.

그때의 복수를 조금도 이루지 못한 이때. 이렇게 쓰러질 수는 없었다.

아니, 다른 것을 떠나서라도.

어머니 여름여왕의 유지는 조금이라도 이뤄 내야만 했다.

언젠가 그분의 뜻이 자신에게 남지 않았나 하는 의심을 하기도 했었다지만.

그래도 그분은 자신에게 있어 새로운 생명을 주신 감사한 분.

그런 생명을 덧없이 이런 곳에서 버린다는 건 절대 있을 수 없는 일이었다.

그래서 왈츠는 거의 짓이기다시피 해 이제 형체도 제대로 남아 있을지 궁금한 마나 서클과 단전을 억지로 쥐어짰다.

멀쩡하지 않아도 되었다.

한 줌만.

단 한 줌의 마력만 있다면……!

그 순간.

번쩍!

왈츠의 눈가로 시퍼런 안광이 창살처럼 치솟았다.

회광반조(廻光返照).

촛불이 사그라지기 전에 한 차례 크게 일어나는 것처럼, 왈츠는 한 줌 남은 마력에다 자신의 생명력을 전부 쏟아붓다시피 하면서 마력을 최대로 증폭시켰다.

당연히 내공도 폭발적으로 늘어났으니.

왈츠는 그나마 괜찮았던 육체의 다른 부위도 망가지는 것을 전혀 아랑곳하지 않고, 강제로 자신을 옥죄고 있던 판트의 구속을 풀어내고자 했다.

쿠쿠쿠—!

두 사람이 벌이는 힘겨루기가 강맹한 마력장을 형성하면서 튀어 올라 격진이 일어났다.

그리고 당연하지만, 승세는 왈츠 쪽으로 기울고 있었다.

애당초 무공 격차가 왈츠 쪽이 조금이나마 우세했던 상황 속에서 생명력인 선천지기를 소모하기로 마음먹은 이상, 판트가 그녀를 당해 낼 재간은 없었다.

"이런 빌어먹을 년이!"

판트는 그것이 짜증 났는지 버럭 소리를 질렀지만.

왈츠는 무표정한 얼굴을 하면서 그에게로 일장을 내질렀다.

이 방해꾼을 어떻게든 눈앞에서 치워야만 아난타와 세샤를 데려갈 수 있을 테니까. 치료는 그때 가서 해도 늦지 않았다. 아마 모르긴 몰라도, 이번 회광반조로 인해 이제 수

명은 끽해야 1, 2년 정도밖에 남지 않을 테지만…… 그만한 시간이라면 남은 복수를 전부 마치기에 충분했다.

십단금(十段錦). 외뿔부족 내에서도 꺼려 하는, 압도적인 파괴력을 자랑하는 나머지 시전자도 위기로 몰아넣는다는 무공이었지만, 이미 회광반조까지 일으킨 마당에 왈츠가 마다할 것은 아무것도 없었다.

'어머니의 유지를……!'

그때까지 왈츠의 머릿속에 남아 있는 것은 어떻게든 여름여왕의 복수를 해내고야 말겠단 일념이었다.

퍼어어엉!

결국 판트가 피를 잔뜩 토하면서 튕겨 나 바닥을 한참 동안 뒹굴고 말았고.

왈츠는 쏜살처럼 세샤가 있는 곳으로 날아들었다.

그것을 눈치챈 아난타가 재빨리 하늘 날개를 움직여 왈츠의 앞을 가로막았다.

"네년부터 잡아가야겠어."

"꺼져, 미친년아!"

두 사람의 공세가 교차하려던 바로 그때.

콰르르릉!

갑자기 하늘에서부터 시커먼 어둠이 폭우처럼 쏟아졌다.

왈츠는 그게 명백하게 자신을 노린 공격이란 것을 깨달

고, 다시 몸을 뒤로 내빼야만 했다. 원래대로라면 시간이 촉박한 이때, 어떻게든 공격을 옆으로 쳐 내야만 했지만. 언뜻 감지되는 힘이 너무 강맹했던 것이다.

쿠쿠쿠!

아니나 다를까. 왈츠가 예감했던 대로, 검은 어둠은 지상에 작렬하자마자 닿는 것을 전부 녹여 버렸다. 얼마나 깊게 들어갔는지, 그녀가 있던 자리로 끝이 보이지 않는 무저갱이 생겨날 정도였다.

보기만 해도 섬뜩한 광경이라, 왈츠의 시선이 허공으로 올라갔다. 아난타도 황급히 고개를 들었을 때, 그들은 볼 수 있었다.

본 드래곤 위에 올라탄 연우를.

『형!』

"……!"

순간, 아난타는 차정우와 똑같은 얼굴을 하고 있지만, 분위기는 전혀 상반된 연우를 보고 눈을 크게 떴다. 그러다 차정우의 말을 듣고 주먹을 꽉 쥐었다.

언제부턴가 잠결에 세샤로부터 계속 들었던 존재였으니까.

자신과 딸을 구해 준. 그리고 차정우를 되찾아 준 고마운 존재.

이제 걱정은 하지 않아도 되겠다는 안도감이 들었다.

반면에.

왈츠의 안색은 딱딱하게 굳고 말았다.

연우가 올라 서 있는 본 드래곤은 너무나 익숙한 것이었으니까.

여름여왕.

돌아가신 어머니의 유해가 아닌가!

눈을 감으시고 나서도 편하게 영면에 들지 못하는 저분의 처지가 안타깝기만 할 따름이었다. 그리고 저런 악독한 짓을 저지른 연우에게 화가 났다.

하지만 그러거나 말거나.

연우는 팔짱을 끼고 있던 그대로 본 드래곤에서 떨어졌다.

"영역 선포."

그러자 지면을 타고 그림자가 넓게 퍼지면서 망자 군단이 하나둘씩 몸을 일으켰다.

[영역 '비나'가 선포되었습니다!]

디스 플루토는 아테나 등과 함께 올림포스로, 망자 거인은 타르타로스의 복구에 동원되어 이곳에 있는 건 대다수부—파우스트가 만들어 낸 언데드에 불과했지만.

그것만으로도 이미 상당한 전력을 자랑하는 터라, 화이트 드래곤은 삽시간에 혼란에 잠기고 말았다.

가뜩이나 아난타가 뿌려 대던 빛의 파도로 인해 피해가 컸던 그들은 더 강한 타격을 받을 수밖에 없었다.

더구나 그림자에서 뻗쳐 나온 넝쿨이 그들의 발목이며 사지를 묶어 대는 통에 어떻게 떨쳐 내기도 힘들었다. 그림자는 늪처럼 너무 질퍽이는 데다가, 그들의 몸을 안쪽으로 빨아들이기까지 했다.

"제, 젠장!"

"아악! 마법이! 마법이 가동되질 않아!"

거기다 허공에 맺힌 부—파우스트의 인페르노 사이트가 그들을 직시하면서 광역에 걸쳐 대규모 결계까지 구축했으니.

그 안에 갇혀 있는 이상, 화이트 드래곤은 외부로의 탈출이 일절 불가능했다. 마법을 구사하려 해도 발동되는 족족 캔슬되고 마니, 패닉 상태에 빠질 수밖에 없었다.

이미 탑의 지식뿐만 아니라, 에메랄드 타블렛까지 흡수한 부—파우스트의 마법적 능력은 일개 플레이어들이 짐작하기 힘들 만큼 높은 경지에 다다라 있었으니.

이미 그들은 독 안에 든 쥐나 다름없는 신세였다.

바로 그런 상황에서.

왈츠는 이를 악물어야만 했다.

연우가 직접 몸을 드러낸 순간부터 이미 모든 게 끝났다는 것을 깨닫고 있었으니까.

그래도 어떻게든 인정하지 않으며 마지막 발악이라도 해보려는데.

쐐애액—

갑자기 본 드래곤이 갑자기 날개 뼈를 크게 휘젓더니 빠른 속도로 이쪽으로 활강을 시도했다.

왈츠는 본 드래곤이 어떻게 나올지 몰라 인상을 딱딱하게 굳혔다. 마력을 주먹으로 끌어모으려는데, 별안간 본 드래곤이 빛에 휩싸이더니 폴리모프를 시도했다.

그리고 드러난 얼굴에 왈츠는 딱딱하게 굳고 말았다.

다시는 만날 수 없을 거라 여겼던 존재가 바로 그곳에 있었으니까.

"어…… 머니?"

왈츠는 순간 상황을 이해하지 못하고 뻣뻣하게 굴었지만.

여름여왕은 적발을 길게 흩뜨리면서, 아무런 망설임 없이 왈츠에게로 손길을 뻗쳤다. 화염 계통 마법 중 최고를 자랑한다는 헬 파이어가 왈츠에게로 우수수 쏟아졌다.

탁!

"왔나?"

갈리어드는 상당히 지친 기색으로 지상에 천천히 착지하는 연우를 보면서 물었다.

기습을 벌인 적들을 감당해야 했던 터라, 전신에 자잘한 생채기가 수도 없이 가득했다. 그러면서도 자칫 세샤를 위험으로 빠뜨릴 뻔했다는 사실 때문인지 안색도 그리 좋질 않았다.

연우는 무겁게 고개를 끄덕였다.

갈리어드는 자책감이 가득한 목소리로 상황을 설명했다.

"보다시피 전황은 그리 좋질 못했다네. 다행히 자네가 오면서 많이 편해지긴 했지만…… 그래도 면목이 없으이."

"아닙니다. 수고하셨습니다. 잠시만 쉬십시오."

연우는 갈리어드의 어깨를 두들기면서 좌중을 둘러봤다. 하지만 그도 평상시보다 얼굴이 훨씬 굳어 있었으니.

여태껏 탑에서 머물면서 이런저런 일을 많이 겪어 봤다지만, 지금만큼 화가 난 경우는 단연코 없었다.

이곳은 탑의 세계에서 유일하게 추억만 가득 묻어 있는 장소였다.

주로 두들겨 맞은 기억밖에 없고, 인성 운운하면서 투덜거렸어도 스승과 처음으로 인연을 맺었던 곳이기도 하고.

몸이 좋지 않은 아난타와 세샤를 가족처럼 받아들여 주기도 했던 장소이기도 하다.

이제는 지구에도 남지 않은 '집'이나 다름없던 것이다.

그런데 이딴 꼴이 될 줄이야.

맨 처음.

연우는 도일의 메시지를 받았을 때까지만 해도, 이번 일에 대해 크게 개의치 않고 있었다.

하지만 내용을 전부 들었을 때에는 절대 가만히 있을 수가 없었다.

―여태껏 잠적했던 놈들의 행동이 전부 감지되었어요. 그런데 하나같이 움직이는 게 심상치 않아요. 망자의 함이나 다우드 형제단, 화이트 드래곤까지…… 너무 유기적으로 움직여서 확실하지는 않지만, 아무래도 외뿔부족 내부에도 선이 닿아 있는 것 같아요.

외뿔부족에 내통자가 있다는 것.

그것은 절대 우습게 볼 수 없는 사실이었으니까.

더군다나 도일에 이어 즉각 다른 곳에서도 연락이 왔다.

아테나였다.

—숙부님, 아무래도 아스가르드의 움직임이 심상
찮아요. 천계 내에서 모든 연락 체계를 단절시키고,
사회를 폐쇄했다는 소문이 빠르게 돌고 있어요. 일
단 확인 중에 있지만, 혹시 모르니 조심하세요.

페이스리스에 이어 아스가르드까지 움직인다?

이것을 단순한 우연이라고 볼 수 있을까?

전혀 접점이 없는 그들이었지만.

연우는 이 모든 게 우연이 아니라는 예감이 강하게 들었
다.

그리고 만약 그 예감이 맞는다면, 절대 쉽게 넘어갈 수가
없었다.

무왕을 암살하겠다는 저들의 계획이 자신이 생각하는 것
보다 훨씬 규모가 크고, 치밀한 준비가 되어 있단 뜻일 테
니.

결국 도일은 라퓨타를 움직여 탑 외 지역으로 가겠노라
고 의사를 밝혔다. 이미 만전의 준비를 마친 상태였으니,
연우의 허락만 떨어지면 즉각 움직일 예정이었다.

하지만.

　—아니. 아르티야는 뒤로 빠진다. 대신에 따로
　할 게 있어.

연우는 불현듯 드는 생각이 있어 아르티야에 출격을 정
지시켰다.

그리고 도일은 명석한 머리를 지닌 사도답게, 단번에 연
우에게 다른 노림수가 있다는 것을 간파할 수 있었다.

뒤통수.

　—무엇을 할까요?
　—넌…….

아마 지금쯤 도일과 아르티야는 그가 따로 지시한 것을
성실히 수행하고 있을 터였다.

아테나도 마찬가지.

우선 천계의 전체적인 동향을 살펴볼 것이며, 만약 아스
가르드에서 수상쩍은 기류가 감지된다면 즉각 병력을 출병
시켜도 좋다는 허락까지 내린 상태였다. 동맹군의 세력들
에게서도 여차하면 도와주겠다는 확답을 받아 두었다.

그래서는 여태 연우의 농간질로 인해 이미 파편화되었던 천계 내 정세에 극도의 긴장감을 가져다줄 수도 있겠지만…… 지금은 그런 걸 고려할 때가 아니었다.

여하튼.

하계와 천계가 모두 연우의 지시에 따라 빠르게 움직이고 있는 이때.

연우는 직접 외뿔부족 마을에 모습을 드러내면서 영역을 선포, 소환한 망자 군단을 움직여 적들을 대거 쓸어 내기 시작했다.

이미 기어 다니는 혼돈이나 대지모신 등, 여러 대신격들과도 전투를 치렀던 군단이 아닌가. 아무리 화이트 드래곤의 수준이 높다 하여도 하계의 기준일 뿐이지, 그들에 비할바는 아니었다.

"한 놈도 빠지지 말고 전부 먹어 치워."

망자 군단은 연우의 명령을 충실히 이행하기 위해 화이트 드래곤의 플레이어들을 빠르게 처치하고, 거기서 빠져나온 영혼들을 잡아먹는 등 지상에다 순식간에 아비규환을 조성해 냈다.

그러다 연우는 이상한 점을 발견할 수 있었다.

'그런데 브라함은 왜 보이질 않는 거지?'

분명히 세샤 등이 위기에 빠졌으니 어떻게든 알아채고

올 법한데도, 눈치를 채지 못한 것 같았다.

페어링을 확인해 봐도 미약하게만 감지되고 있을 뿐, 대체 뭘 하고 있는 건지 메시지 전달도 되질 않았다. 이전에 느꼈던 그대로였다.

'시의 바다 쪽도 움직임이 심상치 않다더니, 그 때문인가?'

연우는 자신이 올림포스를 탈환하는 동안, 빠르게 돌아간 세태를 어떻게든 확인해 볼 필요성을 느꼈다.

하지만 그것은 나중 일이었다. 지금은 적들의 꿍꿍이부터 빨리 파악하고 처리해야만 했다.

『형.』

그때, 차정우의 사념체가 연우를 불렀다.

"너……!"

연우는 익숙한 목소리에 얼굴을 굳히면서 그쪽으로 고개를 돌렸다. 대체 무슨 생각을 하는 거냐며 타박하려 했다. 자신이 알기로 동생은 아직 모습을 드러내기에 위태로운 상태일 테니까.

계속 무리를 하다가는 존재가 소멸할 우려가 있었다. 그래서는 나중에 동생의 영혼을 되찾더라도, 옛 기억을 되살리는 건 불가능했다.

하지만 연우는 길게 말을 잇지 못했다.

차정우의 사념체가 어디에 빙의되어 있는지를 뒤늦게 깨닫고 말았으니까.

아난타가 정신을 차린 채로 연우를 바라보고 있었다. 세샤는 그녀의 품에 꼭 안겨 떨어질 생각을 않았다.

그리고.

『너, 정우냐……?』

크로노스가 어느새 차정우의 앞에 떨리는 목소리로 나타났으니.

차정우의 사념체도 믿기지 않는다는 듯 눈을 크게 뜨고 말았다.

『……아버지?』

『정말, 정말로 정우구나. 너……!』

『아버지가 어떻게 이곳에……? 아니, 그보다 지금 모습이 왜 그러신 거예요?』

크로노스를 여전히 지구 어디서나 흔히 볼 수 있는 중년 남성으로만 알고 있는 차정우로서는, 그가 자신과 비슷한 영체의 형태를 띠고 있으니 놀랄 수밖에 없었다. 더구나 형과 아버지가 나란히 있는 조합이라니, 더더욱 이해가 가질 않았다.

하지만 크로노스는 감격에 젖은 나머지 막내아들의 그런 의문에 대답해 주지 못하고, 그를 그저 꽉 끌어안기만 했다.

차정우의 사념체도 처음에는 얼떨떨해다가, 곧 크로노스를 마주 끌어안았다.

아들을 구하겠다는 일념 하나만으로 탑으로 뛰어들어 봉변을 당하고, 겨우겨우 헤쳐 나온 끝에야 오늘에 이를 수 있었던 크로노스와.

가족들을 다시 한데 모아 행복하던 시절로 되돌아가고팠던 차정우.

두 부자지간의 상봉은 연우로서도 가슴이 미어질 수밖에 없었다.

둘의 진실된 마음과 지금껏 숨겨 온 행적을 모두 알고 있는 건 그밖에 없었으니까.

다만, 지금은 한시가 급했다.

"정우야, 인사는 나중에 마저 하자. 자세한 건 가면서 설명해 줄 테니까."

『알았어. 내가 뭐 도울 게 있을까?』

차정우의 사념체는 크로노스의 품에서 나와서 진지한 얼굴로 연우를 돌아봤다.

연우는 무겁게 고개를 끄덕였다.

"네가 가진 태엽."

『태엽?』

그게 무슨 말이냐는 얼굴이 되었지만, 아난타가 먼저 연우의 말뜻을 눈치채고 목에 걸려 있던 회중시계를 풀어 연우에게로 내밀었다.

"이게 필요하신 거죠, 아주버님?"

연우는 난생처음 듣는 호칭에 잠시 움찔했지만, 곧 담담하게 고개를 끄덕이며 회중시계를 받았다.

째깍. 째깍.

여전히 시침은 힘차게 돌아가고 있었다.

이 속에 담긴 시간의 태엽만 되찾는다면, 크로노스의 완연한 부활도 가능하리라. 그리고 그의 업과 신화를 계승한 연우도 신왕좌를 완전히 갖출 수 있을 테고.

"감사합니다."

"이 사람, 잘 부탁해요."

아난타는 어느새 연우와 크로노스 옆에 선 차정우의 사념체를 보면서 엷은 미소를 띠었다.

기억 속의 차정우는 언제나 마지막에 우울한 모습을 하고 있었건만. 지금 이렇게 행복해하는 모습을 보니 가슴이 절로 벅차오르는 것 같았다. 사랑하는 사람의 행복은 곧 자신에게도 또 다른 행복이 되기 마련이니.

"아빠, 삼촌, 파이팅!"

『그래. 금방 다녀올게. 그동안 엄마 말 잘 듣고 있으렴.』

차정우는 자세를 숙여 세샤의 머리를 쓰다듬어 주었다. 이렇게나 애교 많고 귀여운 딸이라니. 자신은 참 복 받은 놈이다 싶었다.

크로노스는 그런 막내아들을 부러운 눈으로 바라보다, 기대감에 잔뜩 젖은 얼굴로 뒤따라 세샤에게 물었다.

『할아버지는? 할아버지는 없느냐?』

"아저씨는 누구세요?"

하지만 세샤는 크로노스를 처음 보는 것이기에 낯을 가릴 수밖에 없었고.

크로노스는 제 어미의 뒤로 쏙 숨어 버린 세샤를 보면서 절망에 빠진 얼굴이 되고 말았다.

연우는 그런 크로노스를 무시하고, 강제로 비그리드로 되돌리면서 그를 붙잡고 마을 쪽으로 내달리기 시작했다.

화이트 드래곤에 대한 정리는 아직 덜 끝났다지만.

이곳의 마무리는 여름여왕과 부—파우스트에 맡기면 충분할 듯싶었다.

* * *

『……손녀딸에게 외간 남정네 취급이라니. 아저씨라니, 내가 아저씨라니!』

연우는 달리는 내내 여전히 절망에 빠진 채로 중얼대는 크로노스의 혼잣말에 귀가 따가울 지경이었지만.

그냥 무시하고, 의문점에 대해서 물었다.

"아버지, 태엽을 복원할 수 있는 방법은 뭡니까?"

비그리드에 있는 죽음의 태엽은 복원하기가 쉬웠다.

연우 역시 죽음의 신위를 가지고 있으니, 서로 연동시켜서 기능만 복구하면 그만이었으니까.

하지만 시간의 태엽은 달랐다.

그건 연우와 전혀 무관한 신위. 당연히 어떻게 다뤄야 할지 감이 잡히지 않은 상태였다.

그렇다고 해서 무작정 회중시계에서 시간의 태엽을 강제로 추출할 수도 없는 노릇이었다. 그랬다간 동생의 사념체가 위험해질 테니까.

전혀 새로운 방법이 필요했다.

그래서 물어본 것인데.

『나도 몰라.』

"그게 무슨……!"

『정말이다. 내가 그런 상황에서 설마 뒷일을 예상하고 방법까지 고려했었을까? 내가 본 미래는 네가 탑에 들어온 것. 딱 거기까지였다.』

"……!"

연우는 인상을 굳히다, 곧 무겁게 고개를 끄덕이고 말았다.

자신에게 시간이 충분히 주어졌다면 방법을 어떻게든 강구해 봤겠지만, 상황이 상황이다 보니 아무래도 어떻게든 임기응변으로 해결책을 모색해 봐야 할 것 같았다.

차정우의 사념체에게서는 말이 없었다. 다시 회중시계로 돌아가 생각을 정리하고 있을 테지. 여태 그도 몰랐던 사실들이 전부 하나같이 충격적이었기에 상황을 납득하는 데 시간이 조금 필요할 듯싶었다.

그사이. 연우는 왕좌 결투를 벌이던 마을의 중앙에 도착할 수 있었고.

"반역자들을 전부 추포해! 저 결계를 해제할 방법을 실토할 때까지 절대 용서치 마라!"

"대장로, 말하지 않았나! 정말 우리는 이 일과는 무관하다고!"

두 패로 나뉘어 혼란을 겪고 있는 외뿔부족을 맞닥뜨릴 수 있었다.

백선가를 비롯한 여러 가문과 씨족들은 자신들을 에워싼 동족들을 보면서 억울함을 주장했다.

하지만 대장로를 비롯한 대다수의 부족원들은 그들을 전혀 믿지 않고 있었으니. 당장이라도 그들을 찢어 죽일 듯이 보며 흉흉한 살기까지 드러낼 정도였다.

그 어디에서도 유쾌하고 긍정적인 면모를 보이던 외뿔부족의 평상시 모습은 보이질 않았다.

그저 살얼음판 위를 걷는 것처럼 살벌한 분위기만 감돌 뿐.

그러다 보니 궁지에 내몰린 백선가 등도 이대로 당할 수는 없다고 여겼는지 날을 바짝 세우기 시작했다. 당연히 대장로 등은 그걸 반역의 뜻으로 받아들여 더더욱 강한 압박을 가했으니.

연우는 어쩌면 이런 분위기마저 적들이 노렸던 게 아닐까 싶을 정도였다.

바로 그때.

연우의 용신안에는 선명하게 보였다.

『지원조는? 지원조는 대체 어떻게 되고 있는 겁니까! 나와 우리 가문을 구해 주겠다 하시지 않았습니까! 그래서 추후에 제 자리를 되찾게 해 주겠다고 했……!』

『기다리도록. 이쪽이 더 급하다.』

『언제까지 기다리란 말씀이십니까! 카인, 그 빌어먹을 놈이 언제 올지도 모르는데!』

『기다려라. 하이에나.』

『하지만……!』

『이만 끊지.』

백선가 등에게서 화이트 드래곤 쪽으로 연결되는 아주 희미한 붉은 선이.

일반인들에게는 전혀 보이지 않는 선이었다.

특히 마법을 도외시하고 무공만을 단련한 외뿔부족에게는 전혀 찾아볼 수 없을 선, 페어링 라인(Pairing Line).

누군가가 외부로 소식을 전달하고 있다는 뜻.

그 순간.

　[플레이어 ###의 기세가 외뿔부족의 마을을 뒤덮습니다!]

"……!"

"……!"

"……!"

대장로와 백선가주를 비롯한 부족원들 모두가 으르렁거리다 말고, 갑자기 사위를 압도하는 폭풍 같은 기세에 놀라며 연우를 돌아보았다.

하지만 연우는 아랑곳하지 않고 그들 쪽으로 손을 뻗었

다. 그러자 페어링 라인을 발신하고 있던 녀석이 위로 둥실 떠올랐다.

백선가의 왕위 후계자, 장이었다.

"어? 어어어! 조, 조부님!"

"장아! 너 대체 무엇을……!"

백선가주는 자신의 외손자가 연우에게로 빨려 들어가자 경악했지만, 그때는 이미 녀석의 목이 연우의 손아귀에 붙들린 뒤였다.

"잡았군. 쥐새끼."

연우가 흉흉하게 눈을 번뜩였다.

"사, 살려…… 줘……!"

연우가 발산하는 살기를 몽땅 뒤집어쓰게 된 장의 안색이 시퍼렇게 질렸다.

한때, 판트도 위협할 정도로 뛰어난 재능을 지녔다고 평가받던 녀석이었지만.

연우에게 굴욕적인 패배를 당하고, 판트 남매에게도 차차 뒤처지면서 위신이 바닥에 떨어지고 말았다.

그러다 결국 손을 대서는 안 되는 것에까지 대고 말았으니.

'마기.'

연우는 눈 밑이 퀭한 녀석에게서 미약하게 풍기는 기운

을 느끼고 눈살을 찌푸렸다.

대체 어디서 이런 걸 구했는지는 알 수 없지만.

마기는 사실상 따지자면 플레이어들에게 마약이나 다름 없었다. 사용하기에 따라 힘과 쾌락을 가져다주지만, 차차 정신을 피폐하게 만들어 끝내 마인(魔人)으로 만들기 때문 이었다.

장은 그런 마인이 되기 일보 직전의 상태였다. 손발이 사시나무처럼 떨리는 중독 증세를 보이면서도, 혼탁하기만 한 저질의 마기를 흘려 대고 있었으니까.

아무리 급이 낮아도 마기는 마기라는 것인지, 연우의 손을 어떻게든 밀어내려 했지만 그게 전부였다. 그는 연우가 품은 마력에 흠집조차 낼 수 없었다.

그렇다면.

과연 백선가나 다른 부족원들이 장의 이런 상태를 여태 눈치채지 못했을까?

'그럴 리가.'

마기가 거의 외부에 드러나지 않는다고 해도, 부족원들이 태어났을 때부터 갖고 있다는 예민한 감각까지 속일 수는 없을 터였다.

"놈! 내 아이에게서 더러운 손을 썩 떼지 못할까!"

그때, 백선가주가 눈이 회까닥 뒤집어진 채로 지면을 거세게 박차 이쪽으로 날아들었다.

그것을 본 순간, 연우는 단번에 깨달을 수 있었다.

'그동안 속이고 있었군.'

고슴도치도 제 새끼는 아낀다더니, 딱 그 꼴이 아닌가.

외뿔부족은 무공에 대한 자부심이 무척이나 뛰어나다. 그렇기에 마법이나 주술 같은 이질적인 기운을 멸시하고, 그것을 익히는 것에 대단히 부정적인 의사를 보인다.

그러니 부족장의 아들인 장이 마기를 익혔다면, 당연히 문젯거리가 될 수밖에 없겠지만…… 여태 알려지지 않은 건 가문에서 철저하게 숨기고 있었다는 뜻밖에는 되지 않았다.

챙!

백선가주는 그래도 손꼽히는 가문의 수장답게 하이 랭커 급의 힘을 자랑했지만, 연우에게 다가오기도 전에 그림자에서부터 불쑥 올라온 샤논의 칼에 가로막혀야만 했다.

「이봐, 영감. 감히 우리 인성왕께 대들다니, 목숨이 여러 개라도 되나 봐, 응?」

"닥쳐라! 당장 내 새끼를 내놓지 못할까!"

「그러게 누가 통수를 치랬나? 너네가 잘못한 거면서 왜 이렇게 소리를 고래고래 질러?」

"꺼져라!"

백선가주는 자신을 가로막은 샤논을 어떻게든 옆으로 쳐내려 했지만, 이미 샤논은 '정복'이라는 신위를 얻었던 만큼, 필멸자로서는 그를 당해 내기가 어려운바.

백선가주는 샤논과 자신의 차이를 눈치챘음에도 불구하고, 외손주를 구해 내겠다는 일념만으로 이를 악물면서 무공을 있는 대로 퍼부었다.

「통수를 치려면 이렇게 어설프게 할 게 아니라, 우리 인성왕이 하듯이 완벽하게 쳐야지. 그러니까 너네가 아마추어인 거라고!」

채채채챙!

샤논은 피식 웃는 그대로 백선가주의 공세를 빠르게 흘리면서 소드 브레이커를 여러 방향으로 돌렸다. 경지가 오르면서 무술 실력도 향상된 그는 외뿔부족과 이렇게 검술을 겨루는 것만으로도 기뻐하는 눈치였다. 정작 외손주를 구하지 못하게 된 백선가주로서는 복장이 뒤집힐 일이었지만.

"가주님!"

"당장 그 손을 치우지 못할까!"

결국 이를 보다 못한 백선가와 동맹 가문의 부족원들이 나서려 했지만.

콰르르릉―

좌아악!

그들은 그쪽으로 이동하기도 전에 하늘에서부터 쏟아진 핏빛 벼락에 발걸음을 강제로 멈춰야만 했다.

벼락이 쏟아진 자리. 대장로가 잔뜩 일그러진 얼굴로 그들을 보며 으르렁거렸다.

"단 한 놈도 발 떼지 마라. 지금부터 명을 거역하는 놈들은 반역자로 취급할 것이니."

파직, 파지직!

대장로의 몸뚱이 위로 튀어 오르는 붉은 뇌기는 판트가 평상시에 보이는 것과는 비교도 할 수 없을 정도로 강렬하고, 뜨거웠다.

그냥 닿는 것만으로도 바스러질 것처럼 흉포해서 감히 거스를 엄두가 나지 않는 살벌한 투기를 자랑했지만.

"하지……!"

콰르르릉!

백선가를 어떻게든 지켜야만 하는 가솔들은 이에 반발하려다, 갑자기 날아든 핏빛 벼락에 그대로 휩쓸려 시체조차 남기지 못하고 말았다.

부족원들의 얼굴에는 경악이 잔뜩 퍼졌다.

보통 여러 씨족과 가문을 총괄하는 족법(族法)에서는 같은 부족원에 대한 처벌에 대해 엄격하게 규정하고 있다. 웬만해서는 구금이나 징계, 정도가 강해 봤자 추방이 대부분이었다.

소수 아인종인 그들의 개체 수가 워낙에 적기 때문에 빚어진 현상이었고, 같은 동족끼리의 유대를 중요시하는 문화도 있었기에 사형은 거의 없다시피 했다.

그런데도 대장로는 그런 족법을 완전히 무시하는 처사를 보였다.

이런 것이 통용되는 경우는 딱 한 가지밖에 없었다.

반역.

부족의 유대를 망가뜨리고, 공동체의 질서를 흩뜨리려는 이들로 규정한 것이다.

무왕이야 타고난 성정이 그런 만큼 제멋대로 굴어도 그러려니 하고 여긴다지만, 대장로는 족법에 충실하고 특정 가문과 씨족에 대해 편애를 보이지 않으려 하는 편이었다.

탕평(蕩平)에 능하여 공정하다고 평가받는 편이었던 것이다.

그리고 그렇기에 백선가 등도 왕좌 결투를 꾸밀 수 있었던 것이기도 했다.

무왕의 권위가 제아무리 무소불위라 하더라도, 평상시 그를 붙들어 놓는 대장로의 성정을 생각해 본다면 충분히 승산이 있으리라 여겼던 것이니까.

때로는 너무 유약하고 꼬장꼬장한 게 아니냐는 뒷말도 나올 정도였지만.

대장로의 지금과 같은 단호한 모습은 부족원들을 충격으로 몰아넣기에 충분했다.

"하지 말란 말, 못 들었나? 아니면 이 늙은이가 요새 들어 얌전하게 지냈더니 만만하게라도 보이는 건가?"

"……!"

"……!"

"……!"

그제야 부족원들은 공명정대한 대장로의 옛 별칭을 떠올릴 수 있었다.

핏빛 현자.

문(文)을 사랑하는 학자풍의 인상이라지만, 실상 한번 손을 쓰면 반드시 그곳에 피바다를 일으키기에 붙은 별칭이 아니던가.

지금이야 거의 잊히다시피 한 이전 세대의 이야기였지만.

장로들이며 가주들은 그런 이전 세대의 사람들이기에 더더욱 대장로의 무서움을 잘 알고 있었다.

또한, 그가 얼마나 화가 단단히 났는지도 느낄 수 있었다.

그렇게 모두가 옴짝달싹하지 못하는 사이.

"한령."

연우 옆으로 그림자가 열리면서 한령이 나타나 부복했
다.

「하명하십시오.」

"뚫어."

한령은 지체 없이 아홉 자루의 칼 중 가장 큰 대도(大刀)
를 뽑아 그대로 휘둘렀다.

신력과 마력이 단단히 압축된 참격이 그대로 무왕이 갇
혀 있을 심상 결계를 두들겼지만, 흠집조차 나지 않았다.

한령은 마음에 들지 않는 듯, 침음을 흘리고는 연이어 여
러 차례 참격을 날렸지만 그래도 결계는 꿈쩍도 않았다.

「……아무래도 다른 방법을 찾아야 할 것 같습니다.」

한령은 자존심이 잔뜩 상한 듯 악다문 소리를 냈다. 그가
전력을 다해 휘두른 일격이 검뢰에 비견할 만하다는 것을
감안한다면, 적들의 준비가 그만큼 대단하다는 것이었다.

연우는 아스가르드의 개입에 더 큰 신빙성을 느낄 수 있
었다.

결국 차가운 눈으로, 여전히 아등바등하고 있는 장을 노
려보며 물었다.

"저 결계, 어떻게 여는 거지?"

"네가 이런 짓을 하고 무사할……!"

"묻는 거에나 대답하는 게 좋을 텐데? 대답해. 들어갈 방법은?"

"말을 할 것 같으냐! 이것부터 놓……!"

"안 되겠군."

"뭐?"

우두둑!

장은 자신만만해하다 말고, 갑자기 머리가 그대로 뒤로 돌아가고 말았다.

"장아아아아!"

백선가주의 애타는 절규가 울려 퍼지고.

"사자 소환."

연우는 시체를 바닥에다 아무렇게나 집어던지면서 권능을 발동시켰다. 칠흑왕의 형틀이 거세게 떨렸다.

['사자 소환'이 발동되었습니다.]

[누구를 소환하시겠습니까?]

"장."

휘휘휘!

「아악! 날! 날 죽였어……!」

장은 충격에 젖은 얼굴로 소리를 고래고래 질렀다. 그만큼 죽음이 가져다준 충격이 크다는 뜻이겠지.

하지만 그러거나 말거나.

연우는 연옥로의 불길을 끌어 올리면서 녀석의 영혼을 그 속에다 가둬 버렸다.

그리고.

끼아아!

귀곡성이 음산하게 퍼졌다.

*   *   *

연우는 연옥로의 불길 속에다 장의 영혼을 가두고 심문을 가했다.

대지모신을 삼킨 전적이 있던 비에라 듄도 너무 고통스러운 나머지 절규를 내뱉던 불길이 아닌가. 당연히 마기에 단단히 중독된 장 따위가 감당할 수준이 절대 아니었다.

결국 장의 영혼은 연우를 비롯해 여러 부족원들이 모두 지켜보는 앞에서 자신의 모든 죄를 낱낱이 고백했고.

"그러니까 넌 '하이에나'라는 이름으로 여태 일족의 모든 정보를 페이스리스 등에게 빼돌렸다, 이 말인가? 이번 계획도 직접 참여했고?"

「그, 그래! 이제 전부 다 말했으니까, 제발, 제발 그만⋯⋯!」

"죄를 지었으면 벌을 받아야지."

「야, 약속과는 다르잖아! 전부 실토하면 편하게 해⋯⋯!」

장의 영혼은 비명을 지르는 그대로 연옥로에 갇힌 채 사라지고 말았다.

"⋯⋯."

"⋯⋯."

"⋯⋯."

대장로 측도, 백선가 측도, 전부 침묵에 잠겼다.

그만큼 장이 실토한 사실들은 전부 충격적이었으니까.

장은 차차기 왕이 되기 위해 이 모든 끔찍한 일들을 계획하고 참여하게 된 것이라고 밝혔다.

무왕에 대한 암살이 끝나면 페이스리스가 왕좌에 앉게 될 것이고, 그 뒤를 자신이 잇기로 약조했다는 내용이었다.

또한, 그 과정에서 빚어진 일족의 혼란은 고의로 유도한 것으로, 이를 수습하는 와중에 정적(政敵)이 될 소지가 있는 이들을 내치고, 아군들을 주요 요직에 앉힐 계획이었으니.

사실상 반역이나 다름없는 짓거리들이었다.

특히 백선가주는 망연자실한 채로 바닥에 주저앉아 버리

고 말았다.

소중한 외손주가 죽었을 뿐만 아니라, 자신과 가문이 그동안 이룬 모든 것들이 단숨에 한 줌의 모래처럼 손에서 흘러 나가 버리고 말았으니.

"전부 포박해서 압송하라. 저항하는 자는 즉결 처분해도 좋다. 반역자들에 대한 판결은 모든 일이 끝난 뒤에 처리할 것이다."

대장로는 빠르게 이성을 되찾고, 부족원들을 지휘하여 죄인들을 전부 한 곳에 가두게 했다. 이들에 대한 처벌을 끝마치려면 상당한 수고와 기일을 필요로 할 듯싶었다.

그리고 장에게서 심상 결계를 통과하는 법도 알아낸 연우는 빠르게 그쪽으로 움직였다.

무왕이 얼마나 대단한 존재인지를 알고 있는 이상, 그가 쉽사리 당할 거라는 생각은 하지 않았지만.

그래도 방금 전부터 계속 암귀(暗鬼)처럼 커져 가는 불안감이 자꾸만 그를 조급하게 만들었다.

이전에는 이런 느낌이 전혀 들지 않았는데, 지금은 왜 자꾸 조바심이 드는 것인지. 그로서는 미칠 노릇이었다.

'한령. 에도라가 아까 전부터 보이질 않으니 조용히 찾아봐.'

「명에 따르겠습니다.」

그러면서도 이상하게 기척을 감지할 수 없는 에도라에 대한 불안감도 있어, 따로 한령에게 뒤를 부탁하는 것을 잊지 않았다.

'장에게 마기를 제공한 곳도 수상쩍고.'

아스가르드에 이어서 전혀 생각지도 못한 새로운 제3세력이 나타난 셈이었지만.

연우는 우선 무왕부터 구해야겠다는 생각에 결계 쪽으로 손을 뻗었다.

안타깝지만, 결계를 부수거나 여는 방법은 장도 알지 못했다. 하지만 따로 우회할 수 있는 방법은 있었던 건지, 최소한의 인력이 들어갈 수 있게 설정된 좌표가 있었다.

쐐애액—

비그리드가 연우의 생각을 읽고 그대로 손에 잡혔다. 그리고 저절로 합일(合一)이 일어나면서 의식 세계가 무한하게 확장되었다.

[죽음의 태엽이 작동합니다!]

촤아악!

연우는 비그리드를 거칠게 휘둘러 공허를 열어젖혔다. 심상 결계 안쪽으로 통하는 우회로가 형성되자, 곧장 그 너머로 발을 들이려는데.

『조심하게. 이런 일을 꾸몄을 정도라면, 분명히 뭔가 단단히 준비를 했다는 뜻일 테니까. 그리고.』

대장로의 어기전성이 귓가로 조용히 내려앉았다.

연우의 걸음이 잠시 멈췄다.

무언가를 하고 싶은 말이 있는데 그것을 삭이는 듯한 뉘앙스였다.

『……아닐세. 하여간 꼭 그 빌어먹을 놈을 데려와 주게. 꼭.』

하지만 대장로는 끝끝내 삭인 말을 꺼내지 않았다.

다만, 그 속에 가득 담긴 걱정을 느낄 수 있었기에.

연우는 고개를 작게 끄덕이면서 결계 안쪽으로 몸을 밀어 넣었다.

지독한 탄내가 코끝으로 느껴졌다.

'무슨 일이 벌어지는 거지?'

연우는 눈을 가늘게 좁혔다.

심상 세계는 좀처럼 쉽게 부서지질 않는다.

주인이 된 자의 의식만 또렷하다면 아무리 많이 망가져도 얼마든지 복구가 가능한 세계.

그렇기에 그 속에 갇힌 사람은 좀처럼 쉽게 힘을 쓰지 못한다. 기어 다니는 혼돈이, 자신이 가진 힘을 온전히 다 쓰지도 못하고 결국 미후왕의 허물에 의해 봉인되고 말았던 것이 바로 그 때문이 아니던가.

또한, 연우는 마해를 건너면서 〈심상 개변(心想改變)〉이 주는 힘을 똑똑히 봤었기 때문에 이곳에 발을 들였을 때부터 이미 마음가짐을 단단히 해 둔 상태였다.

그런데 아무리 봐도 상황이 도무지 심상치 않아 보였다.

'이 공기…… 전부 성역이야. 그것도 거대 사회가 펼친 대성역. 아스가르드, 이것들이 기어코.'

연우는 단번에 심상 세계가 아스가르드에 의해 급(級)이 완전히 달라졌다는 사실을 깨달을 수 있었다.

이렇게 농후한 신력을 맡으면 모르려야 모를 수가 없었다.

하지만 그보다 더 걸리는 점은 좀처럼 대성역에 어울리지 않는 폐허였다.

아무리 망가져도 복원이 가능할 대성역은 이미 모든 게 철저하게 무너져 있었다.

대지는 이미 정체를 알 수 없는 여러 폭격으로 인해 시커멓게 죽거나, 수십 미터에 달하는 균열이 생기는 등 참혹한 환경이 된 상태.

곳곳에 복원이 시도된 흔적이 있었지만, 어떻게 된 건지 복원이 도중에 중단된 채로 남아 있어 오히려 더더욱 기괴

함만 더할 뿐이었다.

대기를 가득 채운 아스가르드의 신력도 마찬가지.

대개 신력이란 주인의 신위가 담겨 있어 특성이 전부 다르고, 사위를 압도하는 무거움이 담겨 있기 마련인데, 지금 연우에게 느껴지는 신력은 뜨겁고 날카로웠다. 단단히 변질되어 매캐한 느낌에 가까웠다.

아마도 아스가르드의 신격들이 무왕과 다투면서 생긴 결과물인 것 같은데…… 도저히 얼마나 거친 격전이 벌어진 건지 좀처럼 쉽게 짐작이 가지 않을 지경이었다.

쾅, 쾅, 쾅!

쿠쿠쿠—

바로 그때, 연우를 기다렸다는 듯이 저만치 먼 곳에서 격진이 울렸다.

이미 합일을 이루어 신왕좌에 가까운 격을 자랑하는 연우마저도 섬뜩함을 느낄 만한 충격파.

『아들아, 이건?』

"예. 스승님이신 것 같습니다."

『허! 너한테서 대단하다는 말은 많이 들었지만, 이건 대체……? 필멸자가 이런 힘을 지니는 게 가능하다고?』

크로노스는 헛웃음을 흘렸다. 아주 크게 놀란 눈치였다.

범인들은 좀처럼 짐작하기도 힘들 정도로 까마득한 세월을 살아온 그가 아닌가. 우주의 역사와 함께했다고도 말할 수 있을 정도였다.

그러는 동안, 그가 돌보았던 세계가 몇이며 다스렸던 우주가 몇 개였을까.

최고 지배자였던 그가 보았던 필멸자도 아주 많을 수밖에 없었다. 아마도 신레아를 만나 평범한 가정을 일구기 전까지, 그의 눈에는 모든 존재들이 모래사장의 모래 알갱이처럼 보였을 것이다.

그랬던 그가 이렇게 놀랄 정도라면…… 무왕은 이미 '상식'이라는 범주를 훨씬 뛰어넘었다는 뜻일 테지.

『탈각이나 초월을 하지 않은 게 사실이냐?』

"예. 확실합니다. 무엇보다 그랬었다면 올포원이 가만히 있지 않았겠지요."

『……그도 그렇다만.』

크로노스는 '흠!' 하고 침음성을 흘리면서 말을 이었다.

『너의 경우야 정우와 나의 도움을 비롯해 이런저런 우연적인 요소도 있었고, 굵직굵직한 기연들도 있었으니 그렇다 치더라도…… 일개 필멸자가 이만한 힘을 쌓았다는 게 믿기질 않는구나.』

말투 곳곳에 경악이 잔뜩 서려 있었다.

『아무리 소호 금천의 후예라 해도…… 허. 허허. 하여간 참 오래 살고 볼 일이로군.』

연우는 살짝 눈을 동그랗게 떴다.

무왕이 대단한 건 사실이었지만, 그에겐 크로노스도 그에 못지않은 대상이었으니까.

"스승님이 논외의 존재인 건 알고 있었습니다만. 그만큼 대단하신 겁니까?"

『헛소리하지 마라. 이 정도면 탈각을 했을 때…….』

크로노스는 말꼬리를 흐리다가 가볍게 혀를 찼다.

『최소 신왕 급이다. 내 전성기 때란 말이지.』

연우는 크로노스의 말에서 한 단어를 놓치지 않았다.

최소.

그럼 본격적으로 힘을 발산한다면 그 이상이란 뜻이었다.

『그런데 초월까지 이룬다면……? 뭐지? 곧장 '황'이라도 되려는 건가?』

크로노스는 그런 의문점에다 다른 의문점을 하나 더 얹었다.

『그럼 이런 존재를 가로막고 있는 올포원은 대체……?』

연우는 크로노스의 의문을 들으면서 점차 격진이 거세지는 장소로 몸을 날렸다.

파앗—

'올포원, 뭘 하고 있는 거지? 탑 외 지역이라서 그런 건가? 하지만 그렇게 꼬장꼬장한 녀석이 이런 걸 가만히 놔둔다고?'

연우는 무왕이 했던 것과 똑같은 의문을 떠올렸지만, 생각은 길게 이어지지 못했다.

순간, 그의 앞으로 시커멓게 탄 나무 장작 같은 것이 날아온 탓이었다.

촤아악!

연우는 비그리드를 휘둘러 가차 없이 그것을 베어 버렸다. 별달리 베는 감촉도 들지 않았다. 그저 무른 모래 덩어리를 칼로 찍은 듯 퍽퍽한 느낌.

그 때문에 시커먼 장작은 너무 쉽게 잘려 나갔고, 땅에 떨어지기도 전에 허공에서 부서져 흩어지고 말았다.

『우르!』

『너, 넌!』

『###……! 네가 어떻게?』

그때, 부서진 나무토막을 구하러 왔던 세 명의 신격이 뒤늦게 연우를 발견하고 흠칫 굳고 말았다. 어째서 연우가 여기에 있는지 모르겠다는 투. 낭패감에 젖은 모습이었다.

'역시.'

연우는 애당초 저들의 계획이 무왕을 빠르게 암살하거나 생포한 뒤에 후퇴하는 것이었다는 사실을 깨달을 수 있었다.

아스가르드는 연합군이 패배하고 난 뒤, 겉으로는 동맹군에다 평화 협정을 요구하면서도 뒤로는 페이스리스 등과 손을 잡고 무왕을 들이쳤다.

이건 협정을 체결하기 전에 조금이라도 유리한 고지를 차지하기 위해서였을 것이다.

한편으로는 연우와 관련된 이들에게 해코지를 해서 조금이나마 분풀이를 하려던 속셈이었을 것이고.

오만하기 짝이 없는 저들의 눈에는 외뿔부족마저도 일개 필멸자 집단에 불과했을 테니까. 무왕이 아무리 강하다고 해도, 그들이 전부 나선다면 충분히 짓밟을 수 있는 대상으로만 여겼겠지.

하지만 무왕은 크로노스도 경악할 정도로 뛰어난 실력을 지녔으니. 주신인 오딘이 천마종에 잠겨 실종된 이때, 그들만으로 무왕을 잡는 건 너무나 힘든 일이었다.

콰르릉!

연우는 세 신격이 냉정을 되찾기 직전에 검뢰를 크게 일으켜 모두 쓸어버린 다음, 격진의 진원지에 다다를 수 있었다.

무왕은 바로 그곳에 있었다.

"하아, 하아, 하아……!"

무왕은 거친 숨을 쏟아 내고 있었다. 상체는 샤워라도 한 것처럼 땀으로 흠뻑 젖어 있었고, 근육은 실핏줄이 잔뜩 일어서서 보기 끔찍할 정도였다. 거기다 몸 위로 수증기가 모락모락 피어올라 그가 얼마나 거친 격전을 벌였는지를 보여 주고 있었다.

얼마나 지쳤던 건지, 제자인 연우가 근처까지 왔다는 사실도 미처 눈치채지 못한 것 같았다.

츠츠, 츠―

무왕 앞으로 분명히 죽었을 게 분명한 대신격들이 재차 형체를 갖추는 게 보였다.

다시 그들 간에 전투가 발발하려던 것을 보고, 연우가 무왕을 돕기 위해 검뢰를 재차 일으키려던 그때.

쐐애액!

불현듯, 사각지대를 교묘하게 파고드는 파공성이 있었다.

『아들아!』

연우는 크로노스의 경고에 재빨리 몸을 옆으로 틀면서 어느덧 미간에 다다라 있던 화살을 옆으로 쳐 냈다.

채애앵!

마력이 충만한 비그리드가 격하게 떨릴 정도의 충격.

연우의 얼굴이 딱딱하게 굳었다.

파앗!

화살은 실물이 아닌 빛이 잔뜩 뭉쳐 있는 형태였다. 그것은 부서지지도 않고, 튕기던 도중에 방향을 기이하게 꺾더니 세 줄기로 분화되어 각각 연우의 무릎, 명치, 미간 쪽으로 도로 날아들었다.

쿠르릉—

퍼퍼펑!

연우는 비그리드의 칼날 위에다 검뢰를 잔뜩 응집, 그대로 공간을 찢어발기면서 빛으로 된 화살들을 전부 잘라 내고자 했다.

밑으로 날아오던 두 빛줄기는 검뢰로 휩쓸어 지우는 데 성공했지만, 미간을 찔러 오던 건 검뢰가 닿기도 전에 다시 무수히 많은 줄기로 쪼개졌다.

그것들은 하나하나가 전부 기이한 각도로 꺾이면서 연우를 둘러싼 감옥을 형성하고자 했다. 마치 곳곳에다 거울을 배치하기라도 한 듯한 광경이었다.

결국 연우는 검뢰로 가득 찬 회오리바람을 일으킨 뒤에야 그 많은 빛줄기들을 한꺼번에 지울 수 있었고.

일대 공간이며 지형지물이 모조리 무너진 뒤, 매캐한 탄내가 진동하는 상태가 되어서야 고개를 위로 들 수 있었다.

타닥!

그의 시선이 닿은 자리로, 누군가가 조용히 내려앉았다.

상대의 얼굴을 본 순간, 연우의 얼굴이 딱딱하게 굳었다.

절대 여기서 있어서는 안 될 것 같은 얼굴이 거기에 있었으니까.

"……장웨이."

궁무신 장웨이는 가볍게 웃기만 하면서 사일동궁을 들어 이쪽을 향해 시위를 당겼다. 그러자 방금 전에 연우를 곤혹스럽게 만들었던 것과 똑같은 빛의 화살, 소중이 걸렸다.

녀석에게서 풍기는 기세가 절대 일개 플레이어의 것이 아니라, 연우는 미간을 가늘게 좁혀야만 했다.

"아니군. 넌 누구지?"

장웨이, 아니, 장웨이의 탈을 쓴 신격이 한쪽 입꼬리를 말아 올렸다.

"이예."

그 말을 끝으로.

"너희들이 말하는 트리니티 원더(Trinity Wonder) 중 하나지."

파앗!

녀석은 시위에서 손을 놓았다. 빛으로 된 한 줄기의 궤적이 세상을 관통했다.

   *   *   *

『스승을 구하기 위해 이곳이 무덤인 줄 알면서도 제 발로 걸어 들어오는 제자라니. 무왕, 그대는 참으로 괜찮은 제자를 두었군?』

츠츠츠—

토르는 무너졌던 화신체를 복구하면서 가볍게 한쪽 입꼬리를 말아 올렸다.

사실 그로서는 작금의 상황이 나쁘지만은 않았다.

원래는 연우의 약점이 될 만한 이들을 잡아다 유리한 고점을 잡으려던 것일 뿐이었지만.

이렇게 연우가 제 발로 찾아왔으니, 이참에 제거할 수 있다면 곧장 제거하는 것도 나쁘지 않았으니까.

애당초 이것도 미리 짜 둔 여러 플랜 중 하나였다.

다만, 연우가 얼마나 영악스러운지 잘 알기 때문에 그다지 기대는 하지 않고 있었던 것인데…… 아무래도 그들이 생각했던 것보다 마음이 많이 무른 모양이었다.

"못난 놈."

무왕도 그 사실을 잘 알기 때문에, 짓이기듯이 그런 말을 내뱉을 수밖에 없었다.

처음 심상 결계가 설치되었을 때까지만 해도, 무왕은 아스가르드를 압도하는 말도 안 되는 무위를 선보였다.

하지만 생명이 무한한 것과 다를 바가 없는 아스가르드의 대신격들과 다르게, 무왕은 환경적 제약에 더해 체력에도 한계가 있을 수밖에 없었고.

결국 시간이 지날수록 점차 지쳐 가는 것을 느껴야만 했다.

정확하게 얼마나 많은 시간이 흘렀는지는 알 수 없었지만.

체감으로는 대략 몇 달에 걸쳐서 한 시도 쉬지 못하고 계속 전투를 벌인 것만 같았다. 외부의 시간과는 철저하게 분리되었기 때문에 발생한 불상사였다.

그리고 무엇보다 히드라의 독과 가이아의 저주가 차츰차츰 영혼을 갉아먹으려 하고 있었으니.

히드라의 독은 한때 여러 대신격들도 두려움에 젖게 할 만큼 위험한 것이었기에, 무왕의 만독불침(萬毒不侵)으로도 독기를 막아 내는 데 한계가 있을 수밖에 없었고.

가이아의 저주는 그가 여태 쌓아 둔 업을 흩뜨려 놓으려 해 신경을 자꾸 거슬리게 만들었다.

아마 그가 평범한 필멸자였다면, 가이아의 저주는 큰 영향이 없었을 것이다.

하지만 문제는 그의 업은 언제든 신화로 개화할 수 있을 만큼 아주 방대한 것이었고.

외뿔부족의 특성상, 무공이란 것이 무(武)를 쌓는다(功)
는 뜻에서 비롯된 단어이니만큼, 무왕의 말도 안 되는 무
위는 업을 기반으로 하고 있어 악영향이 절대 없을 수가
없었다.

무공, 그 자체가 흐트러지고 있는 것이다.

의념 통천이란 바로 그런 게 아니던가.

『그런 몸으로도 계속해서 싸우고, 이만큼이나 버틸 수
있다는 것은 그대가 그만큼 대단한 존재라는 뜻이겠지. 나
는 물론이요, 여기 있는 동료들 모두가 같은 생각이다. 인
정을 안 할 수가 없음이니. 경탄할 일이고, 그대 같은 이
가 필멸자로만 머물고 있다는 사실이 개탄스러울 따름이
다.』

"칵, 퉤! 혓바닥 한번 더럽게 기네. 그새 쫄았냐? 딴말
말고 덤벼."

『아니. ###가 덫으로 걸어 들어온 이상, 그대에 대한 우
리의 볼일은 이미 끝났다.』

"뭔 개소리야?"

무왕의 얼굴이 흉측하게 잔뜩 일그러졌다. 시비는 제 놈
들이 먼저 걸어 놓고서 이대로 내빼겠다고? 몸 상태가 최
악이니, 사실 냉정하게 판단하자면 여기서 빠질 수 있다면

무조건 빠져야만 옳았지만. 그의 자존심상 절대 그럴 수가 없었다.

무엇보다. 이제부터 아스가르드의 칼날이 연우에게로 곧장 향할 건 불에 보듯 뻔하지 않은가? 스승이 되어서 제자를 팔아 버리고 도망치는 못난 놈이 될 수는 없었다.

하지만 토르의 미소는 알 듯 말 듯 하게 짙어질 뿐이었다.

『대신에 그대와 조우하기를 여태 기다리던 이가 있으니, 이제부터는 그가 그대를 상대할 것이니라.』

"무……!"

무슨 헛소리를 지껄이냐며 따지려다 말고, 무왕은 자기도 모르게 말허리를 도중에 끊어야만 했다.

토르의 뒤쪽으로, 전혀 생각지도 못했던 새로운 인물이 나타나고 있었으니까.

"오랜만에 뵙겠습니다, 스승님. 몇 년 만인지 저도 잘 모르겠습니다."

녹턴이었다.

무왕의 두 번째 제자였지만, 역시나 검무신처럼 파문되고 말았던.

하지만 검무신과 처음 마주쳤을 때와 다르게.

"너……!"

무왕은 어딘지 모르게 눈빛이 흔들리고 있었다.

"사실 이렇게 뵙고 싶은 마음은 추호도 없었습니다만."

녹턴은 토르를, 아니, 토르를 빙의시킨 검무신을 슬쩍 곁눈질하더니, 다시 담담한 어투로 무왕에게 말했다.

"사형으로부터 뜻하지 않게 생각지도 못한 말을 들어서 말입니다."

"……."

"제가 그토록 찾고 싶어 하던 옛 기억들…… 과거를 사실 스승님께서 알고 계시다고 하더군요. 그러면서 여태 숨기고 계셨다고요."

"……!"

"맞나 봅니다. 사형의 말씀이. 믿고 싶지 않았던 것인데."

녹턴은 아주 잠깐 무왕의 눈가를 스치는 이채를 놓치지 않고 씁쓸하게 웃었다.

자신이 얼마나 잊어버린 과거에 집착하고 있는지를 뻔히 알고 있었으면서 모른 체하고 계셨단 사실이…… 파문을 당했어도 그를 여전히 스승으로 여기며 마지막까지 믿고자 했던 마음을 산산조각 내고 말았다.

그러다.

녹턴은 싸늘한 얼굴이 되어 무뚝뚝하게 말을 이어 나갔다.

"21층, 그림자 도장의 관에서는 사실 일반 플레이어들이 전혀 모르는 비밀이 한 가지 있다지요?"

"녹턴, 내 말을……!"

"마지막 서른세 번째 구획. 층계의 1위인 올포원의 환영이 없다고 하던데."

녹턴의 눈빛이 싸늘하게 가라앉았다.

"혹시 그 환영이란 게, 접니까?"

*   *   *

녹턴이 가진 기억은 어느 한 사람의 뒷모습을 바라보는 데서 시작되고 있었다.

머리칼을 아무렇게나 늘어뜨린 채, 무언가를 골몰히 생각하고 있는 사람.

머지않아 자신이 '스승님'이라고 부르는 존재의 모습이었다.

　　—어? 일어났냐?

무왕은 녹턴의 기척을 느꼈던지, 깊은 상념에서 깨어나 그를 바라보았다.

—여긴……?

—탑 외 지역. 외뿔부족이 머무는 마을이다.

—고……!

녹턴은 고맙다는 말을 하려다 말고, 순간 두개골을 찌릿하게 울리는 고통에 인상을 팍 찡그리고 말았다.

깨질 것 같은 두통.

귓가를 스치는 이명.

시야까지 잔뜩 일그러져 노이즈가 드문드문 낄 정도였다.

이게 대체 뭔가 싶어 머리를 꾹꾹 누르다, 그는 뒤늦게 깨달을 수 있었다.

지난 기억들이 없다는 사실을.

나는 누군가?

나는 대체 어디서 왔는가?

이름은…… 무엇이었지?

찰나의 순간 동안, 머릿속으로 수많은 의념들이 잔상처럼 스쳐 지나갔다.

머릿속이 여러 실타래로 엮여 배배 꼬이는 느낌이 들었다. 머리가 뜨거워져 열마저 날 것 같았다.

―무리하지 말고. 이거, 하아! 대체 뭐라고 해야
　되나.

　무왕은 그런 녹턴을 잘 달래고 난 뒤, 난감하다는 듯이
뒷머리를 벅벅 긁으면서 물었다.

　　―어쩌다 보니 내가 널 데려왔다만. 기억은 있
　　냐?

　녹턴은 고개를 가로저으면서도 한편으로는 어이가 없었
다.
　마치 길 잃은 새끼 고양이라도 주워 데려온 듯한 말투.
　녹턴은 무왕의 그런 반응을 보고 속으로 조금 어이가 없
었지만, 나중에 그것이 원래 그의 성격이라는 것을 알고 마
음에 두지 않기로 마음먹었다.

　　―하여간 기억이 없다고? 그럼 당분간 여기서 머
　물다 가라. 떠오르고 난 뒤에 떠나도 되겠지.
　　―감…… 사합니다.

＊　　＊　　＊

—녹턴? 왜 하필 그런 이름이야? 멋대가리 없게.

녹턴이 병석을 털고 일어나자마자 가장 먼저 한 건, 스스로에게 '이름'을 지어 주는 것이었다.

—이름은 이 스승님이 얼마든지 멋있는 걸로 지어 줄 수 있는데 말이지. '우르릉'이라든가, '콰르릉'이라든가. 어때?

—……스승님께 자제분이 많았던 것으로 기억합니다. 그분들의 성함을 여쭈어도 되겠습니까?

—판트, 에도라, 장…… 뭐, 그런데. 왜?

—저 골리려고 그러신 겁니까, 아니면 네이밍 센스가 원래 처음부터 그따위이신 겁니까?

—당연히 너 골리려고 그러는 거지. 근데 이놈 보게. 스승에 대한 예의를 눈곱만큼도 찾아볼 수 없는 호래자식일세.

—아직 정식으로 모시겠다고 말씀드린 적도 없습니다만.

무왕은 녹턴의 자질을 이리저리 점검한 뒤, 꽤나 마음에 든다면서 두 번째 제자가 되지 않겠냐 제안을 했었다.

기억이 되돌아오기 전까지 한동안 마을에 머물기로 한 녹턴으로서는 사실 나쁠 것이 전혀 없었다.

그가 봤을 때, 무왕은 충분히 스승으로 모셔도 충분한 자격을 지니고 있었으니까.

실력을 가늠해 봤을 때, 도저히 깊이를 측정하기가 힘들었던 것이다.

다만, 조금 걸리는 점이 있다면 무왕의 저 더러운 성격인데…….

이미 다른 제자가 있었다는 이야기를 들었던 터라, 그가 대체 어떻게 저 성격 아래에서 수학(修學)을 할 수 있었는지 대단하게 느껴질 정도였다.

아니, 이미 무왕의 친동생을 꼬셔서 밖으로 나갔다는 말을 들었으니, 도망친 것이나 다름없는 셈인가.

　　―너, 혹시…….

　　―……?

　　―중2병이라도 걸린 거냐?

　　―…….

　　―나도 어디서 들은 병인데. 지난 기억이 없지

만, 갑자기 내 손에서 흑염룡이 들끓는 것 같다든가,
갑자기 지난 전생을 확 하고 각성하는 것 같다든가.
갑자기 그런 충동 드는 거 있잖냐.

─……하아.

녹턴은 지금 자신의 손에 들린 칼을 무왕에게로 냅다 휘
두를까, 아주 잠깐 고민했다.

하지만 그랬다간 스승에게 대들었다는 이유만으로, 정말
이지 죽기 직전까지 두들겨 맞고 말겠지.

분명 시비를 먼저 건 사람은 무왕이었지만, 그는 절대 자
신에게 칼을 겨누는 걸 용납하지 않는 사람이었으니까. 시
시비비 따윈 아무래도 상관없는 것이다. 그냥 자신의 위신
이 중요한 것이지.

전형적인 내로남불형 인간인 셈이었다.

아무리 기억이 없다고 해도, 저런 인간들을 상대할 때는
그냥 무시하는 게 속 편하다는 것쯤은 알고 있었다.

─그래. 이름은 네가 짓는 거니 내가 왈가왈부
할 일도 아닌 것 같고. 앞으로 그렇게 부르면 되
냐?

무왕은 별 반응이 없는 녹턴을 보고 '에이. 이번 제자는 놀리는 맛도 없겠네'라며 투덜거리다, 그렇게 말했다.

녹턴은 천천히 고개를 끄덕였다.

녹턴(Nocturne, 야상곡).

야상곡의 음율은 조용한 밤의 분위기를 옮긴 것처럼 서정적으로 흐른다.

그는 기억을 되찾고자 하는 자신의 모습에서 그런 음율을 떠올릴 수 있었기에, 이보다 지금의 자신에게 잘 어울리는 이름을 찾을 수가 없다고 생각했다.

그리고 부디 간절히 바랐다.

잔잔한 밤이 모두 흐르고 난 뒤에는 동이 트듯이.

언젠가 이 암흑 같은 기억들이 전부 저물고, 새로운 빛이 지난 기억들을 비춰 주기를.

* * *

─하.

무왕은 땅이 꺼져라 한숨을 내쉬면서 녹턴을 바라봤다.

기가 차다는 얼굴.

―떠나겠다고?

　　―그렇습니다.

　　―이유나 물어봐도 되겠냐.

　　―여기에 계속 있어서는 안주하기만 할 뿐, 시간 낭비밖에 되지 않겠다는 생각을 가지게 되었습니다. 스승님의 숙원을 이뤄 드리지 못한 것은 송구스럽습니다만, 제게도 이것이 바로 숙원입니다.

　　―너 저번에 21층을 통과할 때부터 그러는 감이 보이는가 싶더니…….

　무왕은 어떤 말을 더하려는 듯하다가, 가볍게 혀를 차면서 머리를 털었다.

　　―아니다. 사실 나도 너에게서 음검의 비밀을 얻기는 거의 힘들지 않을까 하고 생각하고 있었으니까.

　　―…….

　　―그보다 내 허락 없이 하산을 하겠다는 요구가, 무엇을 의미하는지는 잘 알고 있겠지?

　　―예.

녹턴은 무겁게 고개를 끄덕였다.

외뿔부족에서 사제지간의 인연은 아주 깊은 것으로 여겨진다.

어떤 면에서는 부모 자식의 관계보다 더 중요하게 여길 때도 있었으니.

외뿔부족에게 있어 무(武)란 인생의 모든 것이며 추구하는 목표이니, 그것을 정립해 주는 스승은 부모만큼 위대한 존재이기 때문이었다.

그리고 별다른 허락도 없이, 제자가 스승의 곁을 떠나겠다는 건 그 가르침을 저버리겠다는 뜻이기도 하니.

스승이 주는 그늘을 거부하고, 다시 돌아가지 않겠다는 의미이기도 했다. '뿔'을 내놓는 것과 같은 의미인 것이다.

무왕은 녹턴이 제자가 된 이후로 가장 진지한 얼굴로.

—청람가의 제자, 녹턴.

엄숙한 말투로 선언했다.

—파문에 명한다.
—그동안.

녹턴은 목 언저리까지 치밀어 오른 '무언가'를 겨우 삼켰다.

그게 무엇인지는 알 수 없었다.

어쩌면 이게 울음일지도 모르겠다는 생각이 들었다.

기억이 없어 감정도 거의 잊었다고 생각했었는데, 그것도 아닌 모양이었다.

─그동안 가르쳐 주셔서 감사했습니다, 스승님!

*　　　*　　　*

녹턴은 아주 짧은 순간 동안, 무왕과 있었던 과거를 떠올릴 수 있었다.

그에게는 추억이라고도 할 수 있는 것들.

몇 페이지 안 되는 기억의 앨범에서, 가장 많은 비중을 차지하는 것들이었다.

그 뒤로 탑을 본격적으로 오르면서 여러 우여곡절을 겪고, 수많은 인연을 맺기도 했다지만.

그 무엇도 외뿔부족의 마을에서 머물던 시절에 비할 바는 아니었다.

이따금 여로가 너무 지칠 때면 그 시절로 되돌아가고 싶다는 생각이 들 때가 한두 번이 아니었으니까.

그만큼 마음만큼은 편안하고 행복하던 시절이었다.

하지만.

그 행복이 사실은 일개 기만에 지나지 않았다는 것을 알게 된 건 불과 얼마 전이었다.

오래전에 몇 번 얼굴을 본 게 전부였던 사형이 와서는 아무도 알지 못할 비밀을 말해 주었던 것이다.

"외뿔부족에게는 아주 오랜 과거부터 대대로 내려오는 비원(悲願)이 한 가지 있었다는 말, 제게 하셨던 것 기억하십니까?"

하지만 녹턴은 그런 사형의 말을 곧이곧대로 믿지 않았다.

혹하는 말이긴 했지만.

그만큼 옛 스승을 더 믿고 있었으므로.

"태극혜 반고검(太極慧盤古劍)."

그러나 마지막 환영에 대해서 아느냐고 물었을 때.

무왕의 눈빛이 흐트러지는 것을 그는 놓치지 않았다.

믿음이…… 흔들리고 있었다.

"시조이자, 트리니티 원더 중 일인이었던 소호 금천이 진즉에 깨달아 피를 이은 후손들에게 나누어 주었지만, 정작 그 후손들은 깨닫지 못했던 비원."

하지만 믿음이 흔들린다고 해서 마음까지 흔들려서는 안된다.

녹턴은 마음을 추스르고자, 일부러 차가운 어투로 말했다.

"전 이따금 생각했습니다. 스승님 같은 분이 왜 진즉에 그것을 깨닫지 못했을까? 너무 이상하지 않습니까? 플레이어 중에서도 올포원을 제외한다면 단연 톱이라 할 수 있을 것이고…… 아니, 올포원이 가진 그 신위와 권능만 아니라면 충분히 그마저 능가했을지 모를 스승님이 어째서 태극혜 반고검을 깨우치지 못하셨을까?"

녹턴은 사실 무왕이 이미 천계의 대신격들이 와도 절대 뒤지지 않을 것이라고 오래전부터 확신하고 있었다. 그리고 실제로 이곳에서 아스가르드와 벌어진 싸움은 그가 얼마나 대단한지를 입증하고 있었다. 아마 천계에 이 사실이 전해진다면 모든 이들이 경악할 테지.

아니, '순수한 무력'만 따진다면, 올포원도 능가할 것이라고 그는 자신하고 있었다.

그런데도 불구하고 무왕이 올포원을 넘지 못하는 이유는 딱 하나.

올포원이 자리한 위치 때문이었다.

올포원(All for One).

모든 이들이 이제는 아무렇지 않게 부르는 별칭은 사실 그가 딛고 있는 신위와 신화를 총칭하는 것이기도 했으니.

그 신위가 있는 한, 아무리 강한 대신격이며 고대신이 온다고 해도, 결코 올포원을 '넘는' 건 불가능했다.

적어도 탑의 세계, 내부에서만큼은.

무왕은 바로 그런 사실에 좌절했고.

올포원이 디딘 신위를 뛰어넘고자 절치부심 노력했다.

그리고.

그가 올포원의 말도 안 되는 신위에 맞대응하기 위해 택한 방법이 바로.

태극혜 반고검이었으니.

"그러다 전 뒤늦게 깨달을 수 있었습니다. 스승님은 그동안 깨우치지 못한 것이 아니라."

녹턴의 두 눈이 깊게 가라앉았다.

"애당초 깨우쳐도 익히는 게 '불가능'한 체질이었다는 것을요."

"⋯⋯."

무왕의 동요가 처음으로 뚝 정지했다.

말 없는 침묵이 흘렀다.

녹턴의 한쪽 입술 끝이 비틀렸다.

"이유는 간단했습니다. 소호 금천의 신위는 애당초 '태양' 이지 않습니까?"

　태극혜 반고검의 특징은 음양의 조화를 이끌어 내는 것.

　하지만 소호 금천의 후예로서 태양지체(太陽之體)를 타고
난 후손들에게는 불가능에 가까운 영역이었다. 익히고 싶
어도, 깨우치고 싶어도, 육체의 성질이 양기에 너무 치우쳐
있었던 것이다.

　타고난 무의 자질이, 도리어 시조의 숙원을 익히는 데 방
해가 된 셈이었다.

　결국 그가 얻을 수 있었던 건, 에도라가 단련한 〈양도(陽
刀)〉뿐.

　"스승님은 그 사실을 뒤늦게 알고 좌절을 하시었죠. 태
극혜 반고검은 당신의 앞길을 가로막는 적, 올포원의 신위
를 잘라 낼 유일한 열쇠였지만…… 그것은 절대 얻을 수 없
는 보물이었으니까요."

　쿠쿠쿠—

　녹턴이 조금씩 입을 벙긋거릴 때마다, 조금씩 기세가 흘
러나왔다.

　언젠가 무왕이 연우에게 말하길, 녹턴을 가리켜 점수를
매겼을 때 80점이라고 한 적이 있었다.

　그것은 하계에서 무왕과 칼을 견줄 수 있는 몇 안 되는
존재 중 하나란 뜻이었으니.

그 평가만큼이나, 대성역도 거칠게 떨렸다.

"하지만 스승님은 결코 포기를 모르는 분일 테니, 어떻게든 다른 방법을 찾고자 하셨겠지요. 당신이 직접 익힐 수 없다면, 제자를 직접 거두어 태극혜 반고검을 익히게 하여 거기서 보완점을 찾고, 힌트를 얻고자 하시려던 게 아니었습니까?"

"……녹턴."

"그래서 오랜 탐색 끝에 처음으로 거뒀던 첫 번째 제자는 타고난 감각이 예민하고, 자질이 외뿔부족에 못지않았으나! 당신의 성에 찰 정도는 아니었기에 파문에 처하였고!"

녹턴은 크게 소리를 질러 침착하게 자신을 불러오는 무왕의 목소리를 묻어 버렸다.

언제나 평온을 유지하려던 그였지만, 지금만큼은 격분을 멈출 수가 없었다.

"결국 다른 방법을 찾고자 하였던 당신은 21층에 있는 마지막 환영에 생각이 미쳤겠지요! 그것이라면 재능도 충분하다 못해, 가증스러운 올포원의 옛 데이터를 똑같이 갖고 있을 테니, 그의 약점을 파악하기도 쉬웠을 테구요! 아닙니까?"

"……."

21층의 마지막 환영이 없는 이유.

그것은 무왕의 사사로운 욕심에서부터 시작된 것이니.

숙적의 환영을 층계 바깥으로 끄집어내 버린 것이다.

그것이 어떻게 가능한 건지, 어떻게 무왕이 탑의 시스템을 거스를 수 있었던 건지, 녹턴은 거기까진 알지 못했다.

하지만.

한 가지만큼은 확실했다.

무왕에게 있어 자신은 그저 모르모트에 불과했다는 것.

어떻게든 숙적을 쓰러뜨리기 위해 사용한 실험체. 겉으로는 사랑과 정성을 주는 척 기만을 하면서 속으로는 갖가지 실험을 일삼았던 인형이었다.

자신이 없는 기억을 어떻게든 떠올리려 할 때마다, 밤마다 알 수 없는 악몽에 사로잡혀 고통에 몸부림칠 때마다, 이따금 슬픔에 겨워 눈물을 흘릴 때마다, 그리고 결핍을 채우기 위해 어떻게든 스승의 관심을 갈구할 때마다, 그는 어떤 생각을 했을까?

애당초 아예 '없는' 기억을 만들려 전전긍긍하는 꼴이 우스웠을까? 진짜 사람도 아닌, 일개 데이터에 불과한 것이 사람인 척 행동하는 모습이 꼴사나웠을까?

알 수 없었다.

아니.

알고 싶지도 않았다.

이 이상의 기만은 그에게 겨우 남은 가슴마저 갈가리 찢고 말 테니까.

녹턴은 검을 꽉 쥐면서 으르렁거리듯이 소리쳤다.

"그럼 이제부터 제가 당신의 새로운 난관이 되어 드리겠습니다. 역경이 되어 당신의 발목을 붙잡아 이곳에 저물게 해 드리겠습니다."

쿠쿠쿠쿠!

"스승님."

대성역이 요란하게 떨리고.

그 순간, 녹턴의 몸뚱이가 쩌걱, 하는 소리와 함께 갈라지면서, 안쪽에서부터 빛이 새어 나오기 시작했다.

마치.

올포원이 이 자리에 강림하려는 것처럼.

탈각(脫殼)이었다.

무왕의 눈동자가 부릅떠졌다.

웬만한 일에는 전혀 흔들림이 없는 부동심을 지닌 그였지만.

녹턴이 자신의 정체성을 깨달았다는 사실에 마음이 흔들리긴 했다지만, 그래도 끝까지 놓지 않고 있던 평정심이 처음으로 완전히 깨지고 말았다.

탈각이라니!

녹턴은 21층에서 끄집어냈을 때에 비해 기량이 훨씬 더 많이 발전한 상태였다.

세간에는 전혀 알려지지 않았지만, 원형이 되는 존재가 워낙에 무지막지한 녀석이기 때문인지 잠재력이 엄청 났고, 그에 따라 가파른 무력 상승을 이뤄 냈던 것이다.

그러니 이미 탈각을 이뤄 낼 기준은 완전히 갖췄을 것이다. 어쩌면 초월도 가능할지 모른다.

그건 또 다른 올포원의 탄생을 의미하는 것이기도 했으니.

『미쳤군.』

『아무리 그래도 그렇지, 저딴 괴물을 또 하나 새롭게 만들어 내 버릴 줄이야.』

『이래도 정말 되는 걸까……? 흐으음!』

아스가르드의 신격들도 녹턴의 그런 변화에 위험성을 느꼈는지 깊게 침음성을 흘렸다.

몇몇은 방해를 해야 하는 게 아니냐는 시선으로 토르를 바라보기도 했지만, 토르는 단호하게 고개를 가로저었다. 결단코 개입하지 말라는 의미였다.

그사이.

쾅!

쐐애액―

무왕이 빠르게 움직였다.

녹턴의 무모한 행위를 막기 위해서.

하지만.

콰콰콰!

녹턴은 어느새 희뿌연 광채에 반쯤 묻힌 상태 그대로 칼을 거세게 아래로 내리쳤다.

무왕은 자신도 절대 함부로 하지 못할 것 같은 검격을 건곤대나이(乾坤大挪移)로 흘리면서 버럭 소리를 질렀다.

"이 멍청한 자식! 그래서는 올포원에게 명분만 줄 뿐이라는 걸 잘 알 텐데! 근데 이게 무슨……!"

녹턴이 한쪽 입술 끝을 비틀었다.

명백한 비웃음.

"스승님은 예나 지금이나 올포원을 참 두려워하시는 모양입니다."

"뭐?"

"세상에 유일하게 스승님이 꺾지 못한 적이 올포원 아닙니까?"

"……!"

"이해합니다. 언제나 하늘 무서운 줄 모르고 사셨던 스승님께서 은거를 하고 계시는 것도. 올포원에 대해 그렇게 무척이나 신경을 곤두세우시는 것도. 하지만."

순간, 무왕의 낯이 잔뜩 굳어졌다.

"걱정하지 않으셔도 됩니다, 스승님. 올포원은 절대 이곳으로 오지 못할 테니까요."

"뭐?"

"저희도 천치가 아닌 이상에야, 그런 준비를 하지 않았을까요?"

무왕은 그제야 깨달을 수 있었다.

페이스리스도, 아스가르드도, 녹턴도, 그리고 자신도, 사실은 여기 없는 누군가가 계획한 장기판 위에서 노니는 말에 불과하다는 것을.

화아악!

그 순간, 녹턴에게서 새어 나온 빛무리가 녀석을 전부 감싸 안았다. 피부 위로 잔뜩 퍼졌던 균열이 커지면서 그의 존재를 이루던 모든 파편들이 바스러져 사라졌다.

그리고 이어서 녀석에게서 발산된 격의 기세가, 빛의 회오리가 사방팔방 뻗어 나가면서 심상 세계를 가득 물들였다.

[대성역에 새로운 주인이 추가됩니다!]
[무소속의 신, 녹턴의 성역이 구성되었습니다.]

탈각의 완성과 함께 이뤄진 초월(超越).

새로운 올포원이라 할 수 있는 존재가 탄생한 것이다.

『제게는 영혼도 없습니다. 자아는 시스템이 만들어 낸 누군가의 복제품에 불과합니다. 어떻게 제게 플레이어의 자격을 주셨는지는 모르겠습니다만, 저는 '사람'이 아닌 셈이지요.』

녹턴은 진짜 올포원이 그러한 것처럼 울리는 목소리로 담담하게 말했다. 올포원과 다른 점이 있다면, 뿜어내는 광채가 황금색이 아닌 푸른색이라는 점.

『저는 누굴까요? 저는 앞으로 무엇을 해야 하는 것입니까? 답을 주십시오, 스승님.』

올포원으로 각성한 것이나 마찬가지인 녹턴의 기압(氣壓)은 무왕의 어깨를 강하게 짓눌렀다. 영혼이 마치 보이지 않는 무언가로 단단하게 구속되는 기분이었다.

팟!

무왕은 과거 올포원과 대적했을 때를 떠올리면서 당장 거리를 뒤로 벌렸다.

당시 그와 올포원의 차이는 불과 일 합 차.

기량은 분명히 자신이 우위였다. 무공도, 내공도 밀리지 않았다. 아니, 오히려 그가 더 강했다.

하지만 딱 한 가지가 그와 자신의 극명한 차이를 낳았

다.

권능.

그리고 신권.

'탑의 사도'라는 자리에서 빚어낼 수 있는 힘은 그 어떤 것을 가져다 댄다고 해도 절대 꺾을 수가 없었다.

올포원은 탑, 그 자체라 할 수 있었으니까.

시스템의 화신(化身).

무왕은 올포원을 두고 그렇게 보고 있었다.

만약 새로운 올포원으로 각성한 녹턴이 원형처럼 똑같은 권능을 부릴 수 있다면.

아니, 그 정도가 아니라, 절반만이라도 흉내 낼 수 있다면 이번 승부는 무왕에게 불리할 수밖에 없었다.

제아무리 의념 통천을 발휘한다고 해도, 결국 탑의 세계에서 시스템은 절대적인 법칙이나 다름없으니까.

그것을 완전히 꺾는다는 것은 불가능에 가까웠다.

천계에 존재하는 모든 신들이며 악마, 심지어 하계에는 존재조차 알려지지 않은 수많은 개념신과 고대신들도, 심지어 황에 근접했다고 알려진 여러 존재들조차도 올포원을 극복하지 못하는 이유가 바로 거기에 있었다.

그들의 처지가 시스템에 종속되어 있는 마당에, 시스템의 의지를 자처하는 올포원을 어떻게 거스를 수 있을까. 애당초 사슬에 묶인 수인(囚人)은 간수를 거스르기가 힘든 법이었다.

물론, 무왕은 그런 수인의 꼴을 피하기 위해, 자신을 속박하고 있는 사슬을 부수기 위한 열쇠를 찾고자 했지만.

그 열쇠가 되는 태극혜 반고검을 완성하지 못한 상태가 아니던가.

정면충돌은 반드시 피해야만 했다.

『네. 하실 수 없으시겠지요. 애당초 그럴 생각이 없었으니까요. 저는 스승님께 일개 모르모트에 불과했고, 불필요해지자 그냥 미련 없이 방류해 버린 것에 불과하니 말입니다. 하지만 스승님.』

아니, 그런 것이 아니더라도. 무왕은 차마 녹턴과 직접적으로 부딪칠 수가 없었다.

속이 음험해서 좀처럼 믿음이 가지 않았던 첫째 제자나, 기대했던 것보다 훨씬 잘해 주어서 별다른 걱정을 할 필요가 없었던 셋째 제자와 다르게. 둘째 제자는 항상 그의 염려를 사던 녀석이었으니까.

그래서 하고 싶은 말이 너무 많았다.

그런 게 아니라고.

네가 생각하는 것은 오해에 불과하다고, 나는 결단코 너를 모르모트로 생각한 적이 없노라고 말하고 싶었지만.

녹턴은 도저히 자신의 말을 듣지 않으려는 듯 보였다.

말을 듣게 하려면 강제로 귀를 기울이게 하는 수밖에 없겠지만…… 지금 올포원이나 마찬가지인 녀석을 물리칠 수 있는 방법은 단 하나밖에 없었다.

이쪽도 탈각과 초월을 이뤄 내는 것.

여태껏 미루기만 했던 숙원을 이뤄 내면 된다.

하지만.

주륵!

'제길……!'

무왕은 입가를 타고 흐르려는 핏물을 다시 억지로 삼켜야만 했다.

가이아의 저주가 그의 발을 묶고 있었다. 지금도 이렇게 그를 흐트러지게 만드는데, 신격까지 갖추고 난다면 어떻게 작용하게 될지 짐작도 가질 않았다.

페이스리스. 첫 번째 제자 녀석은 이런 것도 모두 염두에 두었던 것일까?

『저는 이런 모습을 하고서도 여전히 제 정체성을 찾지 못하고 있습니다. 지난 기억 따윈 애당초 존재하지도 않았던 인형에 지나지 않으니까요.』

쿠쿠쿠쿠—

하지만 녹턴은 그런 스승을 쫓지도 않은 채, 제자리에 우두커니 서 있었다.

마치 이 세상에 홀로 존재하는 것처럼. 독존(獨存)하는 모습으로 체내에서부터 넘쳐흐르는 힘을 양손에 가득 끌어모으면서 주먹을 꽉 쥐었다.

심상 세계를 비롯해 그 너머에 있는 모든 세계를 구성하는 권능들이 그의 손에 붙잡혔다.

이데아가…… 움직였다.

쿵!

그리고 발을 내딛는 순간, 기압이 더 거세지면서 심상 세계에 존재하는 모든 기류가 오로지 무왕을 쫓았고, 옥죄고자 했다.

『그래서 전 제 정체성을 이제부터 확립하고자 합니다.』

녹턴이 움직였다.

『지난날에 맺었던 인연을 모두 끊는 것으로 말입니다.』

무왕은 어느새 공간을 가르며 자신의 앞에 나타난 녹턴에게로 양손을 힘차게 뻗었다.

그리고 어렴풋이 어째서 점괘의 결과가 그렇게 나왔는지 알 수 있었다.

'이거 잘못하면 진짜 여기가 무덤이 되겠는데.'

무왕의 등 뒤로 처음으로 식은땀이 흘러내렸다. 가이아의 저주는 이 시간에도 호시탐탐 그의 심장을 노려 왔다.

이를 악물었다.

팔극권이 전개되었다.

콰아아앙!

*　　　*　　　*

퍼퍼퍼펑—

연우는 검뢰를 터뜨리면서 사위를 옥죄어 오는 빛무리들을 일제히 쳐 냈다.

그러면서도 무왕과 녹턴의 충돌을 살피다 말고 기함을 터뜨려야만 했다.

"올포원의 환영……?"

연우는 21층에서의 기억을 떠올리고 눈을 크게 뜨고 말았다.

아무리 무왕이 기상천외한 일들을 많이 벌였다고 해도, 일개 데이터에 불과한 것을 어떻게 밖으로 끄집어낼 수 있었던 거지? 그리고 그것은 어떻게 생명체처럼 자유 의지를 지닐 수 있었던 거고?

그가 기억하기로, 환영은 하나같이 '도전자를 어떻게든 쓰러뜨린다'는 명령만 수행하도록 명령어가 주입된 프로그램에 불과했으니까.

하지만.

'아니. 꼭 그런 것만도 아니었을지도.'

그러다 연우는 뒤늦게 동생의 환영과 무왕의 환영을 떠올리면서 고개를 털어야만 했다.

거기서 보았던 동생의 환영은 마지막에 그를 보며 미소를 지어 주었고.

무왕의 환영은 법칙을 무시하고, 자아를 어느 정도 갖춘 채 스스로 발전하면서 연우를 위험 직전까지 몰아넣었었으니까.

어쩌면 '완벽'하다고 보이는 시스템에 일반 플레이어들이 감지하지 못할 에러가 있는 건지도 몰랐다. 아니면 혹은 겉으로는 드러나지 않은 이스터 에그가 있거나.

어떤 것이 되었든 간에 새로운 올포원이 탄생했다는 사실은 충격적일 수밖에 없었다.

'검무신은 대체 그걸 어떻게 알고 녀석에게 전해 준 거지?'

녀석들의 유기적인 움직임 뒤에 또 다른 흑막이 있다고 여길 수밖에 없는 대목이었다.

"어딜 보고 있나."

그때, 바로 뒤편에서 섬뜩한 목소리가 울렸다.

"한창 싸우고 있는 와중에 눈길을 돌려서야, 목을 내밀고 죽여 달라고 소리치는 것밖에 더 되는가?"

『아들아, 뒤!』

"……!"

연우는 크로노스의 다급한 외침에 정신을 차리면서 몸을 반대로 돌렸다.

채애앵!

이예가 비수처럼 휘두른 소중이 어느새 비그리드에 반쯤 걸려 있었다.

장웨이…… 아니, 녀석의 몸에 빙의한 이예가 웃으면서 말했다.

"역시 듣던 대로 실력이 뛰어나군. 신왕을 자처하고 있다더니, 충분히 그럴 만해."

연우는 비그리드를 압박하는 힘을 가늠하면서 눈살을 찌푸렸다.

"듣던 대로?"

이예는 연우가 표시하는 의문에 별다른 대답 없이 묘한 미소만 짓고 있을 뿐이었다.

거기서 연우는 확신을 얻을 수 있었다.

흑막.

이예도 녀석들과 손을 합친 것이다.

"트리니티 원더씩이나 되는 작자가 왜 여기에 개입하는 거지? 당신들은 탑의 상황에 개입하지 않는다는 게 주요 원칙이 아니었나?"

탑 내에서 '트리니티 원더'가 가지는 위상은 여느 신과 전혀 다르다.

플레이어들에게는 이런 위대한 탑의 세계를 처음으로 연 개척자로서, 숭배의 대상이 되고.

신과 악마들에게는 천마와 크게 다를 바가 없는 가증스러운 적이었다.

바로 자신들을 감시하는 간수나 다름없었으니까!

태양의 수좌, 소호 금천.

달의 주인, 이예.

최초로 저승에 발을 내디뎠던 야마.

이들은 모두 한때 천마의 수족이자 가신이었던 이들이었으니.

당연히 탑을 세우고, 그곳에다 신과 악마들을 가두며, 여러 우주와 차원으로부터 플레이어들을 끌어모으는 천마의 의지를 대변하고 있다고 해도 과언이 아니었다.

그렇기에.

그들은 천마를 대신해 시스템을 창안한 '창조주'이기도 했다. 최소한 탑의 세계에서는.

그러니 연우로서는 이런 일에 창조주나 다름없는 이예가 개입한 것이 반칙이라고 여겨질 수밖에 없었다.

하지만 이예가 던진 대답은 연우를 놀라게 만들고 말았다.

"처음에는 그랬지."

"뭐?"

"하지만 지금은 정말 그놈의 뜻대로 기능이 제대로 작동하고 있나 싶은 의문이 들고 있거든."

그놈.

천마를 말하는 것일 테지.

"층계와 시련은 오랫동안 제대로 작동하질 않고 있고, 정체되어 있는 상황이지. 천계는 여러 놈들이 서로 이합집산을 하기 바쁘고. 이래서는 우리가 처음에 추구하던 이상과 많이 다를 수밖에 없어서. 그래서 나라도 우선 방향을 제대로 잡으려 나선 거지."

연우는 이예의 말뜻을 전혀 이해할 수가 없었다.

이예가 피식 웃었다.

"뭐, 딱히 이해를 바란 건 아니니까. 그냥 우리끼리 의견이 달라졌을 뿐이다. 그게 아니면 내가 무엇 하러 과거에 원수나 다름없었던 천교에 발을 반쯤 담갔을까. 지금은 다시 다른 곳으로 갈아탔지만."

이예는 이예대로 추구하는 목적이 따로 있다는 뜻이었다.

연우는 창공 도서관에서 계시록을 보면서 우주 창세의 비밀에 대해 어렴풋하게나마 알고 있었다. 창세기 도중에 천마가 어떤 역할을 했고, 소호 금천과 이예가 각각 옆에서 그를 어떻게 보좌했는지도.

그 과정에서 이예의 격은 지고(至高)에 다다라 있었다. 아마 그 역시 '황'에 근접하고 있지 않을까. 칼끝으로 느껴지는 격도 그랬다. 절대로 쉽게 여길 수 있는 대상이 아니었다.

아니, 무왕도 아직 완전히 습득하지 못한 태극혜 반고검을 완성한 것이 소호 금천이고, 이예가 그와 어깨를 나란히 하고 있다는 것을 감안한다면…….

연우는 저절로 욕지거리가 치밀어 오르는 것 같았다.

올포원도 천마의 아들이라는 것을 감안해 본다면, 결국 천마와 그 일당들이 전부 다 해 처먹고 있는 셈이 아닌가.

"여하튼 '우리'가 여기서 바라는 건 딱 하나."

차차차창!

이예는 궁뿐만 아니라, 체술을 비롯한 여러 무술에 능한지, 연우와 빠르게 검격을 부딪치면서 차갑게 말을 이었다.

"네가 더 이상 개입하지 못하도록 여기다 묶어 놓는 것."

"뭐?"

"너는 선택받았거든."

['시의 바다'의 이예가 당신을 직시합니다!]

"……!"

연우의 눈이 커졌다.

전혀 생각지도 못한 이름, 그것이 여기서 나타날 거라고 누가 짐작이나 했을까.

그리고 이를 바득 갈았다.

화가 치밀어 올랐다.

놈들의 노림수가 무엇인지는 알 수 없었다.

하나 분명한 점은 자신이 여기서 발목이 묶여서는 절대 안 된다는 것이었다.

"영역 선포."

[영역 '비나'가 선포되었습니다!]

그렇기에 연우는 그림자를 사방팔방으로 활짝 펼쳤다. 검은 늪 위로 망자 거인들이 타르타로스로부터 소환되어 포효를 내질렀다.

아스가르드의 신격들이 다급히 이쪽으로 시선을 돌렸다. 망자 거인들은 별다른 명령을 받지 않았음에도, 곧장 해야할 일을 깨닫고 녀석들을 짓밟기 위해 달려들었다.

콰콰쾅—

동시에.

[6차 용체 각성]
[권능 전면 개방]

[죽음의 태엽의 감기는 속도가 가속됩니다!]

그리고 연우도 검뢰팔극을 잇달아 펼치면서 이예를 한껏 뒤로 밀어낸 뒤, 육극(六極)을 뿌렸다.

콰르르릉!

"흡!"

이예는 자신의 머리 위로 검뢰가 떨어질 거라 예상하고 방호막을 쳤다.

하지만 그의 예상과는 달리 충격은 없었다.

그럼 어디지? 이예는 설마 연우가 녹턴을 노리는 것인가 싶어 황급히 그쪽으로 시선을 돌렸다. 하지만 이번에도 아니었다.

대신에 검뢰는 토르—검무신에게로 떨어지고 있었다.

"이런!"

이예의 얼굴에 처음으로 낭패감이 어렸다.

검무신은 이곳 결계를 이루는 핵이었으니까.

'안 된다면 심상 세계, 자체를 부숴 버린다.'

그 순간, 발데비히 등 열 명도 넘는 망자 거인들을 상대하느라 미처 기습을 상정치 못했던 토르가 검뢰에 부딪치면서 그대로 찢기고.

쩌거거걱!

심상 세계의 표면을 따라 균열이 퍼져 나가고 말았다.

[천안통(天眼通)]

연우가 여태 지니고 있던 여러 눈들을 통합하면서 깨우친 초능을 통해, 여태껏 무왕도 완전히 찾아내지 못했던 핵을 발견해 부수는 데 성공한 것이다!

그리고.

쐐애액—

연우는 가차 없이 비그리드를 연달아 휘둘러, 검뢰를 일극부터 육극까지 잇달아 터뜨렸다. 심상 세계를, 자신을 상징하는 검붉은 빛으로 물들였다.

콰콰콰콰—

검뢰의 육극이 머리로 떨어질 때까지만 해도, 검무신은 흠칫 놀라기는 했지만 크게 걱정은 하지 않고 있었다.

이곳은 심상 세계.

그것도 자신의 심상을 풀어내는 공간이었다.

여기서는 아무리 많이 죽는다고 하더라도, 의식만 존재한다면 얼마든지 되살아날 수 있다.

마해의 '토끼'로부터 배운 심상 개변은 그만큼 대단한 이적(異蹟)이었고.

타계의 신이 남겼다는 힘은 그야말로 별천지의 것이었다.

무엇보다 자신은 토르가 보호해 주고 있지 않은가.

한편으로는 자신에게 있어 막내 사제가 되는 아이가 이렇게나 강해졌다는 사실이 너무 비현실적으로 다가오기도 했다.

신격들과도 대등할 만한 힘이라니.

이 정도라면 저 사람 같지도 않은 스승님과도 견줄 수 있을 만한 실력이었으니까.

'이제 곧, 이제 곧 모든 것이 끝난다. 스승님을 쓰러뜨리고, 저분의 업을 내 것으로 삼킬 수만 있다면. 이 모든 것들을 독차지하는 것도 절대 무리는 아니리라! 그리고 더해서 저놈까지 더해진다면……!'

검무신은 무왕이 어떻게든 쓰러질 수밖에 없다고 생각했다.

이곳은 파리지옥이나 다름없었으니.

몇 번이고 되살아나는 아스가르드.

새로운 올포원으로 각성한 녹턴.

그리고 시시각각 무왕의 숨통을 옥죄어 갈 가이아의 저주와 숨을 쉬는 것만으로도 내공을 조금씩 앗아 가는 대성역의 공기…….

그 모든 것들이 무왕의 죽음을 유도하고 있었으니까.

그리고 이곳에서 스러진다는 건, 페이스리스의 새로운 '식구'가 된다는 의미이기도 했으니.

그런다면 격도 저절로 상승할 테니, 역량도 커지는 만큼 궁니르를 완전히 소화하는 것은 물론, '토끼'가 건네준 것들도 전부 체화할 수 있겠지.

검무신은 이번 〈카니발〉을 통해 자신이 어디까지 성장할 수 있을지, 얼마나 강해질 수 있을지 상상하는 것만으로도 영혼이 찌릿하게 울릴 정도였다.

더구나 연우는 아스가르드도 경계할 만한 힘을 지니고 있다. 그와 권속들도 이곳으로 발을 들인 이상, 절대 빠져나가지 못할 터. 저들도 자신의 것이었다.

그리하여.

검무신은 자신이 하계의 왕이 되고, 나아가 올포원을 꺾어 78층에 처음 발을 내딛는 상상을 하고 있었다.

그리고 끝끝내 천계도 자신의 발아래에 두리라.

탑의 세계에 군림하여, 지난날 이루지 못했던 모든 소망을 이뤄 내는 것이다.

'최초로 무(武)를 쌓은 것만으로도 신의 업적을 이루는……!'

그런데.

『크아아악!』

'토르가…… 비명을?'

검무신은 생각을 잇다 말고, 갑자기 토르가 악을 쓰자 정신이 번쩍 들었다.

토르는 여태껏 무왕에게 여러 차례 죽임을 당해도, 이를 바득바득 갈지언정 소리는 지르지 않았다. 오딘을 대신해 아스가르드를 진두지휘하는 수좌로서 품격이 떨어지는 행위라나? 그는 스스로에 대한 자존심이 아주 강한 작자였다.

그런데 이런 소리라니.

마치 신격에 직접적으로 큰 타격이라도 입은 것 같지 않은가?

'설마?'

그 순간, 검무신은 토르와 자신 사이에 연결된 페어링이 강제로 끊어지는 느낌을 받을 수 있었다.

토르가…… 천계로 역소환되고 있었다.

검뢰가 그들의 화신체는 물론, 천계에 있는 토르의 본체와 이어지는 모든 선과 망을 송두리째 잘라 버렸던 것이다!

당연히 토르는 영혼에 심대한 손상을 입은 채로 튕겨 날수밖에 없었다. 아마 강림이 강제로 종료되고 말았으니, 거기에 대한 페널티도 따로 존재할 터.

자칫 신격이 흔들리거나, 크게는 균열이 가는 치명상을 입었을지도 몰랐다.

검무신으로서는 전혀 예상치도 못했던 결과인지라, 어안이 벙벙해질 수밖에 없었다.

어떻게 페어링을 볼 수 있었던 거지? 무왕도 볼 수 없었던 결계의 핵을 어떻게 꿰뚫어 볼 수 있었던 것이냐고!

그렇게 소리를 지르고 싶었지만.

검무신은 도저히 그럴 겨를이 없었다.

토르가 별다른 저항도 하지 못한 채 소멸의 위기를 맞았다면, 그의 그릇이 되어 주었던 검무신은 어찌 될 것인가?

검무신은 영혼이 갈기갈기 찢기는 고통을 맛봐야만 했다. 여름여왕에게 당했을 때에도 겪지 못했던 고통.

그는 알지 못했다.

연우가 천통안이라는 말도 안 되는 초능을 깨우친 것은 물론.

이미 그보다 먼저 마해에 다다라 심상 개변을 몸소 겪으면서 대비책을 어느 정도 강구해 뒀던 상태란 것을.

의식이 낱낱이 해체되고 있었다.

'아, 안 돼……!'

하지만.

그것이 검무신이 마지막으로 내지른 비명이었다.

*　　　*　　　*

[심상 결계의 핵이 강제 소거되었습니다!]

[주의! 핵이 제자리를 이탈한 것이라면 서둘러 제자리에 가져다 놓으세요. 핵이 제 기능을 하지 못한

다면, 심상 세계의 구성 요소도 저절로 약화됩니다.]

　　[주의! 대체할 만한 새로운 핵을 제자리에 가져다

놓으세요. 핵이 존재하지 않는다면, 심상 세계에 부여

된 모든 기능들이 작동을 정지할 수밖에 없습니다.]

　　[주의! 서둘러 핵을…….]

『이, 이게 무슨!』

『토르! 토르가 어디로 간 거지?』

검무신의 죽음을 계기로, 심상 개변이 전부 중단되었다.

그것은 아스가르드에 있어 날벼락이나 다름없었다.

　부활이 있었으니 여태껏 신변을 돌보지 않고 마음껏 활

개를 칠 수 있었던 것인데. 그런 배경이 되던 것이 완전히

사라지고 말았으니까.

　더구나 심상 세계에 균열까지 퍼지면서, 여태껏 아스가

르드의 신격들을 보조해 주고 있던 모든 가호와 축복도 중

단되고 말았다.

　　[대성역의 기능이 약화됩니다!]

　　[대성역의 기능이 약화됩니다!]

　　……

　　[가호가 소멸되기 시작합니다.]

[축복이 소멸되기 시작합니다.]

[천계의 환경 조성을 위해 인과율이 투입됩니다!]

……

[대성역의 규모가 축소되어 성역 급으로 하향 조정되었습니다.]

[성역의 기능이 약화됩니다!]

……

[토르의 페어링이 단절되었습니다.]

[역소환이 이뤄집니다!]

『……!』

『……!』

『……!』

애당초 이런 것을 막기 위해 핵이 되는 검무신을 토르에게 맡겼던 것인데.

정작 그는 이미 천계로 튕겨 났다는 사실이 더더욱 아스가르드를 충격으로 내몰았다. 아주 잠깐, 공황 상태가 벌어졌다.

「놈들을 전부 쓸어버려!」

「우리의 신께, 투쟁과 죽음을!」

망자 거인은 바로 그 틈을 놓치지 않았다.

애당초 연우에 대한 충성심이 뛰어난 그들로서는 아스가르드의 이런 비열한 수작이 마음에 들지 않던 차였다.

무엇보다 그들의 모태가 되는 거인족은 애당초 신과 사이가 좋지 않았던 이들이 아닌가? 그러니 더더욱 눈앞에서 치워 버리고, 이참에 완전히 짓밟아 버리고자 하는 욕구가 강했다.

채채채챙!

퍼퍼퍼펑—

망자 거인들은 손에 들고 있던 도끼나 검 따위를 거세게 내리치면서 신격들을 정신없이 휘몰아쳤다.

그리고 하늘에서는.

화아악!

사룡 칼라투스가 혼탁한 브레스를 지상에다 마구 뿌려 대면서 신격들을 차례로 소거하고자 했다.

『다들, 다들 정신 차려라! 진형을 갖추고, 단단히 방비해! 놈들은 과거에 이미 한번 절멸한 적이 있던 버러지들이다! 저딴 것들에 짓밟힌 멍청이로 남을 셈이냐!』

그렇게 혼란스러운 와중에도, 신격 헤임달은 어떻게든 동료들을 격려하고자 했다.

사실 그들이 우왕좌왕하는 것은 갑자기 대성역이 흔들려서 그런 것일 뿐, 결단코 전력적으로 그들이 모자라서가 아니었다. 무엇보다 궁니르 덕분에 성역은 남아 있어 축복과 가호가 완전히 사라진 것도 아니었다.

　때문에 아스가르드의 신격들은 빠르게 한자리로 모여들면서 방진(方陣)을 갖추며 방어와 공격을 동시에 하고자 했고.

　[죽음의 태엽이 더 빠른 속도로 빨리 감기됩니다!]

　연우는 저대로 내버려 두어서 좋을 게 전혀 없다는 생각에 놈들의 머리 위로 검뢰를 연거푸 날렸다.

　콰르릉, 콰릉, 콰르르릉!

　콰콰콰콰ー

　비그리드를 거칠게 휘두를 때마다 공간이 통째로 뜯겨나가는 게 아닐까 싶을 정도로 어마어마한 천둥소리가 울리고, 엄청난 고열과 빛을 품은 검붉은 벼락이 아스가르드의 방진 위로 소낙비처럼 쏟아졌다.

　퍼퍼퍼펑!

　『크윽! 빌어먹을!』

『으아아악!』

『티르! 이대로 천계로 역소환되면 위험해! 정신 차리게, 티르!』

녀석들은 이미 토르가 당한 것을 보았기 때문에 더 이상 호락호락하게 페어링을 내어 주지는 않았다. 검뢰가 그쪽으로 날아들 때마다 어떻게든 몸을 뒤틀면서 피해를 최소화하고자 했다.

하지만 망자 거인 집단에 에워싸인 채로 움직이는 데는 한계가 있을 수밖에 없었고.

결국 미처 검뢰를 피하지 못한 이들은 페어링이 단절되면서 강제 역소환이 속속 이루어지는 가운데.

퓨퓨퓨풋!

이예가 쏘아 댄 빛살들이 연우를 사방에서 옥죄어 왔다.

연우는 마침 아스가르드의 방진으로 쏟아 내리던 검뢰의 방향을 꺾어 그대로 지면에다 내리쳤다.

쾅!

순간, 지면이 움푹 파이면서 땅거죽이 크게 일어나 연우를 감췄다. 빛살들은 단숨에 토벽에다 무수히 많은 바람구멍을 만들어 놓았다. 멀리서 보면 벌집으로 보일 만한 광경.

하지만 그 속에 연우는 없었다.

팟!

"장웨이."

이예는 뒤쪽에서 들린 연우의 목소리에 짜릿함을 느낄 수 있었다.

자신의 감각을 속이고 뒤를 밟을 줄이야. 꽤나 긴 시간 동안 이렇게 뒤를 잡힌 경험이 거의 없다시피 했기 때문에, 타고난 전사이면서도 호승심이 강한 투사이기도 한 그로서는 간만에 손속을 겨룰 만한 이가 생겼다는 사실이 한없이 기쁘기만 했다.

하지만 그런 이예의 생각과는 반대로, 연우의 목소리는 한없이 차갑기만 했다.

이예의 생각 따윈 모른다. 시의 바다가 무슨 꿍꿍이를 지녔는지도 모른다. 하지만 지금은 반드시 무왕에게로 가야만 했다.

"너와는 나눌 이야기가 많지. 하지만 지금은 아니야."

그렇기에 이예가 자리 잡은 장웨이를 보면서 그렇게 말했다. 자신을 내버리고, 연인을 죽게 만들었던. 그래서 다섯 살 난 아이를 하루아침에 고아로 만들어 버렸던 녀석과 결자해지해야 할 것이 산더미 같았지만.

지금은 그런 것을 전부 뒤로 미뤄 둬야만 했다.

장웨이와의 원한은 과거였지만.

무왕과의 인연은 현재였으니까.

쉭―

차아앙!

"아쉽게도 내 사도는 자네를 그냥 보내 주어서는 안 된다고 하네만? 누이의 복수를 운운하는데."

이예는 몸을 뒤로 빠르게 비틀면서 소중으로 비그리드를 가로막았다.

엷게 곡선을 그리고 있는 두 눈이 묻고 있었다. 어떻게 자신에게서 벗어날 것이냐고.

사도인 장웨이는 지금도 정신 한쪽 구석에서 연우를 죽여야 한다고, 누이의 복수를 해야만 한다고, 모시는 신인 그에게 간절히 기원하고 있었다. 은총을 내려 주길 갈구하고 있었다.

하지만 이예는 연우를 억지로 죽이려 하지는 않았다.

그러려면 그로서도 상당한 피해를 각오해야 하는 데다가, 자칫 반대로 자신이 당할 수도 있었다. 그만큼 연우는 그로서도 승부를 장담할 수 없는 강자였다.

물론, 사도의 부탁을 들어주지 않을 수도 없는 노릇이지만. 애당초 그가 장웨이를 선택한 것은 어디까지나 당시에 보았던 천기 때문이었지, 장웨이가 유독 마음에 들어서는 아니었기 때문이었다.

그렇기에 그는 연우의 발목만 묶어 둘 참이었다.

그 정도라면 충분히 할 만하다고 여기고 있었으니까.

그는 지금의 자리에 오르기 전부터 타고난 사냥꾼이었고, 전 우주에서 적수를 찾기 힘든 전사였으며, 옥황상제와 천교가 자랑하는 최고의 장수이기도 했다. 현재 천교를 이끄는 삼신장(三神將)인 나타태자 등도 소싯적 그에게서 가르침을 받았던 제자들이었으니.

그러니.

적절하게 치고 빠지면서 발을 묶고, 그와 시의 바다가 바라는 계획이 전부 끝날 때까지 시간을 끌 수 있었다.

하지만.

"잡을 테면 잡아 보든가."

연우가 코웃음을 치더니 갑자기 손에서 비그리드를 놓았다. 이예의 소중이 한순간 관성으로 앞으로 쭉 밀려 나가고, 연우는 몸을 비틀면서 아슬아슬하게 자리를 빠져나갔다. 비그리드가 힘없이 아래로 떨어졌다.

[합일이 해제되었습니다.]
[죽음의 태엽이 정지하였습니다.]

이예는 그가 대체 무슨 짓을 하려는지를 알 수 없어, 불길한 마음에 고개를 뒤쪽으로 홱 하고 돌렸다.

연우의 시선은 이예가 아닌, 녹턴과 아슬아슬하게 대치 중인 무왕에게로 향해 있었다.

그때, 비그리드에서 분리된 쇠사슬이 위로 튕겨 오르고.

연우는 쇠사슬 끝을 빠르게 낚아채면서 마침 품에서 꺼 낸 회중시계와 연결시켰다.

찰칵!

[시간의 태엽과 연결되었습니다.]
[태엽이 많이 망가진 상태입니다. 기능 중 상당수 를 사용하실 수 없습니다.]
[신력이 부여되어 기능 중 일부를 복구합니다.]

끼릭, 끼리릭—

그리고 망가진 톱니바퀴가 억지로 돌아가는 소리가 울리 면서.

[시간의 태엽이 작동합니다!]
[2배속으로 빨리 감기 됩니다. 광속화(光速化)가 이뤄집니다.]

팟!

쐐애액—

연우를 둘러싼 세계의 시간만 현실 세상에서 완전히 분리되어 빠르게 가속화되었다. 그의 신형이 한순간 검붉은 빛줄기가 되어 무왕과 녹턴에게로 쏟아졌다.

이예는 미처 그것을 잡을 겨를이 없었다.

눈치를 챘을 땐 이미 눈앞에서 사라지고 없었으니까.

"……허!"

그저 허탈함에 찬 한숨만 내쉴 뿐.

'자신을 둘러싼 세계의 시간을 가속한다고?'

이예는 난생처음 보는 기현상에 기함을 터뜨렸다.

시간은 웬만한 신격들, 주신격이나 신왕 급의 인사들도 절대 함부로 건드릴 수가 없는 영역이었다. '굴레'라는 것은 그만큼 우주를 구성하는 근본 원리에 해당하기 때문이었다.

해내고 싶다면 거대 사회가 그만큼 인과율을 부담해 주든가, 아니면 페널티를 같이 감당할 수 있을 만한 동료들이 숱하게 필요했다.

그런 시간을 돌렸다고?

물론, 연우가 돌린 것은 우주의 시간을 뜻하는 '큰 굴레'가 아니었다.

'작은 굴레'. 자기 자신을 둘러싼 시간만 돌린 것이다.

하지만 그것만으로도 말도 안 되는 짓이나 다름없었으니.

그건 남들은 가지지 못할 여유 시간을 훨씬 많이 가지게 된다는 것을 의미하지 않는가.

그것을 공격 방식으로 사용할 수 있다면 이보다 더한 강점은 없을 터였다.

원리는 모른다.

메커니즘도 알 수 없다.

따로 '시간'에 해당하는 신위를 추가로 획득하거나, 그와 관련된 권능을 깨우친 것으로 보이지도 않았다. 그사이에 격의 상승을 이뤄 낸 것 같지도 않았고.

그저.

그저 검붉은 빛줄기가 되어 달리는 연우의 뒤편으로, 그와 쏙 닮은 얼굴을 하고 있지만 풍기는 이미지는 상반된 누군가가 겹쳐진 듯 보이는 것 같았지만.

이예는 어떻게 된 건지 의문을 잔뜩 품으면서도, 저만치 달려가는 연우를 놓치지 않기 위해 양손을 바삐 움직였다.

아무리 빠른 발을 갖추고 있다고 해도, 지금 연우를 뒤쫓는 것은 힘들다. 하지만 그의 무기는 그렇지 않았다.

소중의 속성은 빛. 달빛이다.

밤이 저물면 달빛이 닿지 않는 곳은 어디에도 없으니.

소중이 닿지 못할 곳 역시 어디에도 없었다.

'그 신왕, 크로노스의 막내아들이며 유지를 이어받은 계
승자라고 했나? 어쩌면 그 때문에 저도 모르게 일부를 깨
우친 것일 수도 있겠지.'

이예는 그렇게 생각하면서 활대가 부러져라 잡아당긴 시
위를 그대로 놓았다. 시위에 걸려 있던 빛의 화살이 삽시간
에 수십 줄기로 분화하여 연우의 머리 위로 쏟아졌다.

하지만.

[시간의 태엽의 감기는 속도가 빨라졌습니다!]
[현재 속도는 4배속입니다.]

팟!

쿠쿠쿠쿵!

빛줄기들이 두들긴 건, 연우가 남긴 자잘한 잔상뿐. 애꿎
은 지면만 이리저리 두들기면서 곳곳에 크레이터만 만들어
낼 뿐이었다.

이예는 조급한 마음에 연신 시위를 더 당겼지만.

팟, 파밧—

그럴 때마다 연우는 배속을 좀 더 빨리하면서 이리저리
움직여 빛줄기를 모조리 피하는 신기를 선보였다. 이예는

이제 사냥꾼인 그의 동체 시력으로도 움직임을 조금씩 놓칠 정도였다.

그러다.

지이이잉!

"크흡!"

이예는 갑자기 이는 멀미에 헛바람을 들이켰다.

그가 딛고 있는 공간을 비롯해 심상 세계 전체가 흔들리고 있었다. 금방이라도 부러질 것처럼 일대 공간이 이리저리 휘어지는 것이 보였다. 못 본 사이에 하늘을 뒤덮은 균열이 더 빠른 속도로 퍼져 나갔다.

[외부에서 막대한 충격이 계속 더해집니다!]

[성역의 붕괴 속도가 빨라집니다!]

[성역의 기능이 약화됩니다.]

[성역의 기능이 약화됩니다.]

……

[성역을 구성하는 최소 조건을 맞추지 못하였습니다. 성역의 기능이 대거 약화되어 유지하는 데 실패했습니다.]

[심상 세계 급으로 하향 조정되었습니다.]

[심상 개변이 불발되어, 강림을 유지할 인과율을 확보하지 못하였습니다.]
[강림이 취소됩니다!]

이예는 신체에서 힘이 쭉 빠지는 것을 느껴야 했다. 마치 독의 밑이 깨져 그곳으로 물이 빠르게 흘러 나가는 느낌.

강신이면 또 모를까, 애당초 그가 이곳에 강림할 수 있었던 건, 사도인 장웨이의 간절한 바람도 있었지만, 핵이었던 검무신의 심상 개변이 뒤따랐기 때문이었다.

하지만 검무신이 죽고, 아스가르드의 성역도 무너진 지금은 그가 이곳에 계속 머무르기가 힘들어진 것이다.

'……그래도 어느 정도 바라던 건 이뤄 냈나.'

연우와 승부를 내지 못했단 사실이 개인적으로 안타까울 뿐, 애당초 그의 목적은 최대한 길게 연우의 발목을 붙잡는 것이었으니 완수했다고 봐도 될 듯싶었다.

그가 지금 몸을 담은 시의 바다가 이들을 이용한 건, 애당초 다른 목적이 있었기 때문이니까. 페이스리스와 손을 잡은 건, 어디까지나 그 목적을 위한 수단에 지나지 않았다.

다음에 또 만나게 될 기회가 있겠지. 이예가 그런 생각과 함께 도로 천계로 되돌아가려는데.

『안 돼! 안 된다고!』

불현듯, 정신의 한쪽 구석에 있던 장웨이가 이예의 생각을 읽고 다급하게 소리를 질렀다.

『당신은 신이잖아! 내가 모시는 신이잖아! 그럼 신도인, 사도인 내 소원을 들어줘야지! 어딜 가려는 거야!』

평소 분노를 곱씹으면서 침착함을 잃지 않았던 장웨이였지만.

지금은 평상시와 전혀 달랐다.

이대로 이예가 떠나서는 앞으로 연우에게 복수를 할 기회가 거의 없으리라는 것을 일찌감치 깨달은 탓이었다.

애당초 무왕을 암살하겠다는 계획은 그것을 창안한 검무신이 죽어 버리고, 심상 세계마저 망가지면서 거의 불발에 가까워지고 말았다.

녹턴이 있다지만, 사실 그런 거야 그에게 중요하지 않았으니까. 무왕 암살 계획에 동참한 건 어디까지나 연우를 격분하게 만들기 위해서였지, 그에게 따로 원한이 있어서가 아니었다.

그런데 무왕을 어떻게 처치한다고 해도, 정작 연우에게 아무런 해코지도 하지 못한다면? 그래서야 아무 의미가 없지 않은가.

더구나 차후를 기약하려고 해도, 아스가르드의 신격들마저 망자 거인들이 퍼붓는 공세에 속속 당하고 있는 마당이니 그럴 수도 없었다.

신격들의 그릇이 되는 페이스리스의 영혼들이 모조리 소멸하고 말 테니까. 망자의 함은 물론, 다우드 형제단도 모조리 무너져 내리겠지.

어떻게 운이 좋아 다시 도망쳐 숨는다고 해도, 곧 탑의 세계를 지배할 아르티야의 눈을 피하는 것도 한계가 있었다. 그냥 그것으로 끝이었다. 몸을 숨기는 건 자신 있었지만, 그대로 평생 쥐 죽은 듯이 사는 신세로 전락할 게 분명했다.

그래서야 누이의 복수를 해내고 말겠다는 다짐은 전부 실패로 돌아가지 않는가. 그리고 그런 추한 신세는 장웨이에 있어 절대 용납하지 못할 모습이었다.

그래서 애타게 이예를 부르며 떠나지 말라고 기도했고.

"아, 그렇군. 자네가 있었지."

이예는 뒤늦게 장웨이의 소망을 떠올리고 쓴웃음을 짓고 말았다.

그런데 그의 대답은 장웨이가 바라던 것과 많이 달랐다.

"시의 바다에서 '시(詩)'란, 한 가지 예언을 의미하기도 한다네. 그게 무엇인지 아는가?"

그깟 시 따위, 알게 뭐란 말인가. 플레이어들의 클랜 주제에 갑자기 초월자들의 사회로도 기능이 작동했다는 사실이 기가 막히긴 했지만, 무소속으로 있는 장웨이에게는 아무래도 좋을 일이었다.

"바로 '계시록'의 뒤쪽에 적힌 예언. 이 탑 아래, 밑 구석에 가라앉아 있는 칠흑이 다시 깨어난다는…… 종말론(終末論)이지. 그리고 나는 우리 게으른 주군의 엉덩이를 걷어차기 위해 뛰어다니고 있는 중이고."

『무슨……!』

"애당초 내가 무신론자에 가까운 자네를 사도로 점지했던 건, 바로 그런 종말론을 위해서였다는 뜻이지. 예언이 말하고 있었거든. 그대를 점지한다면, 종말에 좀 더 가까워질 것이라고. 그리고 예언은 들어맞았으니…… 이제 그대는 그 쓰임새가 다한 것이지."

『……!』

"그래도 인연은 인연이니, 떠나기 전에 하나만 일러주고 싶군. 나는 장수이자, 전사지. 비열한 건 절대 참지 못해. 만약 그대가 가진 ###에 대한 마음이 투쟁심이었다면, 이 뒤로도 어떻게든 그대를 도우려 했겠으나……."

이예의 입가에 쓴웃음이 걸렸다.

"그대가 품은 마음은 질투심에 불과한 것이니. 내가 더 도와줄 의리 따윈 없는 것 같군."

『자, 잠……!』

장웨이는 이예를 붙잡기 위해 어떻게든 소리를 질렀지만.

팟!

이예는 이미 강림을 멈추고 천계로 돌아간 뒤였다.

장웨이는 무력감에 바닥에 털썩 주저앉았다. 언제나 그에게 강한 힘을 실어다 주던 이예와의 채널링이 어느새 끊어지고 없었다. 주저치 않고 그와의 인연을 끊었다는 뜻이었다.

"대체! 대체 나더러 어쩌란 말이냐! 어쩌란……!"

장웨이는 울컥하는 마음에 절규를 내뱉었다.

그라고 해서 당시에 연우를 외딴곳에 버리고 싶었겠는가. 그는 분명히 연우를 끝까지 두둔하려 했다. 지키고자 했지만, 돌아가는 상황이 여의치 않았다. 시시각각 적군의 포위망이 턱밑까지 좁혀 오고 있었고, 동료들은 하나같이 연우를 버려야만 자신들이 살 수 있노라고 주장했다.

그래서였다. 누이의 연인이며, 조카의 새로운 아버지가 되겠노라고 해 주었던…… 존경하는 대장을 내버렸던 것이.

그런데도 연우는 자신의 말 따윈 들어 주지도 않았다. 잘못한 것이 있으니, 변명이라고 여겨도 좋았다. 목을 내놓으라고 해도 좋았다.

하지만 최소한 자신의 사정을 들어 주기를 바랐다. 속죄할 기회라도 주었다면 이렇게까지 되지는 않았을 것이다. 그래서 반발심에 발버둥을 쳤었고, 일이 꼬이면서 결국 파탄 난 상황이 여기까지 치달은 것이다.

그 와중에 연우는 그들을 화해시키려 하던 누이를 해쳤으면서도, 미안해하는 기색 한번 없었다.

전부.

그게 전부 다 연우 때문이었다.

그러나.

장웨이의 그런 울분은 길게 이어지지 못했다.

『재미난 것이 있군.』

나지막한 목소리.

큰 그림자가 그를 뒤덮었다.

장웨이가 황급히 눈을 뒤쪽으로 돌렸다.

그곳에.

수 미터나 되는 망자 거인이 흉측하게 웃으면서 그를 내려다보고 있었다.

　　　　*　　*　　*

　녹턴의 공세는 거셌다.

　올포원을 상징하는 황금색 빛줄기가 내리꽂힐 때마다 곳곳이 터져나갔으니.

　그때마다 무왕은 팔극권을 잇달아 펼치면서 공세를 흘리고, 맞받아치고, 반격을 가하는 등, 강한 일격들을 선보였지만.

　녹턴을 뒤덮은 빛무리를 파헤쳐서 그 안쪽까지 공격을 닿게 하기는 너무 힘들었다.

　아니, 어떤 면에서 까다롭기는 오히려 올포원보다 더 심할 수도 있었다.

　발휘하는 권능들은 그 위력이 진짜 올포원에 미치지 못할지도 모르지만.

　녀석이 펼치는 무공 전부가 하나같이 무왕에게서 배운 것들이었으니까.

　그리고 그걸 토대로 새롭게 개척한 경지는 조화경(造化境)을 넘어 현경(玄境)에 다다른 듯 보였다.

　등봉조극(登峰鳥極).

　산봉우리에 앉은 새가 산자락을 내려다보듯, 녹턴은 이미 뛰어난 기량을 자랑하고 있었다.

퍼퍼퍼펑!

문제는 그럴 때마다, 무왕을 잠식한 저주의 발작 주기도 점점 짧아지고 있다는 점이었다. 내공으로 억누르고 있다면 또 모를까, 지금은 모든 내공을 오로지 녹턴을 상대하는 데 집중해야 했으니까.

화아악!

그때, 녹턴이 무왕의 손을 거칠게 옆으로 후려치더니, 몸을 팽이처럼 뱅그르르 돌리면서 단숨에 무왕의 품속으로 강하게 파고들어 왔다.

그리고 내뻗는 손길.

순간, 손길에 황금색 광채가 몰려드는가 싶더니, 단숨에 수십 배로 확장하면서 무왕의 가슴팍에 틀어박혔다.

밀종대수인(密宗大手印)!

콰콰쾅!

무왕은 다급히 손날을 바짝 세우면서 밀종대수인을 옆으로 쳐 냈다. 하지만 충격파를 모두 상쇄할 수는 없었던 까닭에 내가중수법으로 체내에 침투한 경력(勁力)이 내공의 순환을 흩뜨리고 말았고, 단숨에 내상이 도지면서 입가를 따라 피가 울컥 쏟아지고 말았다.

그리고 그가 잠깐 흠칫거리는 사이, 녹턴은 검의 형태로 잔뜩 응집시킨 빛을 횡대로 휘둘렀다.

단천(斷天). 무왕이 자랑하는 팔극권의 팔대 비기 중 첫머리를 장식하는 오의였다.

좌아아악!

빛줄기는 아주 아슬아슬하게 무왕의 왼쪽 허리춤을 베고 지나갔다. 하지만 얼마나 깊었던지 피가 잔뜩 배어 나와 상의를 붉게 흠뻑 적셨다.

이곳에 갇힌 뒤로 처음으로 보게 된 피. 자잘한 생채기는 많이 입었다지만, 이렇게 깊은 상처는 처음이었던 것이다.

하지만 녹턴은 그게 끝이 아니라는 듯, 연거푸 공세를 퍼부었다.

퍼펑, 퍼퍼펑—

콰르르르!

승세가 저쪽으로 한번 기울어지기 시작하자, 기세를 탄 전투는 일방적으로 진행되었다.

무왕의 상체 위로 수많은 상처들이 생겨났다. 피가 튀고, 내공이 허공에서 퍼졌다. 인상도 저절로 구겨졌다.

'옛 같군. 옛 제자에게 밀리는 꼴이라니……. 이래서야 꼴이 말이 아니잖아!'

가이아의 저주가 이제는 그를 중독 상태로 만드는 것으로도 모자라, 몸 곳곳에 난 생채기에도 점차 스며들고 있었다. 영혼이 단단히 옥죄이는 기분이었다.

올포원의 권능을 부리고, 무왕의 무공을 펼치는 녹턴은 그만큼이나 강자였다.

차라리.

차라리 이쪽도 탈각과 초월을 이뤄 낼 수 있다면.

아직까지는 크게 밀리지 않는 백중세를 보인다지만, 이대로는 위험했다.

그래서 무왕은 지금이 여태껏 미뤄 뒀던 탈각과 초월을 시도할 때인가 싶었다. 무슨 일이 있는지 몰라도 빌어먹을 올포원 녀석이 개입하지 못한다는 건 확실해진 상태. 그렇다면 미룰 필요가 없었다.

문제라면, 그 즉시 가아이의 저주도 똑같이 고삐 풀린 망아지처럼 날뛸 것이란 점이었지만.

'탈각 정도라면…… 어떻게든 되겠지!'

무왕은 생각을 정리하고 난 뒤, 눈을 번뜩였다.

이대로 옛 제자에게 당한다는 건, 그의 자존심이 절대 허락지 않는 일이었다.

아니, 그런 것을 떠나서라도, 숙적 본인도 아니고, 그 그림자에 당할 수는 없지 않은가!

그 순간.

번쩍!

무왕에게서 광채가 치솟았다.

배광(背光).

녹턴은 그게 탈각을 시도할 때 나타나는 현상임을 잘 알기에, 더 이상 몰아치지 않고 재빨리 뒤로 물러섰다.

여기서 방해를 하지 않는 건, 그에게 남은 스승에 대한 일말의 예우였다.

쿠쿠쿠쿠!

그리고 무왕은 그 자신이 디딘 경지며 이룬 격이 얼마나 대단한지를 증명하듯, 단순히 탈각을 시도하려는 것만으로도 엄청난 기풍(氣風)을 흘려 대고 있었다.

가뜩이나 금방이라도 무너질 듯 위태롭게 굴던 심상 세계가 결국 버티지 못하고 와르르 주저앉고 말았다.

"조, 족장!"

"이게 무슨……!"

때마침 심상 세계 바깥에서 대기하고 있던 대장로며 여러 부족원들은 경악 어린 얼굴로 이쪽을 보고 있었다.

가공할 위세가 사방팔방으로 불어닥치면서, 마을을 뒤덮다 못해 탑 외 지역 전역을 깡그리 밀어낼 듯이 휘몰아쳤다.

파앗!

바로 그때, 녹턴의 뒤쪽으로 어느새 연우가 나타났다.
『대체 언제!』
녹턴은 무왕을 견제하느라고 미처 연우의 움직임을 감지하지 못한 탓에, 당황하면서 뒤늦게 몸을 반대쪽으로 돌렸다.

하지만 연우가 움직이는 속도는 그가 짐작하고 있던 것보다 훨씬 빨랐다. 초월적인 감각이 아니라면, 절대 포착할 수 없을 정도의 속도. 연우를 둘러싼 세계만이 빠르게 가속화하고 있었다.

[시간의 태엽이 최대 속도로 감기고 있습니다. 현재 속도는 8배속입니다.]
[죽음의 태엽이 빨리 감기 됩니다!]

[두 개의 태엽이 동시에 작동합니다!]
[신체가 과부하 상태가 되었습니다!]
[주의! 두 태엽이 감기는 속도가 너무 빠르면 톱니바퀴의 마모와 손상이 심각해질 수 있습니다!]
[주의! 두 태엽이 감기는 속도가 너무 빨라 신위

에 막대한 피해가 갈 수 있습니다!]

[주의! 두 태엽이……]

……

그 순간, 연우는 왼손으로는 회중시계를 붙잡고, 오른손으로는 비그리드를 쥐면서 합일을 시도했다.

두 개의 태엽을 동시에 감는다는 것은 결코 쉬운 일이 아니었지만.

연우는 그것을 감당하기 위한 새로운 변화를 모색, 과감하게 시도하고 있었다.

팟!

연우의 신체 역시, 무왕처럼 삽시간에 검붉은 빛으로 잠겼다. 배광이었다.

탈각 시도와 함께.

콰르르릉!

8배속으로 한층 더 강렬해진 비그리드가 검뢰를 일으켰다.

'애당초 여기서 탈각을 할 생각은 없었지만.'

연우는 영혼을 속박하고 있던 보이지 않는 구속들이 빠르게 해제되는 것을 느끼고 있었다.

창공 도서관에서도 똑같이 느꼈던 감각.

아니, 그때와는 비교도 할 수 없는 감각이었다.

모든 것으로부터 해방되어 보다 높은 위치에 오르는 것 같은 기분이었다. 이면에 숨어만 있던 세상의 원리들이 손 끝에서 점차 구현되고 있었고, 드넓은 여러 우주와 차원으로 감각이 무한하게 확장되는 것이 느껴졌다.

아마도 창공 도서관에서 시도를 할 때에는 그저 단순히 격이 오른 것에 불과했지만.

지금은 영혼이 완숙의 경지에 올랐으니, 더 많은 것들을 감지할 수 있는 거겠지.

사실 탈각과 초월은 77층에서 올포원과 부딪칠 때 시도할 예정이었다.

올포원을 사냥하고자 하는 파티 멤버들을 더 확실하게 충당하고, 크로노스의 격을 거의 복구시킨 뒤, 페렌츠 백작 등이 갇혀 있다는 '감옥'을 탈환한 다음에 하려던 것이다.

권속들도 기량을 끌어 올릴 수 있을 만큼 최대로 끌어 올릴 생각이었고.

단 한 번.

올포원을 제대로 사냥할 수 있는 기회는 그것밖에는 안 되니, 어떻게든 만반의 준비를 하려 했던 것이다.

하지만 이렇게 녹턴과 부딪치게 된 이상, 미련을 두지 않았다.

아니, 오히려 한편으로는 잘되었다는 생각이 들기도 했다.

녹턴은 올포원의 복제품이 아닌가. 이참에 그를 제대로 상대해 본다면, 올포원이 가진 약점을 확실하게 파악할 수 있을 것 같다는 생각이 들었던 것이다. 그런다면 승산도 그만큼 더 높아지겠지.

그래서 가속도가 덧붙은 검뢰를 날렸고.

두 개의 태엽이 주는 과부하를 감당하면서 탈각을 시도했다.

신왕 크로노스의 두 신위를 온전히 지금의 육체로 감당하기는 힘들 테니, 탈각으로 강화된 육체로 버티려는 것이다. 7차 용체 각성도 조금씩 그 뒤를 따라왔다.

그런데.

'……뭐지?'

곧바로 해제되어야 할 구속이 어느 순간부터 정지되었다. 새가 알을 깨고 나오는 듯한 해방감이 뒤따라야 하는데…… 오히려 더 갑갑해졌다.

마치 외부에서 부화(孵化)를 막기 위해 억지로 껍질을 틀어쥐고 있는 듯한 느낌.

그 순간, 연우는 보이지 않는 다른 무언가가 자신을 방해하고 있다는 사실을 깨달았다. 탈각에 필요한 외부 환경 변

화가 정지되었던 것이다. 뭐지? 이번에도 올포원이 나타나
는 걸까?

[시차 괴리]

그것을 감지한 건 찰나의 순간에 불과했지만.

연우는 사고 속도를 가속하면서 원인을 찾고자 했다. 방
해 요소가 느껴지는 방향으로 고개를 홱 하고 돌렸다.

그곳에.

무왕이 그의 사고 시간과 비슷하게 생체 시간을 맞춘 채
로, 차갑게 눈을 번들거리고 있었다.

『방해하지 마라, 이놈아.』

마치 버릇없는 아이를 혼내듯이.

혹은 제 먹이를 다른 누군가에게 뺏길까 싶어 살의를 번
들거리는 맹수처럼.

『이건 내 승부다. 주제넘게 어딜 끼어들어?』

"……!"

그 순간, 한없이 느려졌던 시간이 되돌아왔고.

파아앗!

무왕이 어느새 탈각을 전부 끝내면서 진각을 크게 구르
고 있었다.

콰아아앙!

하지만 그건 여태껏 보던 진각과는 격이 달랐다.

지면을 내려찍는 순간, 수 킬로미터에 달하는 대지가 그대로 내려앉았다. 마을의 지반이 그대로 내려앉으면서 먼지가 뿌옇게 올라 안개를 형성하고, 무왕을 중심으로 일어난 기세가 거대한 회오리를 형성하면서 단숨에 사방팔방으로 뻗쳐 나갔다.

그 과정에서 그나마 겨우 남아 있던 심상 세계의 잔재들도 모조리 산산조각 나면서 우수수 쏟아졌다.

그리고.

고오오오!

하늘에서부터 어마어마한 압박감이 내려앉아 탑 외 지역에 있는 모든 존재들의 육신을 그대로 짓눌렀으니.

탈각이 취소된 연우도.

주변에 있던 부족원들도.

망자 거인과 그들을 어떻게든 막으려던 아스가르드의 신격들도.

심지어 여태껏 상대하고 있던 녹턴도.

아니, 그것을 넘어 저 멀리 서 있는 탑의 세계까지도.

[신의 사회, '말라흐'가 강한 충격에 빠집니다!]

[신의 사회, '데바'의 소속 신들이 모두 강한 충격을 받습니다!]

[신의 사회, '천교'가 모든 것을 압도하는 격에 공황 상태에 잠깁니다!]

......

[악마의 사회, '르 인페르날'이 침묵합니다!

[악마의 사회, '니플헤임'이 새롭게 나타난 존재에 강한 탄식을 흘립니다!]

......

[비마질다라가 찬탄합니다!]

[케르눈노스가 눈을 크게 뜹니다!]

......

[모든 신들이 격의 주인을 찾고자 방황합니다!]

[모든 악마들이 무왕의 존재를 감지하고 경악성을 지릅니다!]

[천계가 공황 상태에 잠겼습니다!]

[탑 내 세계의 여러 층계가 시련을 작동하는 데 있어 알 수 없는 방해를 받습니다!]

분명히 초월도 아닌 탈각인데도 불구하고.

고작 아직 반신(半神)을 이룬 것인데도 불구하고.

무왕은 이미 사위를 압도하는 기세를 자랑하고 있었다. 세상 속에 오로지 그밖에 존재하지 않는 것처럼 보였다.

재해.

언젠가 그를 가리키는 용어였다는 말만큼 지금의 무왕을 칭할 수 있는 단어도 없을 듯 보였다.

그는 필멸자도, 초월자도, 휩쓸리게 만드는 재해였다.

그런 기세를 앞에 두고…… 연우는 어째서 무왕이 자신의 개입을 막았는지 알 것 같았다.

애당초 걱정하던 그의 마음과 다르게.

이 승부는 어느 누구의 도움도 필요 없었던 것이다.

"나의 새로운 난관이자 역경이 되어 주겠다고 했겠다?"

콰드득, 콰득!

무왕이 가볍게 목을 풀 때마다 소름 끼치는 소리가 났다. 그는 고개를 비딱하게 외로 꼬면서 비웃음을 던졌다.

"그럴 만한 자격이 있는지, 어디 한번 시험해 보자꾸나. 2라운드란다, 제자야."

그 말과 함께.

파밧!

무왕이 어느새 녹틴 앞에 등장해 주먹을 날렸다. 그저 단순한 정권에 불과했지만, 위력은 결코 만만치 않았다.

녹턴은 비록 빛무리에 잠겨 표정을 읽을 수 없었지만, 이미 무왕의 기세에 압도되고 있다는 것쯤은 모두가 느낄 수 있었다.

콰아아앙!

그렇게 서로 간에 일격이 부딪치고.

녹턴의 오른팔 부위가 갈가리 찢기면서 허공으로 튀어올랐다.

*　　　*　　　*

연우에게 무왕의 어기전성이 도착한 것은 바로 그 무렵이었다.

아니, 이건 어기전성도 아니었다.

혜광심어(慧光心語).

오로지 의지만으로 의사를 전달한다는 경지.

『내가 지금부터 벌이려는 승부, 똑똑히 봐 두어라. 하나도 놓치지 말고, 전부!』

무왕이 내뿜는 아득한 기세를 느끼면서, 전성기 시절의 아버지가 돌아오면 저랬을까 하고 아주 잠깐 생각하던 연우는 순간 무왕의 말뜻을 이해하지 못하고 눈을 크게 떴다.

쾅, 쾅, 콰아앙—

주먹을 내지를 때마다 공간이 부서져 나가고, 발을 내디딜 때마다 돌풍이 휘몰아치는 가운데. 녹턴은 언제부턴가 폭풍우 속에 표류하고 있는 돛단배처럼 보일 지경이었다.

완전한 압도(壓倒).

연우는 무왕이 얼마나 대단한 경지를 딛고 있는지.

어째서 크로노스가 무왕을 보면서 탄식을 흘렸는지를 완전히 깨달을 수 있었다.

탑의 세계에 지속적으로 천계의 메시지가 빗발치는 것도 바로 그런 이유 때문이겠지.

['말라흐'의 서기장, 메타트론이 침묵합니다.]

['르 인페르날'의 수장, 바알이 침음을 흘립니다.]

심지어 각각 절대선과 절대악을 상징하는 무리들의 수장들까지 큰 충격을 받았을 정도이니.

이제야 겨우 스승님의 발꿈치를 쫓아왔다고 생각했는데, 다시 저만치 멀리 가 버리시고 만 것이다.

다만, 걸리는 점이 있다면.

'계속…… 강해지시고 있어.'

분명히 탈각밖에 시도하지 않으셨을 텐데도 불구하고, 시간이 갈수록 녹턴의 공세를 무위로 돌리고 반격을 가하는 힘이 계속 증가하고 있다는 점이었다.

　아직 탈각을 완성되지 않아서 그런 건지, 아니면 다른 이유가 있는 건지는 알 수 없지만.

　「……예전부터 느꼈지만, 정말 사람 같지 않단 말이지. 난 저런 아저씨한테 대들었던 건가? 젠장. 정말 되도 않게 객기 부리다가 황천길 갈 뻔했었잖아.」

　연우의 감각을 일부 공유하고 있던 차정우도 헛바람을 들이켰다. 크로노스는 아예 침묵하고 있었고.

　그런데 갑자기 무왕에게서 그런 혜광심어가 도착한 것이다.

　자신의 싸움을 지켜보고 있으라고.

　『사실 약한 소리를 하는 것 같아서 그동안 마누라가 아니면, 아무에게도 말을 하지 않았던 건데 말이다.』

　대체 무슨 말씀을 하시려는 걸까.

　무왕은 녹턴과 격전을 치르고 있으면서도, 마치 연우와 담소를 나누듯이 여유롭게 말하고 있었다.

　그 속에는 웃음기마저 다분히 묻어 있었다. 아니, 장난기라고 해야 할까. 연우는 어쩐지 무왕의 그런 태도가 평상시와 다르지 않다고 여겼다.

하지만.

이상하게도…… 그런 무왕의 모습에서 위화감이 느껴졌다.

알 수 없는 불안감.

어떻게 말로 표현하기가 힘든, 그런.

『내가 언제부턴가 외부 일에 신경을 거의 끄다시피 하면서 은거를 했던 건, 사실 무슨 수를 쓰더라도 올포원을 넘을 수 없으리란 걸 깨달았기 때문이었다.』

"그게 무슨……?"

연우는 전혀 생각지도 못한 말에 눈을 부릅떴지만.

『궁둥이에 불붙은 망아지처럼 날뛰지 말고, 그냥 잠자코 들어!』

"……!"

『이것 하나만큼은 확실하다. 계급장 떼고 붙으면 내가 이겨. 그건 확실하다. 내가 오죽 잘났냐? 하지만 전투는 그럴지 몰라도, 전쟁을 벌이면 결국 내가 진다. 전부 놈이 가진 신위 때문이지. 올포원(All for One)…… 참 웃기는 말이지? 모든 것이 하나를 위해 존재한다니, 세상에 대체 그딴 사기극이 어디에 있는 건지. 하지만 놈은 그걸 해낸 존재다.』

"……?"

『그놈은 시스템의 화신이다. 탑의 시스템을 이루는 코드 중 일부가 자체적으로 의지를 갖고, 플레이어로 재조립되었지. 스스로 격을 갖추고, 자아를 만들어 내었어.』

시스템의 일부가 플레이어가 되었다고?

순간, 연우는 올포원을 처음 만났을 때를 떠올렸다.

빛에 휩싸인 모습 안쪽으로 느껴지던 수도 없이 많은 존재들. 그리고 성별과 나이를 분간하기 힘든 애매한 목소리.

애당초 그는 '사람'이 아니었던 것이다.

잠깐.

그렇다면…… 여태껏 올포원의 환영이면서도, 사람의 형상을 띠던 녹턴은 무엇이 되는 거지?

『때문에 놈은 자신을 이루는 코드를 이용해 시스템에 자체적으로 접속하여 제 입맛대로 사용할 수 있다. 절지천통(絶地天通)을 운운하면서 77층을 기준으로 천계와 하계를 가르는 게 가능했던 것도 전부 그 때문이었지.』

"……!"

『또 어디 그뿐일까? 탑에 들어온 이상, 그게 플레이어가 되었든, 네이티브가 되었든, 관리자며 신과 악마 같은 초월자들까지, 그리고 나와 부족원들도 전부 시스템에 종속되거나 간섭을 받을 수밖에 없으니…… 그 말은 곧 우리 모두가 시스템에 '신앙을 바치고 있다'는 것과 같은 뜻이기도 하다.』

아!

연우는 그제야 무왕이 어째서 여태 이처럼 강한 무위와 자질을 갖추고도, 결코 올포원을 능가할 수 없었는지를 깨달을 수 있었다.

신앙을 단순히 정의하자면 '신도들이 신에게 바치는 신실한 마음'이기도 하지만, 범위를 넓게 잡으면 '여러 존재들이 신을 인식하는 정도'이기도 했다.

애당초 신격이란 세상의 법칙을 작동하는 부품과도 같은 존재. 당연히 얼마나 '많은' 필멸자들이 신격을 인식하고 있는지, 그리고 얼마나 '높게' 인식하고 있는지에 따라, 그들에게 끼치는 영향이 달라질 수밖에 없었다. 그리고 영향력이 크면 클수록 존재감과 더불어 격도 커지기 마련일지니.

그래서 이런 요소들도 전부 신앙에 해당하는 것이다.

그리고 그런 면에서 봤을 때, 시스템은 무수히 많은 신앙을 채굴할 수 있는 최고의 위치였다.

수많은 플레이어들은 물론, 천계에 갇힌 신과 악마들도 시스템을 인식할 수밖에 없음이니. 그만한 존재들이 저절로 신앙을 갖다 바치는 한, 시스템은 나날이 더 강화될 수밖에 없는 구조인 것이다.

그리고.

그 아래에서 생성된 올포원도 똑같이 단단한 격을 지닌 터.

올포원(All for One).

여기서 말하는 모든 것(All)은 탑에 상주하는 모든 존재들을.

하나(One)는 시스템, 즉, 비바스바트를 가리켰다.

무왕이 제아무리 날고 긴다고 하더라도, 그 역시 시스템에다 신앙을 가져다 바치는 신도에 불과한 이상, 올포원을 절대 넘을 수 없는 것이다.

탑의 세상에 존재하는 한.

무왕은 일찌감치 이러한 사실들을 깨달았기에, 그런 막대한 힘을 가지고도 은거를 택해야만 했다. 아니, 오히려 강했기에 더 실망감이 클 수밖에 없었다.

그건 아마도 무왕 이전에 존재하던 다른 도전자들도 마찬가지였을 테지.

여름여왕, 흡혈군주, 페렌츠 백작, 파우스트, 누구 하나 가릴 것 없이 전부…….

『하지만 방법이 아예 없는 건 아니다. 시스템도 결국 거슬러 가다 보면 어딘가에 종속될 수밖에 없는 구조니까.』

연우는 이 역시 누구를 가리키는지 알 것 같았다.

천마.

그리고 트리니티 원더.

『시조이신 소호 금천이 남기셨다는 태극혜 반고검……
그것이라면 분명히 올포원의 신위를 '끊을' 수 있다. 하지
만 나는 어렵다. 애당초 우리 부족원이 오랫동안 궁구했어
도 음검을 깨우치지 못한 건, 축복받은 재능이 역설적으로
주는 저주 때문이었으니까.』

무왕의 목소리에 점차 힘이 실렸다.

『하지만 넌 다르다.』

그러면서도 그 속에 담긴 엷은 웃음기가, 마치 연우를 대
견스러워하는 것처럼 느껴졌다.

『이미 너는 내가 처음 기대했던 것보다 훨씬 잘해 주고
있다. 제자 주제에 벌써 이 위대하신 스승님과 견줄 수 있
을 만큼 올라왔으니까. 충분히 네가 가진 것들을 곱씹다 보
면, 음검을 깨우칠 수 있을 게야. 그러니.』

무왕은 잠시 말허리를 끊었다가, 이어 나갔다.

『지금부터 나와 녹턴의 싸움을 지켜보고, 녀석이 가진
모든 것들을 파악해라. 그리고 음검에 대한 실마리를 깨우
쳐, 태극혜 반고검을 완성해라. 반드시 그런 준비를 끝내고
난 뒤에 탈각을 해 내야만 하는 것이다. 알겠느냐?』

그 목소리가.

『그것이 바로.』

너무나 묵직하게 연우의 가슴팍에 내려앉았다.

『이 스승이 너에게 마지막으로 내리는 가르침이니라.』

마지막 가르침이라고?

"스승님, 대체 무슨 짓을 하려고……!"

그것이 난데없는 작별 인사라는 사실을 깨달은 연우는 황급히 그에게로 다가가려 했지만.

[반신, 나유의 대성역이 선포되었습니다!]

불현듯, 무왕에게서 방출된 새로운 기세가 좌중을 휘감는다 싶더니, 연우와 여러 부족원들이 있는 구역과 그가 있는 구역을 완전히 갈라놓고 말았다.

화아악!

대성역.

무왕은 스스로가 발산한 격으로 돔을 형성해 녹턴과 자신을, 외부 세상으로부터 격리하고자 했다.

그리고 그곳에서.

연우는 완벽한 방관자 신세였다.

그 순간 확연하게 깨달을 수 있었다.

이것이 정말 무왕의 작별 인사라는 것을!

쾅! 콰콰쾅!

"이 망할 스승 새끼가! 대체 무슨 짓을 하려는 거야! 이거 열어! 열라고!"

연우의 절규가 구슬프게 울렸다.

하지만 결계는 단단해도 너무 단단했다.

빌어먹게도.

*　　*　　*

"그놈 참 누굴 닮아서 그런지 목소리 하나는 기똥차구나. 하!"

무왕은 밖에서 비명을 지르는 연우를 보면서 파안대소를 터뜨렸다.

그러면서 육체를 따라 퍼져 가고 있는 '균열'을 가만히 내려다보았다.

조각난 육체와 영혼의 조각들이 금방이라도 톡 건드리면 바스러질 것처럼 위태롭게 있었다.

산화(散華)였다.

원래대로라면 탈각만 하는 정도로 끝내려 했지만.

문제는 자신이 디딘 경지가, 애당초 예측했던 것보다 훨씬 깊었다는 점이었다.

애당초 그의 탈각은 남들의 초월에 해당하는 것보다도 더 큰 것이었으니.

결국 영혼의 성숙이 너무 가파르게 이뤄지고 말았다. 그 자신도 도저히 도중에 끊을 수조차 없을 만큼. 고삐 풀린 망아지나 다름없이 초월을 향해 달려가고 말았던 것이다.

그리고 그런 초월이 종국에 다다를 위치까지 본능적으로 알 수 있었다.

황(皇).

어느 누구도 쉽사리 닿지 못했다던 곳을 향해 초월이 계속 이뤄지는 한, 결코 영혼의 성숙은 멈추지 않을 터였다.

문제는…… 그만큼 가이아의 저주도 빠른 속도로 발전하여 걷잡을 수 없을 정도로 무왕의 신화를 어그러뜨리고 있다는 점이었다.

초월이 곧 죽음으로 이어진다는 뜻이었다.

무왕으로서는 어이가 없을 따름이었다.

그토록 다다르길 바랐고, 올포원을 능가하기 전까지는 절대 이루지 않으려 미루고 미뤘던 탈각과 초월이었는데.

모든 것을 내려놓고 시도한 순간, 뜻하지 않은 자리를 얻은 셈이었으니까.

"하여간 이래서 사람은 너무 잘나도 문제라니까."

이를 두고 웃어야 할지, 울어야 할지.

필멸이라는 점괘가 틀린 건 아닌 셈이었다.

이런 방식일 줄은 몰랐지만.

"나쁜 마누라 같으니. 이럴 때는 솜씨가 좀 나빠도 되는 거 아니냐고."

무왕은 그렇게 투덜거리다, 곧 드는 생각에 피식 웃었다.

"아니지. 산화를 하더라도, 누군가에게 그만큼 강한 흔적을, 유지를 남겨 놓는다면 완전히 사라지는 것이 아닐지니. 이 몸의 신화가 그놈을 통해 계속 숨을 쉴 게 아닌가? 그럼 그게 곧 바로 불멸(不滅)이 아니고 무엇이란 말인가."

무왕은 다른 누군가의 말을 좇아 그대로 하는 것을 극도로 싫어했다. 자존심이 상하는 일이었으니까.

그래서 그는 그만의 방식으로 불멸을 이루고자 하였다.

하나 남은 제자를 통해서.

그리고.

그로서 점괘는 틀린 것이 될 것이다.

무왕은 어디선가 '눈'으로 이곳을 지켜보고 있을 영매를 떠올리면서 빙긋 웃었다.

"마누라, 보고 있지? 임자가 틀렸다는 걸 지금부터 보여 줄게."

한령은 연우가 지시한 대로 에도라를 찾아 바쁘게 움직이는 중이었다.

연우와 연결된 페어링이 계속 흔들리는 게 분명히 심상치 않은 일에 휘말린 게 분명했지만.

지금은 그쪽으로 가기보다 연우의 명령을 수행하는 데더 집중했다.

어차피 자신이 연우에게 손을 보탠다고 해서 전황을 크게 뒤집을 수 있는 것도 아닌 데다가, 에도라를 계속 찾다보니 자꾸만 이상한 불안감이 들었기 때문이었다.

'무언가 이상하다. 고작 이것으로 끝난다고? 아니. 그럴리가 없지. 뭔가 더 있을지도 모른다.'

연우 등은 당장 마을에 연달아 일어난 사건들을 막느라정신이 없었지만, 한 발자국 떨어져서 보니 걸리는 점이 한두 가지가 아니었던 것이다.

우선 이번 일을 꾸민 주동자.

겉보기엔 페이스리스로만 보인다.

분명 놈이 화이트 드래곤과 다우드 형제단을 포섭하고, 외뿔부족 내에 심어 둔 세작을 통해 이번 일을 획책하였지만…… 아무리 봐도 녀석은 겉으로만 내세운 미끼일 뿐이었다.

한령은 한때 청화도에서 도무신으로 불렸던 까닭에, 페이스리스의 중심이 되는 검무신과 창무신이 어떤 성격인지를 아주 잘 알고 있었다.

당시에는 자신들이 정점이며 지배자라고 여겼었지만, 레드 드래곤에 의해 청화도가 멸망하고, 연우의 권속이 되어 천계의 여러 존재들과 싸우다 보니 이제는 그것이 우물 안의 개구리에 불과했다는 것을 너무 잘 알게 되었다.

그런 면에서 봤을 때, 페이스리스가 아무리 날고 기는 재주가 있다고 해도, 아스가르드를 통째로 회유하는 건 불가능했다.

'칼'이라 불린 궁니르가 있었지만, 고작 대신물 하나를 가지고 신의 사회가 통째로 움직일 리 만무하지 않은가.

하물며 신왕좌를 자처하며 올림포스를 거머쥔 연우와 대립했을 때, 아스가르드가 처하게 될 정치적 위기를 생각해 본다면 절대 말도 안 되는 수작이었다.

'뒤에 누군가가 있다. 분명.'

특히 페이스리스가 녹턴에게 가르쳐 준 진실은 애당초 페이스리스가 알 수 있는 정보가 아니었다.

여태껏 21층의 마지막 구획으로 갈 수 있었던 건, 단 두 명밖에 없었다. 애당초 그곳은 플레이어가 도전했을 경우,

죽지 않으면 절대 빠져나올 수 없다는 조건이 달려 있었으니까. 즉, 살아남은 두 사람이 바로 마지막 구획의 비밀을 알고 있는 사람이었다.

무왕과 연우.

그중 무왕이 올포원의 환영을 강제로 끄집어낸 장본인이었고.

연우는 없어진 환영 때문에 겨뤄 보지도 못하고, 공동 1위로만 기록되어 나왔을 뿐이었다.

하지만 기록에서도 저 밑에 있었던 검무신이 알고 있었다고?

말도 안 되는 소리였다.

그리고 그걸 다른 누군가가 알고 있다는 것도 모순일 뿐이니, 결국 하계를 제멋대로 감상할 수 있는 천계의 인물 중 누군가가 개입했다는 증거밖에 되지 않았다.

그리고 천계의 인물이 하계에 그런 식으로 직접적으로 개입하는 것은 인과율에 저촉되는 행위, 그것을 충분히 감당할 만큼 격이 지고할 가능성이 컸다.

그런 존재가 몇이나 되겠는가. 하물며 잔뜩 성이 나 있을 올림포스와 척을 질 각오를 할 존재는 거의 없었다.

연우와 척을 져도 별반 타격이 없으면서도, 이런 큰 음모를 꾸밀 수 있는 작자.

어디일까?

아니, 누구일까?

'더군다나 그 흑막은 이런 혼란 중에도 끝까지 나타나지 않고 있어. 애당초 놈들의 목적은 무왕 암살이 아니었던 거야. 그건 성공하면 좋고, 성공하지 않아도 괜찮은…… 자신들의 목적을 숨기기 위한 가림막에 불과해. 다른 뭔가를 노리고 있는 게 분명하다.'

한령의 머릿속으로 적이 될 만한 후보군들이 빠르게 스쳐 지나갔지만, 지금은 그보다 더 걸리는 점이 있었다.

흑막이 이런 일을 꾸미면서까지 노릴 만한 주요 인물이라면…… 사실상 정해져 있는 것이나 마찬가지이지 않은가.

'영매.'

시조 소호 금천의 말씀을 떠받든다는 최고 제사장은 일족을 보호하는 '눈'을 지니고 있으니. 그 '눈'은 올포원의 〈천리안〉과 비교해도 절대 뒤지지 않는다고 알려져 있다.

그리고.

탁!

한령은 바삐 움직여 영매가 있으리라고 예상되는 곳, 영소에 도착했을 때 볼 수 있었다.

"이런, 이런. 생각보다 빨리 읽고 오셨네용?"

우락부락한 구릿빛 근육과 스킨헤드를 한 채, 머리 위에는 기다란 토끼 귀를 달고 있는 괴상한 모습을 한 라플라스가 반갑게 손을 흔들었다.

주변에는 그와 비슷한 기질을 지닌 존재들이 여섯이나 더 모여 안광을 예리하게 빛냈다.

그리고 그런 녀석들의 앞에는.

"하아…… 하아……!"

피투성이가 되어 신마도에 의지한 채 거칠게 숨을 몰아쉬는 에도라와 그녀를 도우려다 크게 다친 여러 수호 전사들, 그리고 손으로 눈을 가리면서 바닥에 주저앉아 있는 영매가 있었다.

영매의 얼굴을 가린 손 틈 사이로는…… 눈물이 뚝, 뚝, 흘러내리고 있었다.

*   *   *

퍼퍼퍼펑!

"어…… 째서!"

왈츠는 어떻게든 목소리를 쥐어짰다.

"어째서입니까, 어머니!"

이유를 묻기 위해서.

그토록 믿고 의지하던 어머니가 어째서 저쪽 편에 서서 자신들을 이리 저버리려 하는지를 알고 싶어서였다.

그녀를 돕고자 목숨을 걸고 같이 탑 외 지역으로 왔던 결사대는 이미 모두 죽은 지 오래였다. 여름여왕이 날린 마법 폭격에 의해 시체조차 남기지 못하고 모조리 휩쓸려 버린 것이다.

그렇게 비명하에 스러지면서도, 그들은 마지막까지 여름여왕에게 묻고자 했다.

어째서 자신들이 아닌 저들의 손을 들어 주시느냐고. 혹시 저들에게 묶인 나머지 억울하게 조종을 당하고 계시는 건지, 아니면 어떤 약점이라도 잡히신 건지. 이유를 말씀해 주신다면 어떻게든 도와 드리겠노라고 말이다.

그만큼 이들은 머릿속에 '충성'이라는 단어밖에 담고 있지 않았던 충신들이었다.

레드 드래곤에 있을 시절부터 여름여왕을 위한 것이라면 목숨도 아깝지 않았다. 그녀가 죽은 뒤로 왈츠를 따랐던 것도 오로지 여름여왕의 자식 중 맏이이며 가장 정통성 있는 후계자라고 여겼기 때문이었다. 화이트 드래곤이 급속도로 몰락하면서 이탈자들이 많은 와중에도 끝까지 남았던 것도 그런 맥락에서였다.

왈츠 역시도 여름여왕의 권능들이 자신에게로 제대로 계

승되지 않은 것을 느끼고 혹여 그녀가 자신을 탐탁지 않게 여기는 것이 아닐까, 혹은 다른 계승자를 염두에 둔 건 아니실까 하고 이따금 의심을 하면서도 끝까지 그녀를 믿었던 건 전부 이런 충신들이 있어서였다.

만약 여름여왕이 어떤 방식으로든지 살아남아 있다면, 이런 충신들이 있는 한 언제고 간에 자신에게로 와 주실 거라 믿었기 때문이었다.

하지만 여름여왕은 그런 왈츠의 모든 기대를 산산조각 내 버렸다.

본 드래곤이라는 추악한 모습을 하고 있으면서도 별달리 동요하는 모습을 보이지 않았고, 적에게 목줄이 묶여 강제로 조종을 당하는 것으로도 보이지 않았다.

심지어 마법을 난사하는 솜씨하며, 좌중을 휘어잡는 드래곤 프레셔는 분명히 소싯적과 비교해도 절대 뒤지지 않았으니까.

드래곤 하트를 잃기 전, 전성기 시절 때 말이다.

마지막 남은 용종으로서, 천 년이 넘는 세월 동안 탑의 세계를 지배해 왔던 절대자가 되돌아온 것이다!

결국 그녀의 손에서 빚어진 것이나 다를 바 없는 수하들은 줄줄이 녹아내리고.

마지막에는 왈츠, 그녀 하나만이 남아 버렸다.

하지만 왈츠도 그들처럼 언제 스러져도 이상하지 않을 만큼 아주 위태로웠다.

애당초 왈츠가 가진 힘도 대부분 여름여왕에게서 기원한 것인 데다가, 아난타와 싸우면서도 이미 체력이 크게 빠지지 않았던가. 무엇보다 대지를 휩쓸면서 당장이라도 자신을 집어삼킬 것처럼 위협적이게 구는 검은 불길은 도저히 빠져나갈 구석이 없었다.

그래도 이렇게나마 끝까지 버티려는 이유는 단 하나.

이유를 듣고 싶어서였다.

여름여왕이 왜 저쪽에 섰는지. 그리고 권속들을 이리 무참하게 저버리는지를.

너희들이 약해서 버렸노라고, 기대에 못 미쳐서 폐기 처분하는 것이라고 말씀하신다면, 충분히 받아들일 생각이었다.

그래서 대답을 기다렸지만.

콰콰쾅!

여름여왕은 대답해 줄 가치도 없다는 듯, 무감한 눈빛 그대로 헬 파이어로 이뤄진 폭격을 계속 날려댔다.

그리고 바로 그때.

『구원 요청! 구원 요청!』

갑자기 연결 고리를 통해 76층에 거주 중인 클랜 본진에서 긴급 메시지가 전달되었다.

'설마?'

『부유성 라퓨타가 결계를 깨고 76층에 진입했다! 본진이 위험에 처했다! 구원을 바란다!』

『환상연대도 함께 출몰!』

『아르티야 산하 조직들이 속속 출현 중이다! 철의 왕좌, 숲의 아이들…… 젠장! 너무 많아!』

『반복한다! 반복한다! 아르티야가 침입해 왔다! 서둘러 구조를 바란…… 크아악!』

『여, 여왕님……!』

『이곳은 위험합니다! 여왕님이라도 서둘러 피하십시……!』

치칙, 치치칙!

치이익—

다급한 어조로 빗발치던 메시지는 곧 노이즈가 끼면서 전부 중단되고 말았다.

그 순간, 깨닫고 말았다. 결사대가 외뿔부족을 치는 동안, 아르티야는 역으로 빈집털이를 시도했다는 것을.

빠르게 치고 빠졌어야 했는데, 여기서 너무 오랫동안 시간을 잡아먹은 것이다. 아마 연우는 외뿔부족 마을에 나타났을 때부터 아르티야를 그쪽으로 이동시킨 것이었겠지.

거기다 여기 있던 결사대도 전멸하고 말았으니…… 사실
상 화이트 드래곤은 끝장난 것이나 다름없었다.

"……결국 마지막까지 대답을 주지 않으시는 겁니까? 저
는…… 저희는…… 결국 어머니께 그것밖에 안 되는 존재였
던 거군요. 하, 하하하……!"

왈츠는 무공의 상승 묘리인 이화접목(移花接木)의 수로
연거푸 폭격을 계속 흘려 내면서, 눈을 차갑게 번뜩였다.
눈가에 살짝 맺혔던 눈물은 고열로 인해 금세 증발해 사라
지고 없었다.

그러다 시커먼 매연이 확 하고 일어나 두 사람 사이를 아
주 잠깐 가렸다.

그 때문에 왈츠는 미처 보지 못했다.

무표정을 고수하고 있던 여름여왕의 눈꺼풀이 아주 잠깐
파르르 떨리는 것을.

"결국 당신들은 전부 다 똑같았던 거야!"

왈츠는 앙칼지게 소리를 질렀다. 그건 비명이었다. 그리
고 절규였다. 목소리에는 분노가 가득 차 있는 것 같았지
만, 실상은 울분이었다.

부모는 외뿔부족에 버림을 받고, 자신은 배려를 가장
하면서 다가온 이들에게 이리저리 휘둘리다 결국 밑바닥까
지 곤두박질치고 말았다. 그러다 드디어 동아줄이라고 생

각했던 것을 붙잡았으나, 그마저도 끝내 썩어 있었으니.

애당초 자신이 걸어왔던 삶은 전부 망가져 있던 것들투성이었던 셈이었다. 제대로 된 것 하나 없는, 모든 게 엉망인 삶.

최선을 다해서 살면 될 줄 알았다. 이를 악물고, 포기하지 않고 버티고 또 버티다 보면, 언젠가 빛을 볼 수 있으리라 생각했다. 이 빌어먹을 사슬들을 전부 떨쳐 내고 우뚝 서서 사람들에게 보여 줄 수 있으리라고 생각했다.

자신처럼 구렁텅이에 빠진 이들도, 밝은 하늘 아래 서 있을 수 있노라고.

하지만 결국엔 다 끝나고 말았다.

세상에 정말 운명이란 게 있단 말인가. 그렇다면 너무나 기구하지 않은가. 애당초 자신이 잘못한 건 없는데, 그저 주어진 하루하루를 버텼을 뿐이며 최선을 다해 살았을 뿐인데, 왜 모든 게 최악으로 몰려가 이리 비참한 꼴을 맞아야 한단 말인가.

왜 이렇게 살아야만 하는 것이냐며, 왈츠는 그런 마음을 담아 하늘에다 고래고래 소리를 질렀지만 아무런 대답도 들려오지 않았다.

"하하, 하하하!"

그래서 마지막에 왈츠는 웃음을 터뜨렸다. 모든 것을 포기했기에 내뱉은 웃음이 아니었다. 그것은 비웃음이었다. 자신을 옥죄는 운명을 향한, 끝까지 농락만 일삼는 하늘을 향한 것이었다.

그 순간, 왈츠는 이 빌어먹을 운명을 끊어 낼 방법이 있다는 것을 깨달을 수 있었다. 자신을 멋대로 농락한 것들에게 제대로 엿 먹일 방법을. 이 세상에 태어난 것도, 살아가는 것도 제 뜻대로 된 것은 하나도 없었지만, 죽음만큼은 유일하게 제 뜻대로 할 수 있지 않은가.

그렇기에 왈츠는 마지막까지 붙들고 있던 미련을 놓아 버렸다. 더 이상 저항하기를 멈추고, 검은 불길에 자신의 모든 것을 내어 주었다.

검고 붉은 혓바닥이 탐욕스럽게 그녀의 모든 것을 먹어 치우고자 했다. 뜨거웠고, 고통스러웠다.

하지만 그게 전부였다. 육체와 반대로 정신은 희열을 만끽하고 있었다. 이제야 비로소 모든 걸 끝낼 수 있었다. 지긋지긋한 것들을 떨쳐 내고, 모든 것으로부터 자유로워질 수 있었다. 왈츠에 있어 삶이란 오로지 고통으로만 가득한 굴레였으니까. 이 자유만큼은, 오롯이 자신만의 것이었다.

화르륵!

그렇게 검은 불길이 마지막 남은 의식까지 먹어 치우려던 때. 왈츠는 그때서야 볼 수 있었다. 언제부턴가 공격을 멈추고, 처연한 기색으로 자신을 보고 있는 여름여왕을.

여태껏 보이던 것과는 상반된 모습.

왈츠는 어이가 없었다. 왜요? 막상 이리 보내려니 갑자기 아까워지기라도 하신 것입니까? 그런 말을 던지고 싶었지만, 이미 성대가 불길에 녹아 버린 뒤라 말을 꺼낼 수 없었다.

그러다 왈츠는 어떤 생각에 미쳤고.

무언가를 완연히 깨달을 수 있었다.

그렇기에 불길이 시야를 가득 물들이기 전에 입술만큼은 벙긋거릴 수 있었다.

─감사해요, 어머니.

왈츠는 그렇게 사라지고 말았다.

맹렬하게 타오르던 검은 불길이 한순간 확 하고 가라앉은 것도 바로 그때였다.

「……」

여름여왕은 가만히 서서 왈츠가 사라진 자리를 말없이 바라보았다. 입을 꾹 다물고 있는 모습이 무표정하게만 보였다.

"언제였던가. 과거에 나유가 경쟁자들을 물리치고 완전

히 집권할 무렵에 일족에 아주 작은 소란이 있었지. 지난 전통에 따르지 않고, 경쟁에서 밀린 왕자 중 한 명이 반란을 일으킨 것이야."

그때, 뒤에서 대장로가 어느새 나타나 입을 열었다. 여름 여왕의 시선이 그쪽으로 쏠렸다.

무슨 말을 하느냐는 눈빛. 하지만 대장로는 무시하면서 말을 이어나갔다.

"물론, 나유는 그런 걸 그냥 내버려 둘 성격이 아니었고…… 그 과정에서 꽤나 많은 부족원들이 죽어 나갔지."

새로운 왕이 장로원에서 만장일치하에 인가가 나면, 다른 경쟁자들은 전부 현역에서 물러나 가문으로 되돌아가 평범한 부족원이 된다.

이것은 지난 세월 동안 내려온 일족의 전통이었다. 왕위 경쟁이 지나치게 과열되는 것을 막기 위한 일환이기도 했다. 그리고 강자를 숭상하는 분위기 때문에 보통 경쟁자들은 새로운 왕이 자신보다 강하다는 것이 밝혀지고 나면 스스로 모든 권리를 포기하곤 했다.

하지만 그것을 정면으로 거스른다는 것은 새로운 왕은 물론, 장로원의 권위에까지 도전한다는 뜻이기도 했다.

당연히 무왕은 분노를 내뱉었고, 장로원도 일벌백계로 반란을 다스리고자 했다.

"그런데 그 과정에서 한 부부가 도망을 친 게야. 우리들은 그들을 어떻게든 잡으려 했고, 그 과정에서 부부가 애를 낳았다는 말이 들리더군. 물론, 그 뒤로도 줄기차게 뒤쫓았었고."

「……그걸 굳이 나한테 말해 주는 이유가 무엇이지?」

"자네는 자신이 겪고 있는 굴레를 소중한 딸아이한테는 물려주고 싶지 않았던 것이 아닌가? 고개만 돌리면 피안인 것을, 자네는 그러지 못하고 지난 세월 동안 오로지 분노에만 가득 차 살았었지. 그리고 저 아이는."

대장로는 안경을 고쳐 쓰면서 담담하게 말을 이었다.

"자네를 아주 쏙 빼닮았으니. 배로 낳지 않았다고 해도, 마음으로 낳은 것 또한 자식이지 않은가? 그런 모습을 더 이상 볼 수 없었던 것이겠지."

「…….」

여름여왕은 아무 대답을 하지 않은 채, 대장로를 무시하며 몸을 돌렸다. 그리고 다시 본 드래곤으로 되돌아가 크게 날갯짓을 해 상공으로 비상했다.

대장로는 그런 여름여왕의 뒷모습이 어쩐지 쓸쓸하게 보인다고 생각했다. 그 역시 한때 그녀와 경쟁하던 존재였기에 그녀의 생각을 어느 정도 짐작할 수 있었던 것이다.

그렇기에.

대장로는 쓰고 있던 안경을 벗으면서 손으로 눈을 가만히 가렸다.

"⋯⋯내 처지도 저 우둔한 용과 다르지 않겠지."

그리고 얼굴을 쓸어내리면서 비장한 얼굴이 되어 어디론가 천천히 이동했다.

지금 이 순간.

여름여왕이 자식을 위해 안타까운 선택을 내렸듯.

무왕도 제자를 위해 새로운 선택을 내리려 하고 있었다.

대장로로서 왕의 마지막 순간을 끝까지 지켜보는 것. 그리고 그의 유지가 제대로 설 수 있게 보좌하는 것. 그것이 자신이 맡은 임무가 아니겠는가.

그리고 대장로는 그것이 자신이 이 자리에서 맡을 마지막 의무라는 것을 본능적으로 느꼈기에 반드시 지켜 줄 생각이었다.

『판트.』

『⋯⋯예.』

전음을 보내자, 착 가라앉은 목소리가 되돌아왔다.

대장로는 그의 심정을 알 것 같았지만, 오히려 그렇기에 더 차분한 어투로 말했다.

『내가 신호를 내리면 즉시 네 형을 붙잡아라.』

*   *   *

화아아!

무왕은 자신을 따라 흐르는 격풍(激風)을 확실하게 느낄 수 있었다.

"확실히 다르긴 다르군."

그는 사실 자신이 이룬 성취에 대해 충분히 만족하고 있었기 때문에 탈각과 초월에 대해 크게 관심을 둔 적이 없었다.

어차피 마음만 먹으면 언제든지 이룰 수 있는 것이었던 데다가, 별다른 대처법도 없이 격만 올려서는 올포원에게 좋은 일만 해 줄 뿐이었으니 굳이 신경 쓸 필요가 없었던 것이다.

태극혜 반고검을 완성하고 나면 이룰 것. 그 정도밖에 되지 않았다.

하지만 막상 초월을 향해 달려가고 있으니, 왜 많은 존재들이 그토록 여기에 목을 맸는지를 알 것 같았다.

그리고 천계에 있는 저 머저리들이 한 번 이룬 초월에 대해 그토록 많은 미련을 두는지도.

초월은 한 번 이루고 나면 절대 되돌릴 수가 없다. 한

번 깨고 나온 '알'은 두 번 깰 수 없기 때문이었다. 그러니 되도록 영혼이 완숙을 이룰 때까지 기다렸다가 초월을 이루는 것이 좋았지만, 보통 일반적인 존재들은 탈각과 초월의 위치에 다다르는 것만으로도 조급해지는 게 대부분이었다.

하지만 무왕은 그런 기존의 초월자들과 정반대였다.

올포원이 있어 인내해야만 했었어도, 어쨌거나 그의 영혼은 이미 성장의 한계에 다다르고 있었고.

그 와중에도 업은 나날이 쌓이고 쌓여 이미 웬만한 신격들쯤은 발아래로 여길 정도로 탄탄했다.

그런 것들이 단번에 개화를 이뤘으니, 얼마나 크고 폭발적인 변화를 가져올 것인가.

무왕은 끓어오르는 힘을 느끼면서 천천히 걸음을 옮겼다.

쿵.

쿵…….

실제로 무왕은 걸음을 옮길 때마다 천지가 통째로 흔들리는 것을 느낄 수 있었다. 이대로 마음만 먹는다면 저 멀리 있는 탑도 통째로 뒤흔들 자신이 있었다. 전에는 결코 느낄 수 없었던 막강한 힘이었지만.

한편으로는.

'이거 잘못하면 정말 곧바로 하늘로 날아오르겠는데.'

무왕은 살짝 미간을 찌푸리면서도 혀를 차야만 했다.

외뿔부족 내에서 우스갯소리로 하는 소리 중에 '우화등선(羽化登仙)'이라는 말이 있었다. '깃털처럼 가벼워져 하늘로 오른다'는 뜻이었는데, 보통 경지에 다다른 존장들이 수명이 다해 조용히 눈을 감을 때 하는 말이었다.

그런데 지금 자신의 몰골이 딱 그 꼴이었다.

힘 조절에 조금만 실패해도 곧장 몸이 바스러질 것 같았던 것이다. 승화가 이뤄지는 속도는 그만큼 빨랐다.

어떻게든 최대한 초월이 이뤄지는 속도를 늦춰 보고자 하고 있지만, 그리 쉽지는 않을 듯했다.

'주어진 시간은 대략…….'

그는 재빨리 자신이 버틸 수 있는 시간을 계산해 보았다.

'5분 정도인가?'

생각보다 적었다.

입맛이 조금 썼다.

'그 안에 어떻게든 저놈들을 다 처치해야겠구만.'

자신에게 남은 시간이 고작 그것밖에 되지 않았다는 뜻이었지만.

결계 안에 갇힌 존재들을 바라보는 무왕의 눈빛은 다른 어느 때보다 살벌하게 번뜩였다.

그 정도면 충분하다 못해 아주 넘쳐흘렀으니까.

결계에 갇힌 건 녹턴만이 아니었다. 아스가르드의 신격들도 있었다. 이왕에 제자 녀석에게 자신의 가공할 모습을 자랑할 겸 그동안 지긋지긋하게 했던 놈들까지 싹 다 치워 버릴 속셈이었던 것이다.

『젠장! 왜 이렇게 안 열려! 열려! 열리란 말이다아!』

『천계가 감지되질 않아!』

『으아아! 개 같은! 어째서 우리가 하계에서 이딴 수모를 겪어야 하는 거냐고!』

아스가르드의 신격들은 방금 전부터 천계로 되돌아가지 못하자, 침착함을 잃고 우왕좌왕하고 있었다.

그도 그럴 것이, 옴짝달싹하지 못하게 갇힌 상태에서 대신격, 아니, 개념신도 아득히 상회하는 존재의 격을 바로 앞에서 느끼고 있는데 어떻게 당황하지 않고 있을까!

그들은 오히려 먼저 간 토르가 부러울 정도였다.

『어, 어어? 오, 온다!』

그러다 누군가가 무왕이 이쪽으로 움직이는 것을 보고 괴성을 질렀다. 신격들의 경악한 시선이 모조리 그쪽으로 향하던 그 순간.

"아주 내 앞에서 잘난 척 장난 아니게 했었지? 그대로 돌려줄게."

쾅!

무왕은 가볍게 정권을 내질렀다. 겉보기엔 아주 부드러운 동작이었지만, 그 결과는 전혀 그렇지 않았다. 정권이 맞닿은 공간이 콰직 하고 주저앉더니, 삽시간에 균열이 퍼지면서 신격들이 뭉쳐 있던 지역까지 덮쳤기 때문이었다.

콰콰콰!

그가 부순 것은 단순히 공간이 아니었다. 그 공간 위에 있는 모든 것. 대기, 입자, 법칙, 존재…… 모든 것이 망가졌다. 신격이 이데아를 구성하는 부품이라면, 황은 그런 부품들을 직접 돌릴 수 있는 존재였기 때문이었다. 그렇다는 건 부품들을 망가뜨리는 것도 충분히 가능하다는 뜻.

『으, 으어어!』

『마, 마, 말도 안 돼!』

아스가르드의 신격 중 절반이 그 한 방에 모조리 휩쓸려 사라졌다. 화신체가 망가져 천계로 튕겨 난 건지, 아니면 존재 자체가 삭제된 건지는 현 상황에서 알 수 없었다.

지금 그들이 알 수 있는 건 딱 하나밖에 없었다.

『도망쳐!』

정면으로 부딪쳐 봤자 개죽음밖에 되지 않는다는 것!

"도망치긴 어딜 도망치니?"

콰콰쾅, 콰쾅!

무왕은 신격들 사이를 종횡무진 누비면서 손날을 이리저리 그어 댔다. 그럴 때마다 신격들은 비명을 지르면서 몸이 찢기거나, 육편이 되어 터져 나가는 등 수모를 겪어야만 했다.

간간이 반격을 시도하는 녀석들도 있었지만, 그래 봤자 무왕에게는 상처 하나 입히지 못했다.

애당초 그들 모두 무왕이 탈각을 시도하기 전에도 제대로 승부를 낼 수 없지 않았던가. 하물며 그가 구축한 대성역에 갇힌 지금은 독 안에 든 생쥐 꼴이나 다름없는 신세였다.

결국 녀석들이 줄줄이 터져 나가는 가운데.

『……우리는 이렇게 갈지라도, 되살아날 수 있다. 하지만 넌 안 될…… 컥!』

마지막 남은 헤임달이 피투성이가 된 채로, 거칠게 숨을 몰아쉬면서 무왕에게 저주를 내뱉었다.

그들이야 천계에 본체가 있으니 여기서 죽어 페널티를 입을지언정 차후를 기약할 수 있지만, 무왕은 이대로 시간이 조금만 더 지나면 가이아의 저주에 완전히 잡아먹힐 것이라고 비웃는 것이다.

하지만 헤임달의 말은 길게 이어지지 못했다. 어느새 날아든 무왕의 손이 단숨에 그의 멱을 낚아챈 탓이었다.

헤임달은 숨이 턱턱 막혀 버둥거렸다. 진짜 숨을 쉬기 어려운 것도 있었지만, 무왕이 내뿜은 격이 오로지 그에게만 쏟아졌던 탓이었다.

안색이 창백해졌다. 영혼이 바들바들 떨렸다.

헤임달 역시 잠든 오딘이나 토르를 제외하면, 아스가르드에서 손꼽히는 대신격이라지만, 그마저도 도저히 그 정도를 측정할 수 없을 만큼 아득한 격의 차이에 완전히 질리고 말았다.

공포에 완전히 잠식된 녀석을 바라보면서.

무왕은 봉두난발한 머리카락 사이로 눈을 차갑게 빛냈다.

"착각하지 마라."

얼마나 차갑던지, 그 눈빛에 영혼이 이대로 얼어붙는 게 아닐까 싶을 정도였다.

"내가 너희들에게 끝까지 손을 대지 않은 건, 네놈들의 명줄을 끊는 게 내 몫이 아니기 때문이니까. 곧 내 제자 녀석이 방문할 테니, 그때까지 목 잘 닦고 기다려."

콰직!

무왕은 그 말과 함께 손에 힘을 주어 헤임달의 목을 꺾었다. 헤임달이 어떻게 말을 할 수 있는 타이밍 따윈 없었다. 파스스, 녀석의 연결이 완전히 끊어졌다.

이로써 아스가르드의 대규모 강림은 끝났다. 하지만 그들은 천계에서도 언제 날아들지 모를 연우의 분노에 대비해 바짝 긴장하면서 있어야 하리라.

페널티로 인해 녀석들 모두 격에 적잖게 손상을 입었을 터, 연우를 감당하기 힘들 테니까. 그동안 계속 불안과 공포에 질려 있어야 하는 것이다. 그것이 무왕이 놈들에게 내리는 형벌이었다.

"형…… 님."

그리고 헤임달이 빠져나간 자리에 그릇을 자처하던 창무신 플랑은 숨이 끊어지기 직전, 배광으로 눈부시게 빛나는 무왕을 보다 황홀에 젖은 채로 눈을 감았다.

어린 시절, 줄곧 동경하던 친형의 모습을 마지막으로 눈에 담을 수 있었기에 만족한 모습이었다. 어쩌면. 사실 그가 바랐던 것은 형의 이런 모습이었는지도 몰랐다.

무왕은 손에서 녀석을 놓았다. 플랑은 다른 그릇들과 마찬가지로 땅에 닿기도 전에 가루가 되어 사라졌다.

하지만 무왕이 쉴 타이밍은 없었다.

남은 시간이 그리 많지 않았고, 잠시 거리를 벌린 채로 무왕의 학살을 가만히 살피기만 하던 녹턴이 다시 움직였기 때문이었다.

좌아악!

녹턴은 무왕의 앞에서 공간을 열고 나타나 손날을 아래에서 위로 그어 올렸다. 공간이 찢기면서 수직으로 빛줄기가 튀어 올랐다. 휩쓸린다면 존재 자체가 잘려 나갈 수도 있는 힘. 시스템에 근거하여 정지 코드가 담긴 에너지였다.

무왕은 의기 통천을 이용해 몸을 뒤로 바짝 물렸다. 조금씩 시스템 코드에 대한 활용법을 깨우쳐 가는 녹턴은 확실히 격의 차이에 상관없이 까다로운 상대였다.

이래서 태극혜 반고검이 필요했던 건데. 그렇게 중얼거리면서 무왕은 몸을 팽이처럼 돌림과 동시에 잇달아 정권을 내질렀다.

전사경(轉絲勁)에 입각한 암경(暗勁)이 소낙비처럼 쏟아졌다.

퍼퍼퍼펑!

수도 없이 많은 폭발이 터져 가는 가운데.

둘의 손발이 크게 아우러지면서 순식간에 수 합이 오고 갔다. 팔과 팔이 부딪치고, 정강이와 정강이가 부딪쳤다. 주먹을 내지르는 자세, 각도, 폼과 타이밍까지 모든 게 동일하게 충돌했다.

두 사람의 모습은 마치 복사해서 붙여 넣기라도 한 것처럼, 혹은 거울을 가져다 놓은 게 아닐까 싶을 정도로 똑같았다.

그 스승에 그 제자. 녹턴은 무왕이 어딜 가더라도 자신의 수제자라고 말하던 아이였다. 그 때문일까? 녹턴은 그렇게 스승에 대해 분노를 표출했어도, 정작 자신도 그와 똑같은 무공을 펼치고 있단 사실에 화가 치밀어 올랐다.

물론 동일한 무공을 펼치고 있다고 해서 위력까지 같을 수는 없었다.

두 사람의 충돌에선 어디까지나 무왕의 압승이었다.

팔이 부딪칠 때면 녹턴의 팔이 뜯겼고, 정강이가 부딪치면 정강이가 부서졌다. 주먹이 충돌하면 주먹이 산산조각 났다. 무왕은 연거푸 녹턴을 몰아붙였고, 그럴 때면 녹턴은 올포원의 권능 중 하나인 〈불사〉를 사용해서 몸을 재빨리 복원하여 재차 반격을 가했다.

『당신은…… 당신은……!』

녹턴의 목소리에는 울분이 가득했다. 그가 이 자리에 선 것은 지난 인연을 완전히 단절하고 싶어서였다. 자신을 모르모트 취급한 사부를 눈앞에서 치워 지난 세월들을 전부 부정하고, 다시 시작하고 싶어서였다.

자신만의 의식(儀式)인 셈이었다.

그렇게라도 하지 않으면 더 이상 살 수 없을 것 같았다. 실제로 그는 자살을 생각해 보기도 했었으니까.

그런데.

그렇게 나선 자리에서 녹턴은 시간이 지나면 지날수록, 오히려 자신이 생각했던 것보다 훨씬 무왕에게 단단히 종속되어 있단 것을 발견하고 말았다.

그가 내딛는 걸음, 손을 내뻗는 동작과 자세, 호흡, 심지어 바쁘게 뛰는 심장 박동까지. 그 모든 것들에 무왕의 손길이 닿아 있었던 것이다.

심지어 그가 무왕을 상대하고자 하는 사고방식까지도, 전부!

의식적으로 올포원의 권능들을 사용하려 한다지만, 어디까지나 부차적인 것에 지나지 않았다. 사람은 본능적으로 익숙한 것을 좇고, 기존에 완성된 습관들을 바탕으로 반응하고 행동한다. 그가 이루고 있는 모든 것들이 사실상 무왕의 작품이었으니, 그것을 완전히 떨쳐 내는 건 불가능했다.

무왕과의 싸움이 계속될수록 녹턴은 더더욱 그런 자신을 발견할 수 있었고, 여기서 무왕을 어떻게든 처치한다고 해도 평생 그의 마수에서 벗어날 수 없을 거란 사실에 숨이 막히는 기분이었다.

하지만 그를 가장 자괴감에 들게 만드는 것은.

무왕이 마지막까지 자신을 모르모트로 취급한다는 점이었다.

막내 사제에게 싸움을 끝까지 지켜보라고 하지 않았던 가. 그리고 무왕은 실제로 그와 충돌하는 내내 현란하고 화려한 동작들보다는 깔끔하고 위력적인 초식들을 순서대로 보여 주고 있었다. 그리고 녹턴이 가진 모든 것들을 끄집어 내도록 유도하고 있었다.

연우더러 도움이 되라면서. 더 높은 곳으로 오르라고 말하면서, 정작 녹턴의 자존심은 아무렇지 않게 뭉개 버리고 있는 것이다!

『결국…… 끝까지……!』

결국 마지막까지 자신은 믿었던 스승님에게 농락을 당하고만 있다는 사실이.

녹턴을 더더욱 괴롭게 만들었다.

가슴 속에 응어리져 있던 열등감이 대가리를 치켜들었다.

그것이 울부짖었다.

하지만 무왕은 그것들을 아무렇지 않게 쳐 내고, 안쪽으로 바싹 들어오면서 팔꿈치로 녹턴의 가슴팍을 가격했다. 쾅, 하는 소리와 함께 머리통만 한 바람구멍이 휑하게 뚫렸다.

녹턴이 헛바람을 들이켜면서 뒤로 크게 밀려났다. 그러면서도 그의 눈빛은 여전히 강렬하게 타오르고 있었다.

"멍청한 것."

그런 녀석을 본 무왕은 혀를 차면서 가볍게 꾸짖었다. 어떻게 그렇게 멍청할 수 있냐는 듯한 태도.

그런 태도가 녹턴을 더 열 받게 만들었다.

"아직도 모르겠냐?"

『무엇을 말이오!』

"제자를 셋이나 기르고, 자식은 수십 명도 넘게 낳았다지만."

무왕이 눈을 가늘게 좁혔다.

"그중에서도 수제자라 할 수 있는 건, 유일하게 딱 하나."

녹턴은 어쩐지 그 말에 숨이 저절로 턱 하고 막히는 기분이었다.

"바로 너였다는 거 말이다."

수제자.

그 단어 하나에 녹턴의 동작이 처음으로 멈칫거렸다.

무왕은 바로 그 틈을 놓치지 않고 연격(連擊)을 날렸다.

퍼퍼펑!

녹턴은 뒤늦게 정신을 차리고 가까스로 양팔을 끌어모

아 방어를 시도했지만, 이번에도 양팔이 통째로 터져 나갔다.

다행히 권능으로 양팔이 저절로 복구되었지만, 그의 얼굴은 크게 일그러져 있었다. 고통 때문이 아니었다. 무왕이 자신을 농락하고 있다는 생각 때문이었다.

『말도 안 되는……!』

무왕은 여전히 신랄한 어투 그대로였지만.

"왜 말이 안 된다고 생각하는 거냐?"

『뭐?』

"지금도 봐라."

녹턴은 자기도 모르게 무왕이 가리킨 대로 자신의 몸을 내려다보았다.

어느새 그는 동요를 멈추고 반격을 가하고 있었다. 팔과 팔이 부딪치고, 발자국이 조금이라도 간격을 좁히고자 비집고 들어갈 틈을 찾았다. 시선이 오고 가는 이 짧은 찰나에도, 팔극권의 묘리가 사정없이 휘몰아치며, 수없이 부딪치고 있는 중이었다. 마치 바둑의 묘수(妙手)를 주고받듯.

"너는 곧잘 날 따라 하지."

무왕의 입술 사이로 피식, 하고 바람 새는 소리가 났다.

"이렇게까지 할 수 있는 건, 내가 기른 여러 녀석들 중에서도 딱 한 명. 너밖에 없었어."

『…….』

녹턴은 순간 말문이 턱 하고 막히는 기분이 들었다. 헛소리하지 말라면서 무언가 하고 싶은 말이 많은데, 이상하게 밖으로 내뱉을 수가 없었다.

"처음부터 그랬어. 처음 눈을 뜨고 의식을 갖췄을 때부터. 본능적으로 내 숨소리를 따라 하려 했고, 내 무의식적인 습관들도 모방했었지. 처음에는 뭔 이런 녀석이 다 있나 싶을 정도였었으니까."

처음 녹턴을 만났을 때를 떠올렸는지, 무왕의 입가에 맺힌 미소가 더 짙어졌다.

아기 오리는 알을 깨고 처음 세상으로 나왔을 때, 가장 먼저 보게 된 존재를 어미로 인식한다던가.

그리고 어미의 뒤를 귀찮게 쫄래쫄래 따라다니면서 세상을 살아가는 데 있어 필요한 것들을 배운다. 날갯짓을 하는 법, 물 위에서 발로 물장구를 치는 법, 먹이를 낚아채는 법…… 그런 학습이 끝나야만 비로소 어른이 되고, 독립을 할 수 있게 된다. 그리고 짝을 만나고, 둥지를 틀고, 어미가 그러했던 것처럼 똑같이 알을 낳는다.

녹턴이 그러했다.

아무 기억을 가지고 있지 않았기에, 녀석은 본능적으로 무왕에게서 모든 것을 배우고자 했다. 방어 기제를 띠었던 것이라고 해도, 무왕을 학습한 것이다.

무왕도 처음에는 그런 녀석이 영 귀찮기만 했지만, 언제부턴가 묘한 시선으로 보게 되었다.

녹턴은 정말이지 하루가 다르게 자신의 모든 것을 빼닮아 갔었다. 습관을 시작으로, 무공을 사용하는 방식이나, 스스로 정립한 무론도 어느새 무왕의 것과 사뭇 비슷했다.

발전 속도도 도무지 말이 되지 않았다. 수많은 인재들을 보았던 대장로조차 감탄할 정도였으니까.

애당초 녀석이 올포원의 환영이라 타고난 자질이 뛰어나다고 하더라도, 믿을 수 없을 만큼 빠른 흡수 속도였다.

그리고 그런 녹턴을 바라보는 무왕의 시선도 더 살가워질 수밖에 없었다.

제자로 받아들인 아이가 자신을 곧잘 따라 하는데. 그리고 자신을 목표로 무럭무럭 성장하는데, 싫어할 스승이 세상천지 어디에 있을까.

차이점이 있다면…… 성격?

잘난 척이 심한 무왕과 다르게, 녹턴은 원형이었던 올포원처럼 차분한 편이었으니까.

하지만 다른 건 무왕의 복사판이라고 해도 과언이 아니었다.

그 증거가 바로 이것이었다.

쾅!

쾅!

무왕과 올포원의 일격이 똑같이 맞물리면서 고열로 가득 찬 회오리가 휘몰아쳤다.

그 순간.

파아아—

무왕의 오른팔이 모래성처럼 잘게 부서져 하늘로 올랐다. 팔이 있던 자리로 배광의 입자가 찬란하게 쏟아졌다.

[초월이 임계점에 다다랐습니다.]

[가이아의 저주가 폭주합니다.]

[승화가 가속화합니다!]

우화등선이 시작되었지만.

무왕은 거기에 일말의 신경도 쓰지 않았다.

지금은 그저.

제자와 이야기를 나누고, 오해를 풀어 주는 게 더 중요했으니까.

"분명 네 말대로 사실 처음 너를 데려온 건 욕심 때문이었다. 당시 마지막 구획에 있었던 너는 벽에 부딪혔던 나에게 있어 유일한 동아줄이나 마찬가지였으니까. 나는 미쳐 있었다."

무왕은 자신의 잘못을 인정했다.

당시에는 자신이 생각해도 미쳐 있었으니까.

아니, 그런 범주를 넘어설 정도였다.

광기.

그렇게 불러야 하지 않았을까.

겉보기에는 평상시와 크게 다를 바가 없는 듯 보였지만, 당시에는 그를 아무도 건드릴 수가 없었다. 걸어 다니는 재앙이라고 불리기 시작했던 것도 바로 그쯤이었으니까.

누군가가 까분다고 해서 밟아 버리고, 뒷담화를 한다고 해서 성을 통째로 날려 버리는 등, 과격한 행동만 일삼았으니. 무왕의 명성, 아니, 악명이 급격하게 상승한 것도 바로 그 무렵이었다.

그건 전부 자신이 아무리 발버둥 치고 노력을 해도, 숙적 올포원을 영원토록 넘을 수 없다는 데서 나온 좌절과 증오가 낳은 결과였다.

그러던 차에 무왕은 생각했다.

만약 올포원을 넘을 수 없다면, 편법이라도 궁리해 보자.

그가 층계에 남긴 유일한 흔적, 21층의 환영을 바깥으로 끄집어내어 연구를 할 수 있다면. 어떻게든 방법이 생기지 않을까 하는 마음에서였다.

방법은 생각보다 그리 어렵지 않았다.

시스템의 맹점을 이용해야 했지만, 의념 통천을 적절히 사용하고, 그동안 쓸 일이 없어 모아 두었던 공적치를 한꺼번에 활용한다면 충분히 가능한 일이었다.

"하지만 우습게도 그런 미친 나를 낫게 해 준 것도 바로 너였다면 믿겠느냐?"

녹턴은 헛소리하지 말라고 소리치고 싶었다. 믿을 수 없다는 말도 똑같이. 당신이 하던 짓은 전부 거짓이 아니었냐고 소리치고 싶었다.

하지만 여전히 말문이 열리지 않았다. 짓궂지만 온화한 무왕의 웃음에서, 공격을 가하면서도 그 끝에서 느껴지는 느낌에서, 녹턴은 무왕이 내뱉은 한 마디 한 마디가 전부 '진실'이라는 것을 깨달을 수 있었다.

"그냥 단순한 환영인 줄 알았으나, 너는 자아를 갖춘 '사람'이었고. 스승이라면서 쫄래쫄래 따라다니는 아이를 실험체로 사용할 만큼…… 내가 아무리 막 나가더라도 그 정도로 막장은 아니란다, 이것아."

『……..』

"그래서 잃어버린 과거를 어떻게든 떠올리려는 너를 볼 때마다 사실을 말해 주고 싶어도, 차마 그러질 못했던 거다. 차마 입이 떼어지질 않았으니까."

그때, 왼쪽 발아래가 부서졌다. 그래도 무왕은 균형을 잃는 법이 없이 빠르게 움직였다. 녹턴은 그때까지 시야가 좁아져 미처 무왕의 승화를 깨닫지 못하고 있었다.

『……그렇게 말한다고 해서 당신의 죄가 없어질 리 없……!』

"없지. 어쨌거나 동기가 불순했고, 사실을 숨겼던 건 나였으니까. 그러니…… 미안하구나."

미안하다.

그 말이 녹턴의 가슴에 너무 크게 내려앉았다.

언제 그가 이렇게 말한 적이 있었던가.

"하지만 그것만은 알아다오."

무왕의 눈가가 엷은 미소를 그렸다.

"누가 뭐라고 해도, 너는 내 제자란다."

『……!』

콰아아앙!

무왕이 날린 일격에 녹턴을 이루고 있던 빛무리의 절반이 사라졌다.

콰콰콰—

충격파가 낳은 회오리가 이제 하늘에 다다랐다.

녹턴은 고통에 찬 신음 소리도 내뱉지 않았다. 그보다 무왕이 던진 한 마디 한 마디가 가슴을 뒤흔들었기 때문이었다.

그리고 그제야 그의 눈에 선명하게 보였다.

파아아—

돌풍이 스치고 지나갔던 무왕의 오른쪽 옆구리가…… 작은 입자가 되어 모래성처럼 아주 조금씩 부서지고 있는 것을. 그 아래로 배광이 응집된 게 보였다.

녹턴의 눈동자가 처음으로 흔들렸다.

승화를 더 이상 멈추지 못한다는 것을 알았지만. 녹턴으로서는 그토록 바라던 무왕의 죽음이 성큼 다가온 것이었지만. 이상하게도 가슴을 손으로 쥐어짠 듯 아팠다.

반대로 무왕은 웃었다.

아주 익살맞게.

"너는 올포원이 아니다. 비바스바트의 환영 따위가 아니야. 그놈에게서 비롯되었을지는 몰라도, 시스템이 낳은 허상이라 하여도, 결국 너로서 살았던 건 너였다. 아니냐?"

녹턴의 주먹이 흔들렸다.

팟!

무왕이 그 틈을 놓치지 않고 깊게 파고들었다.

"물으마. 하여 너는 올포원의 뜻대로 살았더냐? 아니면 나의 인형으로 머물렀더냐? 네가 지금 갖고 있는 기억이며 추억은 오롯이 너의 것이냐, 아니면 올포원의 것이냐? 지금 네가 하고 있는 생각은? 사고는? 지각은 또 누구의 것이지?"

펔!

무왕의 왼손이 녹턴의 오른손을 감쌌다. 녹턴이 그것을 뿌리치려 했지만, 무왕은 더더욱 깊숙하게 바짝 좁혀 와 그를 단단히 구속했다.

"그러니 방황하지 마라. 쫄지도 말고. 두려워도 마라. 그럴 필요가 뭐 있어? 너는 오롯이 너로 잘살고 있는데, 굳이 이상한 데서 스트레스를 받으면서 살 필요는 없잖아. 그리고."

녹턴은 순간 몸이 바싹 굳는 것을 느낄 수 있었다. 이상하게 꿈쩍도 않았다. 그러다 뒤늦게 이유를 깨달았다. 무왕이 무엇을 붙잡고 있는지를.

결.

자신의 소스 코드(Source Code)였다.

대체 어떻게 읽힌 걸까?

시스템에 종속되어 있는 한, 이것은 짚을 수 없을 텐데?

그가 아무리 탈각과 초월을 이룬 지 얼마 되지 않았다고 해도, 터득한 권능은 올포원과 크게 다르지 않았다. 시스템의 코드를 활용하는 것은 똑같았단 뜻이었다.

최고 관리자조차도 쉬이 건드릴 수 없는 것을, 무왕이 건드리고 있다고?

"이 나유의 제자라면, 배짱은 좀 두둑하게 지니고 있어야지. 이 쫄보야."

『......!』

무왕이 그대로 장심으로 녹턴의 복부를 휘갈겼다.

콰아앙!

그 순간, 녹턴의 몸뚱이가 위로 가볍게 튕겨 오른다 싶더니, 여태껏 녀석을 둘러싸고 있던 빛무리가 찢겨 나면서 거짓말처럼 안쪽에 있던 녹턴의 본 모습이 드러났다.

경악과 혼란으로 가득한 눈을 한 채로.

시스템에 기반한 초월이, 강제로 취소되고 만 것이다.

[시스템 오류!]

[시스템 오류!]

[초월이 강제 취소되었습니다. 플레이어, '녹턴'의 격이 하향 조정됩니다.]

[시스템이 간섭할 수 없습니다.]

[시스템이 간섭할 수 없습니다.]

......

[시스템 오류!]

[플레이어, '녹턴'에게 적용되던 모든 시스템이 일시 중단됩니다.]

그런 말도 안 되는 짓을 저질렀는데도 불구하고, 무왕은 그게 별일 아니라는 듯 웃었다. 승화가 어느새 상반신의 절반 이상을 뒤덮어 갔다. 시선도 점차 흐릿해졌지만, 그는 억지로 안력을 돋우면서 겨우 드러난 제자의 얼굴을 똑바로 쳐다보았다.

"그래도 이렇게 네가 스승에게 반기를 들 수 있단 사실이 나는 참으로 기쁘구나. 전에는 그저 날 따라 할 줄밖에 모르는 아기 오리였는데…… 이제는 스스로 날갯짓을 하면서 날 수도 있게 된 거니까. 너만의 길을, 이제야 찾은 셈이 아니냐? 사춘기가 참 더럽게 길긴 길었어. 그렇지?"

사춘기.

아이는 누구나 어른이 되기 전에 자신이 누군지, 앞으로 무엇을 할 건지, 스스로의 자아 정체성에 대해 많은 고민을 하게 된다.

무왕이 봤을 때, 녹턴이 딱 그랬다.

여태껏 일찍 철이 든 척 굴던 녀석이 처음으로 응석 부리던 것을 멈추고, 반항을 하는 것이었으니까. 그리고 지금 이 순간을 슬기롭게 극복해 낸다면, 멋진 오리로 거듭날 수 있겠지.

"하지만 말이다. 아무리 엇나가는 사춘기라고 해도 잘못하면 혼나야지?"

파앗!

그렇게 다시 움직이는 무왕은 분명 웃고 있었다.

마치 이 순간이 너무 즐거워 미치겠다는 듯이.

"그게 스승으로서, 부모로서, 그리고 어른으로서 해야 할 일이니까 말이다."

녹턴은 두 눈을 질끈 감았다. 무왕이 대체 무슨 수를 썼는지 몰라도, 시스템이 종료된 이상, 자신은 이제 아무것도 아니었다. 무왕이 재채기만 하여도 죽을 수밖에 없는 입장. 저항할 수단은 아무것도 남아 있지 않았다.

그런데.

"……스, 승님?"

녹턴은 바짝 긴장했던 것과 달리 고통 대신에 머리 위로 따스한 손길이 느껴지자, 저도 모르게 슬쩍 눈을 떴다.

그곳에.

무왕이 따스하게 웃고 있었다. 이렇게 다 커 버린 제자를 흐뭇하게 바라보면서 자상한 손길로 머리를 쓰다듬었다.

"대견하구나."

"……!"

그 자리에서.

털썩—

녹턴은 바닥에 주저앉으며 저도 모르게 눈물을 흘리고
말았다.

*　　*　　*

"제길, 제길, 제기라아알!"

콰! 콰콰쾅!

연우는 미친 듯이 비그리드를 휘둘렀다. 눈앞을 가로막
고 있는 결계를 어떻게든 부수기 위해서. 그가 내린 명령에
따라 망자 거인이며 사룡들도 줄지어 나타나 브레스를 뿜
어 댔지만, 결계는 꿈쩍도 하지 않았다. 흠집은 물론, 그을
음조차 남지 않았다.

그럴수록. 연우는 더더욱 속에서부터 울컥하고 울분이
치솟았다. 분노가 눈가를 가렸다.

빌어먹을 스승 같으니. 어째서 이런 되도 않는 짓을 저
지르려 한단 말인가. 보긴 또 뭘 보라는 것인지. 대체 필
멸은 뭐고, 불멸은 또 뭔가. 그런 것들 따위, 다 죽어 버리

면 전부 덧없을 뿐일 텐데. 허세를 부릴 게 대체 뭐가 있는 건지.

하고 싶은 말은 너무나 많았지만, 도무지 내뱉을 새도 없었다.

그사이에도.

무왕은 잘난 체하면서 녹턴을 압도하고, 화려하게 빛나면서, 조금씩 부서지고 있었다.

그러다 녹턴이 드디어 모든 배광을 잃고, 바닥에 주저앉아 고개를 떨어뜨렸을 때. 후회에 찬 눈물을 흘렸을 때.

연우는 저도 모르게 멈칫거리고 말았다.

무왕이 이쪽으로 고개를 돌린 것이다. 승화는 이제 전신을 전부 뒤덮어 남아 있는 부위보다 없어진 부위가 훨씬 많을 정도였다. 얼굴도 절반 이상이 없었다.

아마 저것도 억지로 붙들어 놓고 있는 것이겠지.

마지막 한 마디를 남기기 위해서.

명멸(明滅).

마치 촛불이 꺼지기 직전에 마지막으로 한껏 화려하게 타오르듯이.

그는 다른 어느 때보다 크게 빛나고 있었다.

눈이 부실 정도였다.

"잘 봤냐?"

연우는 무슨 말이든 하고 싶었다. 하지만 그것들이 지금 여기서 내뱉을 말들은 아니었다.

스승의 마지막 모습이었다. 웃고 있는 그에게 울고 있는 못난 모습을 보여 줘서는 안 될 것 같았다.

그래서 연우는 눈물을 흘리면서도 억지로 웃으며 고개를 끄덕였다. 그리고 어떻게든 떼어지지 않는 입술을 달싹였다. 목이 멘 나머지 목소리가 너무나 작았다.

"……네."

"그럼 됐다."

무왕은 마지막 가르침이 만족스럽다는 듯 고개를 끄덕였다. 그리고 남은 두 제자와 저 멀리서 슬픈 눈으로 바라보는 아들, 그리고 일족들을 번갈아 보면서.

"이럴 줄 알았으면 제자 놈들과, 자식들과 주먹질만 할 게 아니라, 이따금 술이라도 한 잔씩 기울일 걸 그랬어. 그게 참 아쉽단 말이지."

쯧. 혀를 가볍게 찼고.

그렇게 조용히 사라졌다.

"……."

"……."

"……."

깊은 침묵이 내려앉았다.

어느 누구도 입을 열 생각을 하지 못했다.

탑을 부술 듯이 흔들어 대던 파격적인 기세도, 하늘에 닿을 듯 높게 섰던 대성역도 모두 사라졌건만.

그래서 방금 전까지만 해도 사방을 뒤흔들던 힘들이 언제 있었냐는 듯 말끔하게 사라졌지만.

그 자리에 있던 사람들에게 내려앉은 동요는 절대 작지 않았다.

그만큼 무왕이 그들에게 각인한 충격이 크다는 뜻이었다.

대장로도. 백선가주도. 다른 부족원들도. 망자 거인, 사롱…… 그리고 크로노스, 차정우, 연우며 녹턴까지.

심지어 이곳을 지켜보고 있던 천계의 시선까지도.

[신의 사회, '말라흐'가 침묵합니다.]
[신의 사회, '데바'가 침묵합니다.]
[신의 사회, '천교'가 침묵합니다.]
……
[악마의 사회, '르 인페르날'이 침묵합니다.]
……

모두 어떻게 행동해야 할지, 반응해야 할지조차 떠올리지 못하고 있었다.

말로만 듣던, 황(皇)의 탄생.

그리고 소멸.

이를 두고 누가 감히 평을 할 수 있을까.

그러다.

"······사자 소환."

한참 뒤에야, 연우가 겨우 입을 뗐다. 목이 멘 나머지 목소리가 나지막하게 깔렸다. 입술이 파르르 떨리고 있었다.

웅, 우웅—

모두가 돌처럼 굳어 있는 와중 칠흑왕의 세 형틀만이 연우의 의지에 따라 잘게 떨릴 뿐이었다.

　

['사자 소환'이 발동되었습니다.]

[누구를 소환하시겠습니까?]

　

"나유."

　

[소환하신 대상을 찾을 수가 없습니다.]

　

차갑기만 한 메시지.

그런데도 연우의 눈에는 들어오지 않았다.

"사자 소환."

['사자 소환'이 발동되었습니다.]
[누구를 소환하시겠습니까?]

"나유."

[소환하신 대상을 찾을 수가 없습니다.]

"사자 소환."
몇 번씩이나.

['사자 소환'이 발동되었습니다.]
[누구를 소환하시겠습니까?]

"나유."
연우는 똑같은 주문을 반복했다.
하지만 그럴 때마다.

[소환하신 대상을 찾을 수가 없습니다.]
[소환하신 대상을 찾을 수가 없습니다.]

권능이 실패했다는 메시지만 연신 떠오를 뿐이었다.

[소환하신 대상을 찾을 수 없습니다.]

[해당 대상에 자세한 검색 및 탐문 결과, 존재가 이 지역을 포함한 모든 우주에서 완전히 삭제되었음을 확인하였습니다!]

[해당 대상에 대한 더 이상의 검색이 불가합니다.]

[오류 원인: 존재 삭제]

[오류 원인: 존재 삭제]

[해당 대상에 대한 권능 발현이 불가합니다.]

그러다 더 이상 무왕이라는 존재를 부를 수 없다는 확인 사살과도 같은 메시지가 떴을 때, 연우의 분노는 머리끝까지 치밀어 오르고 말았다.

탈각과 초월을 이룬다는 것은 윤회전생의 굴레에서 완전히 벗어났다는 뜻. 그런 존재가 죽음을 맞이한다는 건, 저승으로 간다는 개념이 아닌 소멸을 의미한다. 영혼마저 완전히 흩어지는 것이다.

하물며 황이라는 위대한 자리에 오른 채, 가이아의 저주로 신화와 격이 모두 흐트러지고만 존재에게 재생은 불가능한 이야기였다.

칠흑으로 건너갔다고 알려진 차정우의 영혼과는 전혀 다른 케이스인 셈이었으니.

그러니 칠흑왕의 권능이 제아무리 대단하다고 한들, '없어진' 존재를 다시 부른다는 것은 불가능한 일이었다.

그리고 그 사실을 완전히 자각하고만 이 순간.

연우는 이 모든 일들을 만들어 낸 원흉을 찢어발겨야 한다는 생각밖에 들지 않았다.

콰릉, 콰르릉!

연우를 주변으로 검은 불꽃이 스파크처럼 튀어 올랐다. 비그리드가 검뢰를 잔뜩 끌어 올렸다.

그때까지 녹턴도 넋을 놓아 버린 채, 꿈쩍도 하지 않고 있었다. 검뢰가 곧장 치달을 게 분명한데도, 그는 저항할 생각이 없어 보였다. 이대로 순순히 죽음을 맞기라도 하려는 것처럼 보였다.

그러다 검뢰가 폭발하려는 순간.

"잡아!"

그 순간, 대장로가 다급하게 소리쳤다.

그러자 여태 대기하고 있던 판트와 외뿔부족의 대전사들이 일제히 연우에게 와락 달려들었다.

원래대로라면 그들 대부분이 검뢰에 날아갈 수밖에 없는 상황이었지만, 검뢰가 갑자기 거짓말처럼 툭 끊겨졌다.

연우가 멈칫거리는 사이, 판트와 대전사들은 연우의 팔다리에 잔뜩 매달리며 그를 옴짝달싹하지 못하게 만들었다.

"이거 놔! 놓으라고!"

연우는 그들을 떨쳐 내려 마력을 잔뜩 끌어 올렸지만, 그마저도 도중에 불발되었다. 아니, 오히려 역으로 연우를 강제로 구속하고자 했다. 크로노스가 대장로의 생각을 읽고, 합일을 이룬 상태를 이용해 연우의 몸을 속박하려 든 것이다.

하지만 그가 쌓은 격이며 힘은 그냥 주어진 것이 아니라, 금방이라도 그들을 밀어낼 것처럼 위태롭게 굴었다. 만약 결계를 부수기 위해 힘을 전부 소진해 지친 상태가 아니었다면, 진즉에 떨치고 나왔으리라.

대장로까지 가세하여 전력을 다해 연우를 강제로 눌렀다. 그러고는 여전히 반쯤 넋이 나가 있던 녹턴에게 버럭 소리를 질렀다.

"가라! 어서!"

순간, 녹턴의 눈동자에 흐릿하게나마 초점이 돌아왔다.

"……왜 절 살리려 하시는 겁니까?"

그는 여전히 혼란에 잠긴 눈으로 연우를 붙잡은 대전사들과 대장로를 바라봐야만 했다.

"당신들에 있어서 나는, 당신들의 왕을 시해한 역도에 불과할진대."

"그렇지. 나도 마음 같아서는 어떻게든 네 녀석의 모가지를 꺾어 버리고 싶으나!"

평상시 점잖기로 유명한 대장로였지만, 그마저도 지금은 얼굴이 잔뜩 붉게 달아올라 있었다. 연우처럼 화가 치밀어 오른단 뜻이었다.

"한데 어째서……?"

"그게 놈의 뜻이었으니까!"

"……!"

"그 빌어먹을 놈은, 아주 빌어먹게도 남은 제자들을 걱정했다! 너와 카인, 모두를! 그게 그놈의 뜻인데 따라 주지 말라고? 헛소리! 그건 오히려 놈의 뜻을 더럽히는 짓밖에는 되지 않을 테지!"

"……."

녹턴은 한순간 아무 말도 할 수 없었다.

무왕이 떠나기 전에 남겼던 말들이, 여전히 가슴 속에 낙인처럼 강렬하게 박혀 있었다.

─그놈에게 비롯되었을지는 몰라도, 시스템이 낳은 허상이라 하여도, 결국 너로서 살았던 건 너였다. 아니냐?

─그러니 방황하지 마라. 쫄지도 말고. 두려워도 마라. 그럴 필요가 뭐 있어? 너는 오롯이 너로 잘살고 있는데,

─사춘기가 참 더럽게 길긴 길었어. 그렇지?

녹턴의 심장이, 크게 울렁였다.

─그게 스승으로서, 부모로서, 그리고 어른으로서 해야 할 일이니까 말이다.

─대견하구나.

녹턴은 아직도 남아 있는 것만 같았다. 자신의 머리를 부드럽게 쓰다듬어 주던 스승님의 손길이.
언제였던가.
'녹턴'으로서 처음 눈을 떴을 때에도 그랬다. 무왕은 바

로 옆에 있었고, 그 뒤로도 줄곧 그의 곁에 머물면서 많은 것들을 가르쳐 주었다. 그리고 어려운 것들을 곧잘 해내고 나면 잘했노라고 머리를 쓰다듬어 주셨고, 없는 기억을 찾으려 방황하고 난 다음이면 기운 내라며 등을 두들겨 주셨다.

그 따스한 손길이, 그제야 떠올랐다.

그래서.

녹턴은 이를 악물었다. 그리고 울컥하고 치밀어 오르는 감정을 억지로 누르면서 자리에서 일어났다.

살아야 한다.

그런 생각밖에 들지 않았다.

그것이 스승님이 유일하게 자신에게 남기신 유지(遺志)였으니까.

"그러니 가라! 그리고 두 번 다시는 눈에 띄지 마라! 그게 나와 우리 일족이 너에게 줄 수 있는 마지막 기회일 것이다. 다음번에 마주쳤을 때는."

대장로는 그런 녹턴을 보면서 살벌하게 살의를 드러냈다.

"네놈의 목을, 내가 직접 이 손으로 꺾어 버릴지도 모르니까."

녹턴은 주먹 쥔 오른손을 왼손바닥에 갖다 대는 외뿔부족의 전통적인 인사를 보인 후, 자리를 떠났다.

포권(包拳).

사승 관계에 있어 사문의 존장께 갖추는 예. 즉, 녹턴은 무왕의 제자로서 대장로에게 감사의 뜻을 보인 셈이었다.

대장로는 녹턴이 완전히 이탈할 때까지 시선을 거두지 않았다. 이로써 무왕이 남긴 마지막 유지를 지킨 셈이었으니까.

제자들에게 길이길이 남아 불멸(不滅)을 이룰 것이라 하지 않았던가. 이후에 무왕의 불멸이 어떻게 자리 잡을지는 그로서도 알 수 없었다.

미래에 벌어질 이야기들은 자신 같은 늙은이가 아닌, 연우나 녹턴 같은 이들의 것이었으니까. 그가 할 수 있는 건 어디까지나 그 이야기가 제대로 자리 잡을 수 있도록 돕는 것밖엔 없었다.

"놔! 놓으란 말이야!"

그동안에도 연우는 여전히 발버둥을 치고 있는 중이었다. 어느샌가 망자 거인이며 사룡들, 심지어 샤논과 레베카 등도 나타나 연우를 붙잡고 있는 통에 지상이 들썩일 정도였다. 현신한 크로노스가 그런 아들을 착잡한 시선으로 바라보고 있었다.

대장로는 가만히 그들을 둘러보다가, 여전히 날뛰고 있는 연우의 따귀를 다짜고짜 쳐 올렸다.

짜악!

소리는 엄청 컸다. 연우의 볼에 시뻘건 손자국이 남을 정도였다.

크로노스가 눈을 동그랗게 뜨고, 망자 거인이며 사룡들도 전부 대장로를 홱 하고 돌아봤다. 판트는 연우가 대장로에게 달려들지 않을까 걱정하는 얼굴이 되었다.

하지만 연우의 행동은 겨우 정지되었고.

대장로는 여전히 엄숙한 표정으로 그를 내려다보면서 물었다.

"이제 정신이 좀 드나?"

"······못 볼 꼴을 보여 드렸습니다."

연우는 한참 뒤에야 겨우 정신을 차린 듯한 얼굴이 되었다. 판트 등은 서로 눈치를 보다가 천천히 연우에게서 떨어졌다.

다행히 연우는 더 이상 녹턴을 쫓으려는 모습을 보이지 않았다. 그저 가만히 제자리에 앉은 채로 있을 뿐.

"너에게도 미안하다. 상심이 가장 큰 건 너일 텐데도. 어리광만 부린 것 같아."

연우는 판트에게도 고개를 숙였다.

순간, 판트의 눈빛이 살짝 흔들렸지만, 그는 곧 아무렇지 않다는 듯 딴청을 부렸다.

"으으음? 요새 하도 싸워서 그런가, 왜 환청이 들리는 것 같지? 우리 인성 가득한 형님이 아우에게 미안하다는 말을 할 리가 없는데 말이지."

연우는 그런 판트를 보면서 피식 웃음을 흘리다, 곧 씁쓸하게 웃고 말았다.

대장로는 그런 연우를 가만히 보다가 자리를 비켜 주었다. 크로노스와 판트 등도 뒤를 따랐다. 혼자서 생각을 정리할 시간이 필요할 듯 보였다.

＊　　　＊　　　＊

"미안하게 되었소."

대장로는 크로노스에게 곧장 고개를 숙였다.

부모가 보는 앞에서 자식에게 손을 올린 셈이니, 사과를 하는 것이 당연했다. 물론, 크로노스는 전혀 그런 걸 개의치 않았다.

『아니오. 원래 저놈은 세상 무서운 줄 모르고 날뛰던 놈이라, 좀 맞아야 정신을 차려서. 앞으로도 옆에서 보면서 엇나가는 것 같거든 호되게 야단쳐 주시구려.』

대장로도 그제야 안심하고 입가에 엷은 미소를 띨 수 있었다.

"부모가 할 일을, 다른 사람에게 전가하시는군."

『하하. 가정 교육은 본인이 가장 어려워하는 분야라. 어른이 있다는 게 그래서 좋은 것 아니오?』

두 사람은 짤막하게 서로 농을 주고받았다.

그러다 크로노스가 살짝 웃음기를 지우면서 물었다.

『이제 이후의 일은 어떻게 하실 생각이신지?』

"원체 생각지도 못한 일이 연달아 터진 터라······ 일족들 모두가 정신을 차리려면 시간이 좀 걸릴 것 같소만. 아마 이후의 일은 그때 가서 겨우 정리할 수 있겠지."

『이럴 때일수록 정신 똑바로 차리시오. 어른이 중심을 잡아 주질 못하면, 모두가 흔들리거든.』

크로노스는 언젠가 자신이 겪었던 경험들을 토대로 진심에 찬 조언을 해 주었고.

대장로는 안경을 고쳐 쓰면서 그러겠노라고 고개를 끄덕였다.

아주 짧게 인사와 통성명을 한 것인데도 불구하고, 두 사람은 벌써부터 마음이 통하고 있었다.

"······바람이 꽤나 차군."

무왕이 그렇게 날뛰었는데도 불구하고, 벌써 이렇게 대기가 식을 줄이야. 녀석이 남긴 흔적이 참 빠르게도 사라지는구만. 대장로는 그렇게 작게 중얼거렸다.

연우가 생각을 정리하다 말고 갑자기 다시 일어난 건 바로 그 무렵이었다.

'……느껴지질 않아. 페어링이.'

에도라를 찾으라고 보내었던 한령에게서 아무 소식이 없었던 것이다. 무왕과의 일에 정신이 없던 나머지 미처 그쪽을 미처 신경 쓰지 못했는데, 한령에게서는 아무런 답변도 없었다.

아무래도.

싸움은 아직 끝나지 않은 것 같았다.

*　　　　*　　　　*

쾅, 콰콰쾅!

격진이 일어날 때마다 대지가 들썩였다. 폭발 소리가 귓가를 때리고, 시커먼 화염 등이 눈가를 어지럽게 만들지만.

"하아…… 하아…… 하아……!"

에도라는 신마도에 겨우 의지한 채 숨을 거칠게 몰아쉬기 바빴다.

일족 내에서도 손꼽히는 무술 실력을 지니고 있어 대해

와 같은 내공을 품고 있다지만.

그리고 영매의 자질을 통해 타고난 선천지기(先天之氣)를 이용한 양생술(養生術)로 회복 속도를 돋우고 있다지만, 워낙에 입은 피해가 막대해서 도저히 쉽지가 않았다.

"이것 참, 아무리 덤벼 봤자 안 된다는 걸 잘 알 법한데도 계속 이러시네용. 아무리 신격을 터득했어도, 저도 만만치 않다구용."

라플라스를 막아서고 있는 건 한령이었다. 아홉 자루의 칼을 바닥에다 꽂은 채로 칼춤을 추는 모습은 아름다우면서도 처연하기까지 했다.

라플라스가 영매와 에도라가 있는 곳으로 오려는 것을 어떻게든 막으려 했으니까. 물론, 마해의 왕이나 되는 녀석을 물리치는 건 거의 불가능에 가까운 일이었다.

버티는 것이 고작.

하지만 그마저도.

쩌저저정!

칼자루가 라플라스의 신력과 부딪칠 때마다 수수깡처럼 분질러지면서 위기가 성큼성큼 이쪽으로 다가오는 중이었다.

라플라스는 그들과 다르게 마치 산책이라도 나온 것처럼 아주 여유로웠다. 내지르고, 휘두른다. 한령의 오른팔이 퍼석, 하고 부서지면서 흩어졌다.

'어머니의 '눈' 만큼은⋯⋯어떻게든 지켜야 해.'

라플라스와 그 권속들이 이런 혼란을 틈타 뭘 원하는지
는 묻지 않아도 뻔했다.

눈.

〈심안(心眼)〉을 가져가려는 게 분명했다.

에도라처럼 영매의 자질을 타고난 아이들은 오랜 수고와
노력 끝에 〈혜안(慧眼)〉을 열 수 있다. 혜안은 편견과 망집
을 해체하고, 그 속에 있는 진리를 통찰할 수 있게 만드는
눈. 그 뿌리는 이데아에서부터 비롯된다.

하지만 혜안은 어디까지나 차기 영매가 되기 위한 필수
조건 중 한 가지일 뿐. 이것이 제대로 개화하기 위해서는
다른 조건을 더 필요로 했다.

바로 영접(靈接)이었다.

영매는 외뿔부족의 시조이자 수호신인 소호 금천의 뜻을
일족에게 중개하고 설파하는 무녀(巫女), 즉, 제사장일지니.

영접이라는 고유한 방식을 통해 소호 금천과 '접촉' 할
수 있어야만 했다.

그리고 그런 접촉이 나아가 소호 금천을 대변할 수 있게
되면, 영접은 저절로 신접(神接)으로 승화하게 된다. 되도록
이 땅에 모습을 드러내지 않으려는 소호 금천을 대리하여
그의 권능을 펼쳐 낼 수 있는 것이다.

그리고 그때서야 비로소 혜안은 심안으로 거듭나게 되니. 소호 금천의 가호를 통해서 이데아를 관찰하고, 이를 통해 세상 구석구석에 시선을 닿게 하는 것은 물론, 때로는 미래시(未來視)까지 가능케 했다.

달리 괜히 영안(靈眼)이나 신안(神眼)이라는 이칭을 지니고 있는 게 아니었다.

외뿔부족이 지난 수천 년 동안, 초월종으로서의 자격을 스스로 버렸음에도 불구하고, 탑 내에서 최강의 종족이라며 위명을 떨칠 수 있게 된 이유였다.

물론, 신접을 비롯해 심안까지 여는 게 결코 그리 쉬운 일은 아니었다.

실제로 외뿔부족의 긴 역사 동안 영매가 있었던 시기보다 없었던 시기가 훨씬 많았으며, 있었다 하여도 그 기간이 짧았던 경우가 왕왕 있었다.

다만, 이번 대의 영매는 달랐다.

무왕이 왕좌에 앉는 것과 거의 비슷한 무렵에 탄생했던 것이다. 그렇기 때문에 외뿔부족은 대장로가 핏빛 현자로 있을 시절에 닦은 기반을 더 크게 일굴 수 있었다.

손꼽히는 무력을 가진 부족장과 세계에 시선이 닿지 않는 곳이 없는 제사장. 이 두 명이서 일족을 이끌진대 어찌 흔들릴 수 있을까?

더군다나 후계도 탄탄했다.

대장로의 무공, 혈뢰를 이으면서 이미 무력적으로 소싯적의 무왕과 견줄 만하다고 평가받는 판트.

이미 영접을 넘어 신접까지 다다른 에도라.

일족의 부흥에 대해서 더 이상 걱정할 게 없었던 것이다.

그런데.

갑자기 '눈'을, 심안을 가져가겠노라고 나타난 존재가 있었다.

라플라스.

한때, 최고 관리자였으며, 지금은 플레이어라는 말도 안 되는 직위를 가진…… 신격.

녀석이 어떻게 심안을 가져가겠다는 건지는 알 수 없었다.

하지만 이미 방금 전의 습격으로 소호 금천과의 채널링은 모두 임시 폐쇄된 상태. 결계가 전부 망가진 것은 물론, 영소까지 거의 반파되었기 때문이었다.

제아무리 영매가 소호 금천의 어여쁨을 받는 자리라고는 하나, 쉬지 않고 권능을 발휘하면서 세상을 관조하는 게 쉬울 리 만무한 일.

그래서 영매는 항시 성역, 영소를 떠나는 법이 거의 없었다. 연우가 지난 시간 동안 외뿔부족의 마을을 쉴 새 없이 들락날락하며 영매와 친분을 다졌어도, 실상 얼굴을 직접 대면한 적이 없었던 것도 바로 그런 이유 때문이었다.

그 때문에 영매는 영소가 망가졌을 때부터 큰 충격을 받은 채, 옴짝달싹하지 못하고 있었고.

에도라는 그런 어머니를 어떻게든 지키고자 했지만, 아직 심안이 되지 못한 혜안만으로 라플라스를 막는 데는 무리가 있을 수밖에 없었다.

'조금만…… 조금만 더, 어떻게든……!'

그래도 에도라는 이를 악물었다.

그녀는 굳게 믿고 있었다. 곧 왕위 쟁탈이 끝날 것이라고.

제아무리 페이스리스가 꼼수를 부렸다고 해도, 그것만으로 아버지를 꺾을 수는 없을 것이라고. 조금만 더 이대로 버틴다면 아버지가 놈들을 무찌르고, 어머니를 구하러 올 것이라고 말이다. 그 속에는 연우도 있을 테지.

그래서 에도라는 〈양도〉를 발휘할 수 있을 기회를 엿보았다. 한령이 시간을 끌어 준 덕분에 회복에만 집중할 수 있으니, 조금만 더 기력을 되찾는다면 라플라스에게 한칼 정도는 먹일 수 있을 것 같았다.

그런데.

"……도 ……라야."

에도라는 호흡을 고르다 말고, 갑자기 흐느끼는 어머니의 목소리에 고개를 그쪽으로 홱 하고 돌렸다.

'눈'이 너무 아픈 나머지, 눈가를 가리고 있던 영매의 손틈 사이로 눈물이 뚝뚝 흘러내리고 있었다.

한순간, 에도라는 심장이 덜컥 내려앉는 기분이 들었다. 아직 아무 말도 듣지 않았는데도 불구하고, 갑자기 속에서부터 무언가가 차오르는 것 같았다. 숨이 턱 하고 막혔다. 어쩐지 뒷말을 들어서는 안 될 것 같다는 위기감이 바짝 들었다.

하지만.

"아버지가…… 떠나셨구나."

"……!"

영매가 손으로 얼굴을 쓸어내렸다. 그녀의 눈가는 촉촉하게 젖어 있으면서도, 이상하게 동공에 초점이 잡혀 있질 않았다. 마치 먼 곳을 응시하는 느낌. 에도라는 어쩐지 어머니의 '눈'이 이상하다는 느낌을 같이 받았다.

"못난 사람 같으니. 그렇게 조심하라고 했었는데…… 마지막으로 그딴 말장난이나 하고."

"어머니, 그게 무슨 말씀……!"

결국 에도라는 운기행공을 중단하고, 영매를 돌아보면서 소리칠 수밖에 없었다.

바로 그때.

콰아앙!

「컥!」

커다란 폭발 소리와 함께, 한령이 잘게 부서진 채로 튕겨 나 에도라의 앞쪽에 나뒹굴었다.

그는 어떻게든 칼에 의지하면서 일어나려 했지만, 그마저도 너무 쉽게 부러지면서 다시 쓰러져야만 했다. 팔다리의 곳곳이 잘게 부서져 형체도 알아보기가 힘들었다.

"홍홍홍. 그럼 안 돼용. 한령, 당신은 제가 관리자로 있을 때부터 응원했던 플레이어였기도 하고, 은인인 ###의 권속이니 계속 놀아 드리고 있는 겁니당. 하지만 계속 까불면 저도 어쩔 수가 없어용."

라플라스는 어느새 지척까지 다가와 검지를 까닥였다. 더 이상은 놀아 주기 힘들다는 뜻인 듯했다.

이미 '눈'은 코드 해킹을 통해 전부 이쪽으로 이관된 상태. 남은 건 원본 데이터의 완전 삭제였다. 이런 훌륭한 기능을 다른 사람과 공유해서 좋을 건 없지 않은가.

은인이나 다름없는 연우에게는 조금 미안한 일이지만, 그건 차후 그에게도 좋은 일일……!

「미안하지만, 계속 더 까불어야겠군.」

라플라스의 생각은 길게 이어지지 못했다. 한령이 던진

비웃음 때문이었다.

그는 본능적으로 황급히 몸을 뒤로 내뺐고.

콰르르릉!

그런 그를 노리기 위해 하늘에서부터 검고 붉은 벼락이 잇달아 강렬하게 떨어졌다.

콰콰쾅!

쿠쿠쿠—

"……이런. 잘못하다가 제가 큰일 날 뻔했군요."

라플라스는 자신이 있던 자리가 순식간에 초토화된 것을 보고 어색하게 웃었다. 뺨 위로 흐르는 식은땀이며 경직된 표정이 긴장한 기색이 역력했다.

그리고.

쐐애애액—

그런 라플라스를 사냥하기 위해, 별안간 옆쪽의 공간으로 공허가 활짝 열렸다. 연우가 무표정한 얼굴로 나타나 비그리드를 매섭게 휘두르고 있었다. 이미 합일을 이룬 덕분에 검뢰는 아주 강렬했다.

콰콰콰콰—

라플라스는 '호이짜!' 하고 외치면서 뒤로 멀찍이 떨어지면서도, 권능을 잇달아 발동시켰다. 곳곳에 뿌려 둔 신력이 작동했다. 공간이 어지러워지면서 갖가지 기괴한 존재들이 출현하거나, 촉수 따위가 다발로 쏟아졌다.

플레이어면서도, 타계의 신으로부터 비롯된 마해의 왕이기 때문에 발현된 권능이었다. 심상 개변을 따라 물리적 법칙이 제멋대로 틀어지고 있는 것이다.

하지만 제아무리 그런 것들을 잇달아 쏟아 낸다고 해도, 압도적인 화력 앞에서는 속수무책일 수밖에 없었고.

연우는 어느새 라플라스의 앞까지 다다라 검뢰를 쏟아 내고 있었다.

육극(六極)!

콰르르릉!

스걱—

압도적인 힘이 발현되면서, 비그리드는 순식간에 라플라스의 목을 자르고 지나갔다.

토끼 귀를 달고 있는 구릿빛 스킨헤드가 허공으로 튕겨 올랐다. 몸통은 삽시간에 잿더미가 되고, 머리통은 팽이처럼 뱅그르르 돌더니 저만치 높은 상공에서 정지했다.

그리고.

화아악!

라플라스의 머리통 뒤쪽으로, 하늘을 따라 기다란 사선이 그어지더니 좌우로 활짝 열리면서 거대한 크기의 공허가 나타났다.

아니, 거긴 단순한 공허라고 하기에도 어려웠다.

그보다 더 깊은 곳. 수도 없이 많은 영혼들이 별빛처럼 반짝이면서 강을 이루며 흐르는 것이 보였다.

연우도 오래전에 가 본 적이 있던 곳.

심연(Abyss).

그 속에서 도저히 크기를 짐작할 수 없을 만큼 거대한 용 종이…… 어쩌면 그 크기가 행성급 규모였던 기어 다니는 혼돈과 비교해도 절대 뒤지지 않을 것 같은 마지막 용이 얼굴의 일부를 드러냈다.

『이미 기존의 목적은 이뤘으니, 장난은 거기까지 하는 게 어떨까요, 라플라스?』

목소리는 시의 바다의 수장, 하르모니아의 것이었다.

그녀가 내뿜는 존재감은 이루 어떻게 말로 표현할 수 있는 수준이 아니라, 대지에 있는 모든 존재들이 거기에 완전히 압도되어 쭈뼛 굳고 말았다.

자칫 바닥에 주저앉을 수 있을 정도의 격이었지만, 다행히 그들은 곧 여유를 되찾을 수 있었다.

연우가 어느새 똑같이 격을 발산해 하르모니아의 기세를 몰아내어 그들을 지킨 것이다.

"아쉽네용. 오랜만에 은인도 만나고, '눈'의 쓰임새도 더 좀 알아보고 싶었는데 말이죵."

라플라스는 몸통을 잃었는데도 불구하고, 아주 태연하게 주둥이를 나불거렸다.

하르모니아는 못마땅하다는 듯 눈살을 살짝 찌푸리면서 손을, 아니, 정확하게는 손톱을 뻗어 라플라스의 머리통을 끌어왔다.

동시에 공허가 다시 닫히기 시작했다.

『아들아.』

"예. 걱정 마십시오. 만용은 부리지 않겠습니다."

크로노스의 걱정스러운 부름에, 연우는 가만히 고개를 끄덕였다.

그는 공허 속으로 사라지려는 하르모니아와 라플라스를 쫓으려 하지 않았다.

이 모든 일들의 원흉이 시의 바다란 사실이 이로써 확실해졌으니, 마해나 관리국이 저들과 어떤 방식으로 커넥션이 되어 있는지를 확인해야 옳겠지만.

'지금은 아니야.'

연우는 화가 치밀어 올라도, 일단은 싸움을 계속 벌여서는 안 된다고 판단했다.

무왕이 소멸하고, 영매가 큰 부상을 입었다. 외뿔부족으로서는 누란의 위기였으니 어떻게든 수습해야만 했다. 거기다 주신과 창조신들의 갑작스러운 이탈하며, 올포원의

알 수 없는 행동 등…… 연우는 연관성이 전혀 없어 보이는
그 모든 것들이, 사실은 시의 바다와 연결되어 있을 거란
직감을 강하게 받았다.

모든 것의 흑막이며.
최종적으로 부딪칠 적.

연우는 시의 바다를 그렇게 규정했다.
『날이 갈수록 그릇으로서, 후예로서, 아주 합당하게 발
전하는군요. 좋은 자세에요.』
쿠쿠쿠―
하르모니아는 그런 연우의 생각을 읽고, 기특하다는 듯
이 살짝 눈가에 곡선을 그렸다. 그렇게 공허가 완전히 닫히
려던 그때.
"……엄마!"
여태껏 뒤로 빠져 있던 아난타가 다급하게 뛰어와 소리
를 질렀다. 어린 시절의 기억과 달리 너무 큰 모습이라지
만, 기질은 절대 모를 수가 없었다. 여태 죽은 줄로만 알았
던 어머니가 저곳에 있단 사실에 크게 놀라 소리쳤다.
하지만 하르모니아는 놀란 기색도 없었다. 원래부터 아
난타가 그곳에 있는 걸 알고 있던 눈치였다.

『잘 자라 주었구나. 다행이야.』

그 말을 끝으로.

쿵!

문이 닫히는 듯한 소리와 함께 공허가 완전히 닫혔다.

아난타는 힘을 잃고 바닥에 털썩 주저앉았다. 어느새 나타난 차정우의 사념체가 그녀의 어깨를 다독여주었다.

『이젠 바로 무엇부터 할 생각이냐?』

크로노스는 그런 광경을 씁쓸하게 바라보다, 연우에게 물었다. 모든 것이 복잡하게 헝클어진 이때, 우선순위를 빠르게 판단해야만 했다.

"장례식을 해야겠지요. 하지만 그보다 먼저."

연우의 두 눈이 깊게 가라앉았다.

"진혼제(鎭魂祭)를 지낼 겁니다."

『어떻게?』

"우리에게 반기를 든 놈들부터 응징할 겁니다. 다시는 어느 누구도, 감히, 우리에게 덤빌 생각도 할 수 없게끔, 공포를 아로새길 겁니다."

그날.

천계의 올림포스에는 최고 명령이 하달되었다.

『아테나, 지금부터 아스가르드를 침공한다. 그 성역에 있는 것들은 무엇이 되었든 간에 짓밟고, 투항하는 것들도 전부 구축하라. 다시는 아스가르드라는 이름이 바로 설 수 없게, 아무도 살 수 없는 곳으로 만들어라. 놈들에게 동조하는 것들이 있다면, 그들까지도 전부.』

〈다음 권에 계속〉

마법군주』 발렌 작가의 신작!

『정령의 펜던트』

"정령사는 말이지, 되고 싶다고 해서 되는 게 아니야.
그냥 그렇게 태어나는 거지.
날 때부터 정해진 운명 같은 거라고."

dream
books
드림북스

수라전설 독룡

시니어 신무협 장편소설

ORIENTAL FANTASY STORY & ADVENTURE

"하나도 남김없이 모두 죽일 것이다.
놈들을 전부 죽일 때까지 절대로 끝내지 않아."

유구한 역사를 자랑하는 약문(藥門)들의 잇따른 멸문지화.

시체가 산처럼 쌓이고 피가 바다처럼 흐르는
절망의 지옥에서 마침내 수라(修羅)가 눈을 뜬다!

★
dream
books
드림북스

『제왕록』, 『무림에 가다』 시리즈의 작가 박정수
그가 거침없는 현대 판타지로 돌아왔다!

『신화의 전장』

주먹을 믿지 마라.
우리가 살아가는 이 땅에 인간을 벗어난 자들이 존재한다.

dream
books
드림북스

환생왕

ORIENTAL FANTASY STORY & ADVENTURE

요도 / 김남재 신무협 장편소설

정체를 알 수 없는 세력들에 의해
비참한 최후를 맞이한
천룡성(天龍城)의 후계자 천무진.
그런 그에게 찾아온 또 한 번의 삶.
그리고 그를 돕기 위해 나타난 여인 백아린.

"이번엔…… 당하지 않는다."

이젠 되돌려 줄 차례다.
새로운 용이 강호를 뒤흔든다!

dream
books
드림북스

DREAMBOOKS